망각하는 자에게 은총이 있나니,
그들은 폭망마저도 넘어간다.

- 니체 -

알파 앤솔로지

ⓒ 리관, 2023

초판 1쇄 발행 2023년 1월 27일

지은이   리관
펴낸이   이기봉
편집   좋은땅 편집팀
펴낸곳   도서출판 좋은땅
주소   서울특별시 마포구 양화로12길 26 지월느빌딩 (서교동 395-7)
전화   02)374-8616~7
팩스   02)374-8614
이메일   gworldbook@naver.com
홈페이지 www.g-world.co.kr

ISBN   979-11-388-1593-2 (03810)

알파 앤솔로지

Alpha Anthology

좋은땅

서문

수필을 출판한다는 것은 소설과 달리 저자 자신의 이야기를 하는 것이니 사생활의 자발적인 노출인 셈이다. 그런데도 이 이야기를 굳이 출판하려는 의도는 무엇인가?라고 나는 자문할 수밖에 없다. 어느 소설가는 세계를 제패하기 위해 글을 쓴다고 답한 적이 있고, 끊임없이 러브 어페어를 만들어 내는 사람에게 당신이 그러는 이유는 죽음에 대한 두려움 때문이라고 적절하게 알려 주는 이야기도 있다. 나의 경우는 꼭 그렇지는 않다고 본다. 어딘가에는 이 책을 통해 긍정적인 영향을 받을 사람도 있지 않을까 하는 생각을 하기 때문이다. 적어도 만일 타임머신이 있어서 어린 시절의 내가 이 책을 발견하게 된다면 엄청난 사건이 될 것이다. 이미 당시의 나는 많은 작가의 작품들에서 그러한 영향을 받았었다.

이 책의 앞부분이 묘사하는 시기는 나의 순수함이 최고점을 찍은 시기였다. 인생에 있어 순수함이란 때 묻지 않고 세상의 죄에 물들지 않았다는 것 외에도 삶의 의미 자체에 대해 더 깊이 파고들려는 열정을 포함한다고 생각한다. 그리하여 그 열정 또한 최고점을 찍고 있었다. 이 문집에는 정치적인 글도 포함되어 있다. 정치적이라 해서 모두 골라내는 것은 문집이라는 생명체를 참수시키는 일이기 때문이다. 오랜 시간 동안 컴퓨터 속에 버려져 있던 이 글들을 모아서 정리하다 보니 이제 와서야 세상에 내놓는 일이 여러 가지로 좋은 느낌으로 다가온다. 이제는 너무 예리하지 않게 다듬는 일이 가능하기도 하고, 시간이 흐른 지금 이 글들을 통해 잠들어 있던

알파 앤솔로지

나 자신 속의 순수를 일깨워 스스로 놀라기도 한다.

　이 책의 이야기들은 그렇게 과거 속에 파묻혀 있었으나 그 자리에 그대로 기다리고 있었다. 그리하여 이제서야 문득 나는 '내 심장의 조각들은 어디에 있었지? 그 세월 동안 나는 도대체 어디에서 무엇을 했는가?'라는 생각과 함께 망각의 늪에서 빠져나왔던 것이다. 이 문집은 이렇듯 건드리기만 해도 피가 흐를 것 같은 센티멘털의 향수도 있지만, 국화꽃같이 무덤덤한 삶의 스케치들도 포함하고 있다. 인간은 너무나 흠집이 많은 존재이다. 그리하여 인생에는 어처구니없는 일도 흔하게 벌어진다. 그런 인간이 우주보다 더 고귀한 것은 어처구니없음을 인식한다는 데 있다. 책을 읽을 때 저자 약력란에서 어느 학교를 다녔고 전공은 무엇이고 직업은 무엇이고 나이는 몇 살인지 확인하여 한 사람의 삶을 송두리째 재단해 버리는 만행을 나 또한 얼마나 많이 저질렀는지 모른다. 한 인간의 삶은 우주에 비견될 수 있다. 이 책에 등장하는 상당수의 이름을 필명 혹은 가칭으로 표기했음을 알린다.

차 례

저자 해설　223

번역시/자작시

나의 순수함이 최고조를 유지하던 어느 날인가 한 후배가 나에게 물어왔다.

"시는 정말 쓸데없는 것 아닌가요?"

당시 나는 스스로의 필명을 '교양 있는 허무주의자'라고 적고 있던 터라

다음과 같은 대답을 날려 버렸고 그 후로 여러 가지 측면으로

깊이 있는 세계를 보여 주었던 그 후배와의 관계는 더 이상 이어지지 못했다.

"시를 제외한 모든 것이 쓸데없는 일이지."

입 밖으로 소리 내어 말했던 부분은 여기까지였지만

당시 나의 머릿속에는 분명히 다음과 같은 독백이 울리고 있었다.

'그리고, 자네 말대로 시 또한 쓸데없는 일이지…'

서풍

무명 작가

서풍, 그대는 어느 때쯤 불어와서
작은 비 내려오게 할 것인가?
신이여, 나의 사랑이 나의 품에 있고
나 또한 나의 침대에 다시 함께할 수 있다면…

아! 사막에서 살았으면

바이런 경

아! 사막에서 살았으면,
하나의 아름다운 영혼을 나의 길잡이로 삼아,
속세의 모든 인간을 잊어버리고
아무도 미워하지 않고 오직 그녀만을 사랑하리.
천지 만물들이여!
그대들의 요동으로 나 자신 정신의 고양됨을 느끼는데
그대들은 나에게 그러한 사람을 내어 주지 못하는가?
그런 인물이 도처에 있다고 생각한 것은 나의 착각이었나?
그런 사람과 마음을 터놓고 이야기하기가 이토록 어렵단 말인가?

사랑의 이치

셸리

샘물들은 강물에 섞이고
강들은 바다에…
천상의 바람들은 달콤한 서정 속에
영원토록 함께한다오
지상의 어떤 것도 홀로인 것은 없는데
모든 것들이 신성한 규율에 의해
서로에게 기댐으로써 존재하는데
나 어찌 그대와 그러지 않겠소

산들이 높은 하늘에 입맞춤하는 걸 보오
파도들이 서로 휘감기는 것을…
어떤 암꽃도 수꽃을 경멸하면
용서받지 못하는 법
햇살이 대지를 휘감고 달빛이 대양에
입맞춤하오. 그러나 이러한
입맞춤들이 무슨 의미가 있겠소?
그대가 나에게 입맞춤하지 않는다면

번역시/자작시

고원의 소녀에게

워즈워드

어여쁜 고원의 소녀여, 그대의 눈부신 아름다움은
하늘이 내려 준 지상의 혼수.
일곱을 두 곱한 세월은 흘러 최상의 하사품들을
그대의 머리 위에 내렸노라.
회색의 바위들과 호젓한 빈터가 있고
저 나무들은 반쯤 가리워진 베일.
조용한 호숫가에 속삭이는 소리를 전해 주는
폭포수가 있소.
작은 부두와 오솔길은 그대의 보금자리인
집으로 인도하리니.
진실로 이 모든 것이 꿈속에서
보는 것인 양 황홀하다.
세상의 관심이 잠든 사이에
은밀히 나타난 형상인가!
그러나 아름다운 그대! 평범한 햇빛
아래서도 천국의 아름다움으로 빛나니,
그대의 모습 그대로를 나는 축복하노라.

인간의 마음으로 그대를 축복하노라.
신이 그대를 마지막 날까지 비호하기를!
그대를 나는 알지 못하며 그대의 친구들도 알지
못하지만 그러나 나의 눈에 눈물 고이는 것을.
나 그대를 멀리 떠나갔을 때
진지한 심정으로 그대를 위해 기도하리라.
나는 그대처럼 온전히
순수함 속에 성숙하여 친절하고 소박한
마음씨를 가졌다는 것을 쉽게 알 수 있는
표정이나 얼굴을 본 적이 없기 때문이리라.
여기에 속세로부터 멀리 흩뿌려진
씨앗과 같이 그대는 당황하여 부끄러운
심정을 내보이거나 소녀다운 수줍어하는
표정 일랑 지을 필요 없다오.
그대는 그대의 말끔한 이마 위에
산사람의 자유로움을 드리웠나니
기쁨이 가득 차 있는 얼굴과
친절함이 길러 낸 부드러운 미소,
거기에 예의 바른 태도까지 결들여
있으니 그대가 노닐 때에

장애가 있다면 단지 그대의 마음속에
떠오르는 말하고 싶은 수많은 생각들을
그대의 몇 마디 말로 표현할 수 없음이라.
그것은 상쾌하게 참아 온 속박,
그대의 몸짓에 우아함과 생명을
불어넣어 준 노고이었다.
그러므로 저으기 감동을 받은 나는
소란스러움을 좋아하여 바람을 맞아
솟아오르는 새들을 보았던 것이다.

그대처럼 아름다운 이에게 꽃다발을
꺾어 주고 싶지 않은 손이 어디 있으랴?

오 행복한 기쁨이어라 이곳에서 살게 된다면
그대와 함께 엉겅퀴가 난 계곡 어딘가에서
그대의 소박한 생활 방식에 따라 소박한
옷을 입으면 나는 목동, 그대는 여자 목동.
그러나 엄연한 현실로써 나는 그대에게
바라는 바가 있으니 그대는 나에게
폭풍우 치는 바다의 파도와 같아서
가능하다면 그대에게 청이 하나 있으니

비록 평범한 그대 이웃의 청과 같을지라도
그대를 듣고 지켜보는 즐거움이 있다면
그대의 오빠라도 되고 싶어라.
그대의 아버지라도
그대의 그 무엇이라도!

이제 하늘에 감사하노라
나를 이 외딴 곳에 인도해 준 은총에
기쁨을 느꼈으니 보상을 지니고
떠나가련다. 이러한 장소를 만나면
우리는 우리의 추억을 회상하며
그녀의 시선을 느끼게 되는 것이다. 그러니
내 어찌 발걸음을 재촉하기를 꺼려 하랴?
이곳은 그녀를 위해 만들어졌고
과거에 그랬듯이 새로운 기쁨을 주리니
그 기쁨은 삶이 지속되는 동안 이어질 것이다.
나 이제 즐거운 마음으로 그대 어여쁜 고원의
소녀여 그대와 헤어짐을 슬퍼하지 않으리니
생각컨대 내 늙어질 때까지 지금 내 앞에
보이는 아름다운 모습 그대로 나에게
남겨질 테니, 작은 오두막,
호수와 부두, 폭포수 그리고
이 모든 것의 영혼인 그대도!

번역시/자작시

영롱한 별이여

키이츠

영롱한 별이여, 나도 그대처럼 확고부동하였으면
밤의 위 저편에 매달린 외로운 광채는 아니리
그리고 지켜보는도다, 영원의 눈을 뜨고,
마치 자연의 인내스런 잠들지 않는 은자와 같이
땅 위 인간들의 해변을 씻어 주는,
신의 사도에게 주어진 임무를 다하듯,
묵묵히 움직이는 저 바다를 지켜보는도다
또 바라보나니, 산맥과 광야 위로 새로이
부드럽게 덮혀진 눈으로 가장된 모습들을,
그러나 더욱더 확고부동하리니, 더욱더 변함 없음이리니
내 아름다운 사랑의 성숙한 가슴을 베고 누워 영원토록
그 부드러운 낙하와 부풀어 오름을 느끼며
영원토록, 달콤한 설레임으로 깨어 있으리
더욱더, 더욱더 그녀가 들이쉬는 부드러운
숨결을 느끼는 것에… 그렇게 영원토록 살리라--
그게 아니라면 죽는 날까지 잠들어 있으리.

붉고, 붉은 장미

번즈

아 나의 사랑은 6월에 새롭게 피어난
붉고, 붉은 장미 같아라.
아 나의 사랑은 제 곡조에 연주되는
달콤한 멜로디 같아라.

그대가 아름다울수록 내 귀여운 아가씨여
나의 사랑도 그렇게 깊다오
나는 그대를 변함없이 사랑할지니 나의 사랑하는 이여
바닷물이 다 마를 때까지

바닷물이 다 마를 때까지 나의 사랑하는 이여
바위들이 태양에 녹아 버릴 때까지
나는 그대를 변함없이 사랑할지니, 나의 사랑하는 이여
그러는 동안 삶의 모래는 흘러갈 것이다.

그리고 그대여 안녕히⋯ 나의 하나뿐인 사랑이여
그리고 그대여 잠시 동안 안녕히⋯
그러나 나는 다시 돌아올 것이요 나의 사랑이여
비록 만 리나 떨어져 있다 하더라도.

번역시/자작시

아모레티 (75)

스펜서

어느 날 나는 바닷가 모래 위에 그녀의 이름을 적었습니다.
그러나 파도가 밀려와서 지워 버렸지요.
다시 나는 그녀의 이름을 적었습니다.
허나 조수는 밀려오고 나의 수고를 먹이인 양 삼켜 버렸습니다.
"허무한 일이예요" 그녀는 말했습니다.
죽을 수밖에 없는 것을 영원케 하려 하는 일은
헛된 시도일 뿐이예요!
나 자신이 파도처럼 물러가게 되고
내 이름도 그와 같이 지워져 버릴 테니까요"
"그렇지 않아요!" 나는 대답했습니다.
"미천한 것들은 먼지 속에서 죽도록 내버려 둬야겠지요.
그러나 당신은 명예로운 이름으로 남아야 해요.
나의 언어들이 당신의 소중한 미덕들을 영원케 할 것입니다.
그리고 천상에서 그대의 영광스런 이름을 쓰겠어요.
그곳은 죽음이 세상을 지배하는 곳이지만
우리의 사랑은 살아나서 새로운 삶으로 지속될 것입니다."

봄의 노래

블레이크

봄이 온다네 봄이 온다네
작은 새들아 둥지를 지으렴
지푸라기와 깃털을 모아
너희 있는 솜씨껏 엮어 지으렴

봄이 온다네 봄이 온다네
꽃들도 오고 있다네
팬지꽃, 백합, 수선화도
모두들 피어 오고 있다네

봄이 온다네 봄이 온다네
주위는 아름다움으로 둘러싸이네
강에는 반짝이는 물결 출렁거리고
세상은 환희에 넘쳐 있다네.

꽃을 보며 I

사랑을 입 밖에 이야기하지 말자.
이미 모든 고뇌를 받아들인 그대가 아닌가
굳이 이야기하자면 길모퉁이에 피어난 코스모스,
촉촉한 밤공기에 젖어 들던 호숫가의 연인들을 이야기하자.
꽃은 피고 지고 또 지고 그렇게 새롭게 피어날 때마다
잃어버린 것은 모두 삼류 극장의 간판 위에 붙이자.
새벽 찬바람을 타고 들려오는 자동차 소리에
파도가 밀려오는 바다를 연상하듯이
가장 아름답게 피어난 적은 그때
뿐이었다고 생각하지 말자.
우리네 인생이 과거에 죽든 미래에 죽든
이것만은 잊지 말라고 적어 주었던 이름과 함께
그는 떠났다고 생각하지 말자.
고속도로를 타고 동해에 가면 바다를 볼 수 있듯이
갈매기 울음소리는 그대의 마음속에 영원히 함께 살아 있으리니

꽃을 보며 II

그는 그를 통해 세상을 보오.
꽃이여 그대는 눈부신 아름다움으로 세상을 보고 있구려.
그대의 세상이 아름답지만
그는 그를 버릴 수 없소.
그는 곧 세상이오.
그가 그대를 사랑하는 것은 그 안의 꽃으로서요.
그가 그를 버릴 때 그도 꽃이 될 수 있으련만
그러나 그대는 보아 줄 누군가가 필요하지 않겠소?
꽃병에 새 물을 갈아 줄 욕심 없는 보호자 말이오.
그대는 그의 부지런함을 알아주어야 할 거요.
그는 한때 부랑아였고, 싸움쟁이였고, 장사꾼이었고,
많은 승부에서 패배의 쓴맛을 보았던 도박사였다오.
게다가 큰 병을 앓아서 불구가 될 뻔한 적도 있었소.
그런데, 그가 꽃을 보며
그 자신을 이해하려는 것이오.

포장마차에서

시간은 괘종시계의 추마냥
오른쪽에서 왼쪽으로 다시 왼쪽에서 오른쪽으로
흔들리며 걸어 다닌다. 곳곳에서 쉬지 않고
빛과 소리가 다른 영혼들의 노랫소리에 춤을 추듯이
그것은 한때는 살았으나 이제는 저 시계추의
아득한 뒷모습에 파묻히었다.
인간은 제각기 커다란 시계추에 매달린 작은 시계추들이다.
한쪽 끝에서 다른 쪽 끝으로 가기 위해
입술을 깨문다. 참회의 눈물을 흘린다.
사랑을 저버리고 스스로를 비웃는다.
그러나 목적지에 도달한 순간 멈추어야만 한다.
그리고 다시 또다른 한쪽 끝으로 가기 위해 벼랑을 뛰어
헤어지고 물어 버리고 머리칼을 쥐어뜯으며 울부짖는다.
태어났기 때문에 살아야 한다고 강요받는 인간은 모두
불리한 게임을 하고 있다.
게임을 이길 수 있는 길은 자신을 혹은 세상을
이기는 길뿐이련만 이긴다는 것은 아마도
영원, 죽음, 자유, 극한의 추구 아니면
아무도 아직은 알지 못한 진리를 감지하는 것이나
그 이상의 어떤 깨달음이겠지만…
'모두 할 수 없는 일이야'
쓰러진 술잔을 다시 잡는다.

너의 이름은

수
오늘도 나는 너를 그린다.
메마른 내 영혼의 샘물이 다시 살아올 수 있다면
나는 너의 머리칼을 스치고 지난 바람까지도 사랑하리라.
수
나는 아침마다 피어나는 이슬의 영롱한 거울 속에
너의 수줍어하는 눈동자를 본다.
마지막 남은 잎새 하나에 의식을 맡긴 채 쓰러지는 술병 속에
너의 치희가 나의 목 매인 생명으로 울릴 때
가난한 십혼의 숲에는 새의 노래가 메아리친다.
새의 자유를, 새의 높은 꿈을
그리하여 영원히 빛날 너와 나의 생명의 사슬까지도
모두 간직하여 때로는 수
나는 너의 떨리는 입술에 비추는 감미로운
5월의 햇살이고 싶었다.
진정 푸르른 창공에 운명의 비상을 꿈꾸는
한 마리 새이고 싶었다.
그러나
날개 없는 햇살이 한 가닥 남은 시지프스의 니힐리즘을 안고
어두운 절벽을 기어 오를 때
너는 한 송이 꽃으로 은은한 향기를 풍겨 오리라.
수
오늘도 나는 너의 조용한 미소 앞에 기원하나니.

벽화 위의 시

하나, 둘, 셋,
넷, 다섯, 여섯, 일곱, 여덟…
도대체 우리는 몇이나 셀 수 있는가?
죽는 날까지 우리는 얼마나 많은 거짓말을 할 수 있는가?
처음 거짓말이 마지막 거짓말을 위한 거짓말이 아니었다는
거짓 위안을 갖는 날,
그날 우리는 죽을 수 있는가?
그녀는 자유, 자유, 자유를 찾는 한 마리 새였다. 그리고
나는 방황의 끝을 보지 못하여 마침내 총을 던져 버린 포수처럼
날아가는 새를 바라보고만 있다. 그녀가 쉬는 곳엔 어디에나 또 다른
포수가 있으리
그러나, 그 누가 쏠 수 있단 말인가?
그녀의 희생을 멈추게 할 자가 누구란 말인가?
횃불을 든 숙녀의 눈빛 아래
나의 보잘것없는 야망은 숨을 죽이고
새는 시야에서 아득히 사라진다.
상처받지 않기 위하여 헤어짐과 만남을 연습하여 온 우리
그러나 무엇을 얻었는가? 이 한 잔의 술로
애뜻한 우리의 마음을 달래 줄 수 있는가?
지금도 그 어느 숲속에서는 새의 노래가 울려 퍼지리.

살로메의 회상

텅 빈 기차역
비가 내리고
철로 위를 달리는 그리움
기차는 기적 소리를 내며 떠나가고…
겨울이 다가오는 기차역은
여전히 텅 비어 있다.

번역시/자작시

단재

여기에 자신의 삶을 주저 없이 힘차게 살다 간
뛰어난 배달의 자손이 있었으니…
단재 -- 그의 화살 같은 생 앞에 숙연해질 수밖에 없는 것은
하나로만 일관된 삶을 지향하는 어린 학도의 한 사람으로서
민족의 지평을 바로 볼 수 있게 한 은사인
그를 기리기 때문이리라.
절벽에서 저 아래 끝없이 펼쳐진 광야를 바라본다.
나와 비슷한 인간, 나와 같이 괴로움을 느끼며
나와 같이 즐거움을 찾는 똑같은 우리 민족들
저 광야를 미련 없이 향하여 이 벼랑을
뛰자!
버리고, 떠나고, 잊자고, 단심, 다시 단심.
괴물. 괴물.
그러나 인간들, 망설이는 인간들, 광야로, 자유분방으로
어느 쪽인가
나의 몸은 절벽 위에서 춤추고 영혼은 절벽 아래로 추락한다.
단재 --

꽃을 보며 Ⅲ

첫눈이 내리고 바람 차가운 오늘
나는 한 송이 꽃을 본다.
그리고, 가슴이 뜨거워짐을 참을 수 없는 분노로 느낀다.
사람들은 너를 잊고 너의 잎사귀를 뜯으며
너의 목을 졸라 말라 죽이고 있다.
오천 년 동안 이어 온
민족의 의지로 너는 피어났다.
이제 갓 피어난 너의 순수를,
무지와 정신 장애와 수군거림과 불안과 질투와
방향을 잘못 잡은 충성과 온갖 떨쳐 버려야 할
구폐악의 무게로 짓밟으려 하고있다.
누군가가 바스러져야 한다면
그리하여 모든 이들의 가슴에 소스라치게 아름다운 꽃으로,
창으로 꽂혀 붉은 피 솟구쳐 내야 한다면
하물며 눈물이 아닐 수가
반도의 두 동강이가 흘리는 눈물이 아닐 수가
꽃이여
너의 향기가 스며든 강산에
비로소 민족의 생명이 되살아나리니
이 겨울 밤
따스한 너의 입김으로 녹아지는
봄날의 꿈에 젖는다.

백 년 동안의 사랑

생각하는 지성이라면 정치의 밖에 있을 수 없다고
눈을 감고 상상해 본다.
생산력이 무지무지하게 발달한 세상
그렇지만 더 이상의 생산 관계와의 대립은 있을 수 없음으로
분배의 모순이 극복된 세상
그 어떤 제국주의와의 종속 관계도 배척된 세상
이제 남은 것은 하나 흘러온 세월 그 동아리의 아우성들은
수십만 년 동안의 문제로
민족은 남으리라
민족은 민족이리니
그것은 즐겁게 고양된 과제이리니
그러나 그 세상으로 가는 이 길은 이다지도 험하며,
여러 갈래이며, 길잡이도 없는데
우리의 어깨와 두 다리는 피곤하여 기진맥진하다.
역사의 변증법이란
내 나약한 육체의 지침과 상관없이 찬란하고 숙엄하게
그의 길을 헤쳐 나가는 진리인 것을

오른쪽에서 잡아 끌고 왼쪽에서 끌어당기며…
그러나 그 어느 쪽도
앞으로만 나아가는 것이 지름길이라는 걸 알지 못한다.
이것이 바로 영원히 깨우칠 수 없는 무지인 고야
오른쪽으로 한없이 헤매는 오류 속에서
나 또한 앞으로 나가기 위해
왼쪽으로 힘을 준다.
눈물을 흘리며 목이 터지도록 외쳐 대다
조금 앞으로 나선 모두의 모습을 보고 씩 - - 웃어도 보리.
이제 나는 그 대열에서 벗어나도 좋다.
그래서 나는 마음껏 자유로와 우유부단하고 연약한 성격의
몽상가이어도 좋다.
망망대해에 떨어지는 한 방울 빗물이라고 여기며
삶을 방랑하는 가난한 시인이어도 좋다.
사랑할 수 있다면
그 오랜 역경의 세월을
사랑할 수만 있다면.

번역시/자작시

여행 스케치/영화 감상문

갈남별곡[*]

섬들을 생각할 때면 숨이 막힐 듯한 느낌은 어디서 생기는 것일
까? 해안의 시원한 공기며 사방의 수평선으로 자유스럽게 터진
바다를 섬 말고 어디서 만날 수 있으며 육체적 황홀을 경험하고
살 수 있는 곳이 섬 말고 또 어디에 있겠는가?

그러나 우리는 섬에 가면 〈격리된다. isole〉 - 섬(Ile)의 어원 자체
가 그렇지 않은가? 섬 혹은 〈혼자뿐인〉 한 인간, 섬들 혹은 〈혼자
씩일 뿐인〉 인간들…

-쟝 그르니에-

---

* 나는 이 이야기를 지금의 시점에서 기록하고 싶은 생각이 들지 않았었다. 그냥
구속 없이 회상하며 과거의 추억 속에 머무를 수 있는 자유를 간직하고 싶었다.
그러나 언젠가는 이 이야기를 들려줄 수 있는 평화로운 시절이 우리에게 올 것으
로 생각한다. 고난이 지난 후에 기쁨이 있고 비가 갠 후에 햇살이 있는 것처럼….

나의 가장 친한 친구 중 하나인 멘돌사가 나에게 갈남으로 떠나자고 제의했던 것은 대학 1학년 여름 방학이 시작될 무렵이었다. 아무것으로부터도 구속받지 않는 샘솟는 명랑함과 여유를 지닐 수 있었던 황금 같은 시기가 아니었는가 싶다. 멘돌사는 군 복무를 마치고 나타나서 나에게 그의 떠나 온 고향 마을에 같이 가자는 제안을 한 것이었다. 우리는 한 달 정도 머무를 예정으로 돈을 마련했다. 과일 장사도 하고 공사판 인부도 했다. 그때의 짧은 경험은 두고두고 써먹는 나의 지난 이야기의 일부가 되어 있다.

그렇게 모은 20여 만 원을 가지고 배낭에는, 파인만 박사의 물리학 강의에서부터 니체와 프로이트에 이르는 책들을 하나 가득 집어넣고, 한 손에는 기타, 한 손에는 릴 등의 낚시 도구로 무장한 채 동해의 작은 어촌으로 향하였다. 지도책에 '동해'나 '삼척'이라는 글자보다 훨씬 작은 글자로 나와 있기도 하고 안 나와 있기도 하고, 차를 타고 가다가 동해안의 아름다운 경치에 넋을 잃다 보면 그냥 지나쳐 버리는 그런 작은 마을이었다. 마을 앞바다에는 섬이 있었다. 작은 섬에는 나무들이 있고 언덕도 있고 모래사장도 있고 바위 위에 갈매기 알도 있고 동굴도 있었다. 마을의 선착장에는 그림 같은 어선들이 있었다. 태풍이 올 때마다 무너진 담을 새로 쌓은 집들이 옹기종기 모여 있고 파도가 부서지는 바위 절벽 위에는 도시로 떠난 사람들이 남기고 간 빈집도 있었다.

멘돌사의 삼촌은 작은 어선의 선주였는데 그를 포함한 여러 마을 사람들이 이방인이었던 나를 친절히 맞이해 주었다. 그래서 우리는 절벽 위의 빈집을 빌려 쓰기로 했다. 한 달에 전기 기본료 600원이 집세의 전부였으니 운이 좋았던 편이었다. 그 집에는 가구가 없었다. 마을 청년회의 회장이었던 멘돌사의 작은 삼촌을 부추겨서 마을회관에 있는 책상과 의자를 몰래 꺼내 왔다. 그것이 우리가 필요로 한 가구의 전부였다. 애습이라는 멘돌사의 사촌 동생이 우리의 안내원이 되었다. 처음에는 이 집 저 집에서 저녁을 신세 지다가 며칠이 지나면서 우리는 원시적인 자급자족의 생활 방식을 터득하게 되었다. 놀래기라는 물고기는 입질하도록 내버려 두어서는 안 된다. 그것들은 바늘이 있건 없건 미끼를 덥석 물고 달아나는 놈들이었다. 그래서 당기는 시기를 놓치면 바늘까지 통째로 삼켜 버리기가 일쑤였다.

우리는 매일같이 섬으로 갔다. 영화에서나 나올 것처럼 생긴 뗏목을 타고 갔다. 그 뗏목은 3인승이었는데 한번은 애습의 대책 안 서는 싸이코 형인 맹습과 함께 전부 네 명이 이 뗏목을 타고 섬으로 출발한 적이 있었다. 세 명까지는 괜찮던 뗏목이 네 명이 타자 수면 밑으로 가라앉더니 무릎까지 잠긴 상태로 노를 저어 가게 되었다. 나중에 알았지만, 나머지 세 명에게 뗏목 뒤집기는 어려서부터 즐기던 장난이었다. 그들은 넷 중 하나가 물속으로 들어가 뗏목을 붙잡고 헤엄쳐 가야만 정상적으로 나아갈 수 있다는 것을 알고 있으면서도 바닷물로 들어가는 것이 싫어서 뗏목이 뒤집히는 마지막 순간까지 서로 눈싸움만 하고 있었던 것이었다. 뗏목이 180도 뒤집혔을 때 나는 혼비백산했다. 들고 있던 모든 것들, 버너, 코펠, 기타, 릴 낚시를 몽땅 내팽개치고 뗏목을 붙잡아야 했다. 그렇게 섬에 가면 나는 낚싯대를 맡고 그 친구들은 수경을 쓰고 물속으로 들어가서 직접 작살로 고기를 잡아 왔다. 한 무더기씩 잡은 고기들은 그날 저녁에 숯불구이로…. (글을 쓰는 지금도 군침이 돈다.)

마을의 젊은이들은 앞을 다투어 도시로 떠나갔던 모양이었다. 휴가철이 되자 하나둘 고향으로 돌아오기 시작했다. 멘돌사는 이 지역에서는 꽤 평이 좋은 젊은이에 속했다. 때때로 바닷가에서 소라 껍데기를 줍는 도회지풍의 아가씨가 나타날 때마다 멘돌사와 어렸을 때부터 알고 지내던 사이였다니. 나에게도 해변의 로맨스가 생길 기회가 오지 않을까? 이런 기대는

여행 스케치/영화 감상문

깨어지고 말았다. 우리는 일주일에 한 번씩 삼척시에 가서 쇼핑했다. 그래서 그 어촌에서는 보기 드문 라면류의 즉석 식품을 많이 갖고 있었다. 하루는 멘돌사가 볼일로 나가고 혼자 집에 남아 책을 뒤적이는 날이 있었다. 버트런드 러셀의 책을 지루하게 보고 있는데 두 명의 마을 처녀가 찾아왔다. 그중 한 명은 앞으로 전개될 모험에도 동반하게 될 경심이라는 여걸이었다. 그들은 짜파게티를 얻어먹으려고 왔다는 것이었다. 마을에서 우리가 사는 곳까지는 꽤 멀었는데 나는 본의 아니게 그들의 자존심을 상하게 하여 돌려보내고 말았다. 그 일로 인해 마을에서 나의 평판은 회복 불능이 되어 버렸다. 특히 여자들에게….

휴가철이던 어느 날 저녁을 마치고 전등불 아래 모기를 쫓아내며(갈남에 처음 왔을 때는 모기장을 치고 잠을 잤는데 얼굴에만 스무 방을 물리는 대기록을 세웠다.) 책장을 넘기고 있는데 옆집에 산다는 아가씨가 접시에 수박을 담아 들고 찾아왔다. 멘돌사와 나는 입이 벌어졌다. '옆집에 이런 아가씨가 있었다니.' 목소리가 맑고 다정스러웠으며 마음씨가 착한 여자였다. 북평시에서 직장을 다닌다는 그녀도 역시 멘돌사의 옛 친구였다. 멘돌사는 〈창밖에 잠수교가 보인다〉는 노래를 부르고 그녀는 노래 속에 나오는 대사를 맡고 나는 평화로운 여름밤의 음악회를 감상하는 관객이 되었다. 그녀는 이틀 후부터 직장이 있는 탄광촌으로 돌아갔는지 보이지 않게 되었다.

갈남에서 가까운 곳에 용화 해수욕장이 있다. 이곳이 개장할 때쯤 되자 경북대에 다니는 멘돌사의 사촌 맹습이가 나타났다. 이 친구의 등장으로 우리는 네 명이 되었고 분위기가 조금 달라지게 되었다. 마을에는 과일이 귀했다. 해안에는 마을이 있고 그 위에는 해안도로가 있고 또 그 위로는 산에 과수원도 있고 채소밭도 있었다. 우리는 과수원의 복숭아 서리를 계획하고 밤중에 실행에 옮겼다. 가끔 자동차가 구부러진 도로를 지나가면서 헤드라이트가 과수원을 훤하게 밝히고 지나갔다. 그러면 주인집에 들킬 가능성이 있었다. 열심히 복숭아를 따다가 자동차가 지나갈 때마다 동작을 정지하고 한 그루의 복숭아나무가 되어야만 했다. 그러던 중 "들켰다!" 는 고함 소리와 함께 우리는 초인적인 힘으로 담장을 넘어 도망쳐야 했다. 신발에서 고무 타는 냄새가 나도록, 눈썹이 휘날리도록 뛰다가 동네 어귀에서 일단의 아줌마들과 마주쳤다. "맹습이 아니가, 들고 가는 게 뭐고?" 그래서 동네 아줌마들에게 나누어 주고 몇 개 안 남은 복숭아를 들고 집에 다다랐을 때(이런!) 과수원 주인 아저씨가 우리를 기다리고 있었던 것이었다. 지금 생각해 봐도 그때 우리의 행동을 귀엽게 봐 주기엔 우리의 나이가 너무 많았던 것 같다. 그리하여 다음 날부터 농활 간 심정으로 그 과수원집의 고추밭에 농약 치는 일을 하게 되었다. (농사일이 얼마나 힘 드는지 아는 사람들은 알 것이다.)

해수욕장이 개장하자 우리는 그곳으로 원정을 갔다. 동해안에서 경치가 좋은 해수욕장으로 손꼽히는 곳이었다. 기억에 남는 것 중에 조개를 엄청나게 많이 잡았던 일이 있다. 잠수나 수영이 능숙했던 친구들은 순식간에 많은 조개를 모래 속에서 건져 왔다. 어느 정도 잡은 후에 다른 사람들이 발로 조금씩 주어서 갖고 있던 조개들을 홀짝이나 삼치기를 하여 긁어모았다. 한 포대쯤 되는 조개들을 모래사장에다 펼쳐놓고 판답시고 사람들을 모으는 호객 행위도 했는데 나중에는 물물교환까지 하고도 남은 조개를 집으로 들고 가느라 힘들었던 기억이 난다.

〈잠시 이야기를 쟝 그르니에의『섬』으로 다시 돌려 보자. 그 책의 내용 중에 이런 대목이 있다. 그토록 갈망하여 찾았던 낙원도 문화적인 단절이 주는 고독을 견디기엔 좀 힘들었나 보다.

'그러나 나는 베니스에서 한 달 이상은 살지 못했을 것이다. 싸구려라도 좋으니 단 한 편의 영화 구경만 할 수 있다면 그 모든 모래 언덕들을 다 버리고 떠나고만 싶었으니 말이다.'〉

갈남에서의 20일이 좀 지났을 때 맹습과 나는 서울에 올라와서 영화 한 편을 보았다. 서울은 그대로였다. 부모님께서 좀 황당해하셨다. 열흘쯤 있다 오겠다고 했던 내가 서울에 와서 하룻밤 자고 또 가겠다고 했으니….

맹습과 함께 타고 가던 삼척행 고속버스에서 만났던 안내양 이야기가 있다. 그녀를 처음 봤을 때 비행기를 타고 있는 것인가 하는 착각을 했을 정도였다. 그냥 스쳐 지나가는 인연이었지만 그 당시에는 나의 마음을 상당히 흔들어 놓은 사건이었다. 맹습과 나는 계속 장난을 쳤다. 그녀는 미소 띤 얼굴로 순진하게 우리의 장난에 응해 주었다. 그런 천사 같은 아가씨가 있으므로 해서 평범한 고속버스의 분위기가 완전히 바뀌어 있었다. 마지막 휴게소에 가까이 왔을 때 우리는 앞에 있는 빈자리로 자리를 바꾸었다. 그녀가 안내 방송을 하려고 뒤돌아섰을 때 우리는 눈을 게슴츠레 내리깔고 혀를 반쯤 내밀고 고개와 양손을 어깨 뒤로 젖혀서 죽은 시늉을 했다. 그러면 그녀는 웃음이 나와서 말을 못 하고 서 있었고 우리는 웃으며 쳐다보다가 말을 하려고 하면 다시 그런 시늉을 했다. 그녀는 결국 안내 방송을 제대로 하지 못하고 앉아 버렸고 사람들의 웅성대는 소리가 들려왔다.

"뭐라고 했죠? 몇 분 쉰대요?"

강릉이 고향이라는 그녀는 「관동별곡」의 홍장고사를 생각나게 했다.

다시 갈남에서의 꿈같은 하루하루가 지속되었다. 멘돌사의 삼촌에게 오래전부터 졸라 왔던 일이 하나 있었다. 그건 배를 타고 바다로 나가서 가자미 낚시를 하는 것이었는데 배가 쉬는 날이 없어서 못 하다가 어느 날인가 파도가 너무 심하게 일어서 마을 어선들이 모두 출항하지 않은 날이었다. 낚시 도구를 챙기고 10인승쯤 돼 보이는 통통배에 오르게 되었다. 맹슘의 옆집에 사는 경심이라는 아가씨도 탔다. 배는 먹구름이 잔뜩 낀 무시무시한 바다를 향해 나아가기 시작했다. 아름다운 우리의 섬도 뒤로한 채 망망대해로 한참 나아갔을 때 파도는 더 심하게 일었다. 커다란 파도가 몰려와서 배가 바닷속으로 빨려 들어가다가 물이 갑판 위로 넘어 들어오면 배는 다시 바다 위로 불쑥 솟아올라서 배 안에 있던 물이 쫘 하고 빠져나가는 것이었다. 처음에는 어린이대공원에 있는 바이킹을 타는 기분이었는데 나중에는 어지럽고 견디기 어려울 정도였다. 내가 이러다가 배가 침몰하는 것은 아닐까 하는 걱정스러운 표정을 하였는지 키를 잡고 있던 선장은 가끔 미소를 짓곤 하였다. 그쯤 되자 나는 속이 울렁거리기 시작했다. 선장은 나와 멘돌사 그리고 그의 두 사촌 형제들 사이에 타고 있는 여자 승객 경심을 바라보며 여자가 뱃멀미를 하면 특효약이 있다고 이야기해 주었다. 그건 남자가 꼭 안아 주는 방법이라고 했다. 그 말을 듣고 배에 타고 있던 네 명의 늑대들은 은근히 그녀가 멀미하기를 기다리고 있었는데 중간중간 나, 멘돌사, 맹슘은 멀미를 약간씩 느꼈지만 끝내 그녀는 멀쩡한 채로 항해를 마쳤던 것이었다.

풍랑이 일던 바다를 지나 선장은 배를 평온한 바다로 몰고 갔다. 갑자기 잔잔한 바다가 나타났다. 사방을 둘러봐도 수평선이었다. 그곳에서 낚시를 했다. 너무 깊은 바닷속이라 고기가 물렸는지 안 물렸는지 알 길이 없었다. 커다란 불가사리와 아귀도 한 마리씩 올라왔다. 가자미는 즉석에서 회로 시식했다.

〈파도 소리, 갈매기, 바다내음, 초고추장,

이 모든 것들은 나를 매혹시키기에 충분했다. 그러나 그 당시에는 그토록 몸과 마음이 자유로운 때가 그 후로 다시는 내게 찾아올 수 없다는 것을 짐작도 하지 못하였던 것이었다.〉

국제 학술대회 참가기

오래전부터 꿈꾸어 오던 일이었다. 낯선 이국땅을 자유롭게 여행한다는 것. 더군다나 세파에 시달린 나는 혼자 떠난다는 사실도 어색하지 않았다. 그리운 사람들은 내 마음속에 있으니 어디를 가든지 함께 있다고 느껴지는 것이다. 떠나기 두 달 전에 네덜란드에서 FAX가 왔다. 국제 학술대회 참가를 환영한다는 내용이었다. 공동 저자인 교수님의 추천이 있었기 때문에 내심 고대하고 있었지만 뜻밖의 회신이었다. 대학원 2년 동안 노력의 결실인 내 논문이 세계 무대에 서게 된다는, 생각만 해도 가슴이 설레는 일이었다. 그 당시 군 복무 중이던 나는 시간을 쪼개서 만반의 준비를 다 했다. 생각나는 대로 아주 세밀한 것까지. 짐은 최소화해서 가방과 배낭에 나누어 넣었는데 배낭은 주로 나의 기타를 넣는 데 사용되었다. 기타를 가지고 가는 것에 대해 전부 고개를 내저었지만 여행 가는데 기타를 안 가지고 간다는 건 나로서는 갈비뼈를 하나 떼 놓고 가는 것처럼 허전한 노릇이어서 어쩔 수 없었다.

드디어 1993년 8월 전역을 했고 천신만고 노력으로 나는 그다음 날 비행기를 탈 수 있었다. 대략적인 나의 계획은 런던 도착 이틀 후 6일간 학술대회에 참가하고 10일 동안 유럽을 일주하는 것이었다. 학술대회 참가 자체도 가슴 설레는 일이었지만 바이런과 괴테와 같은 지성들의 순례지였던, 서양 문화의 요람이라 할 유럽 대륙을 나의 두 발과 두 눈으로 답사할 것을 상상하니 꿈만 같았다. 저렴한 비행기표를 구하다 보니 홍콩에서 갈아타고 가야 했다. 떠날 때의 상쾌한 기분은 여행이 주는 즐거움 중 하나임이 틀림없을 것이다. 비행기는 서쪽으로 지는 해를 쫓아 날아가고 있었다. 아름다운 저녁노을을 조금 더 보기 위해 생텍쥐페리의 어린 왕자는 의자를 조금씩 옮겨 갔다고 했지만 지구도 그리 큰 별은 아닌 듯싶다는 느낌이 들었다. 간간이 창문을 통해서 지지 않는 노을을 볼 수 있었으니….

　홍콩에는 시가지 안에 공항이 있어서 비행기에서 보는 도시의 야경은 마치 SF 영화에서 비행 접시를 타고 도시를 누비는 느낌이었다. 공항 안에 무장 경찰관들이 있었는데 기관총을 들고 다녔다. 잠시 후 런던으로 가는 밤 비행기를 탔다. 금강산도 식후경이라고 든든히 먹어 둬야겠다는 생각에 주는 음식을 하나도 거절하지 않고 먹어 대고 있는데 옆에 탄 아가씨는 별로 안 먹고 있어서 조금 민망스러웠다. 가만 보니 15시간에 가까운 긴 시간 동안 혼자 여행하는 젊은 아가씨와 나는 그 좁은 공간에서 같이 있어야 하는 운명이었다. 비행기가 러시아 상공을 넘어서 유럽 대륙으로 진입할 때쯤 되었을 때 결국 이야기를 나누게 되었다. 창밖에는 떠오르는 태양이 우리의 뒤를 계속 쫓아오고 있었다. 영화 〈러브 스토리〉(1970)의 여주인공과 닮은 듯한 이 영국 소녀는 여름 방학 동안 홍콩에 있는 친척 집에 놀러 갔다가 집으로 돌아가는 길이었다. 중간중간 의사 전달이 잘 안 돼서 고생도 했지만 영어로 미팅하는 기분이었는데 재미있는 건 나는 이 소녀의 나이를 네 살쯤 위로 보았고 그녀는 나를 네 살쯤 아래로 보았다는 것이다. 나를 이십 대 후반이라고 생각지 못했다고 했는데 나도 그녀가 18살이라고는 생각하지 못했었다. 영국에 돌아가서 보게 될 U2의 공연 티켓을 6개월 전에 사 놨다는 이 소녀는 그녀의 아버지가 선박 관련 엔지니어이고 한국 통닭을 좋아한다는 것을 비롯하여 여러 가지 이야기를 나누었다. 비행기가 런던 히스로 공항에 도착했을 때 그녀는 나를 한 번 쳐다본 후 사람들 틈 속으로 사라져 버렸다.

공항에서 빠져나온 나는 지하철을 탔다. 시내 중심부로 향하는 차로 갈 아탔을 때 나는 내가 소위 melting pot이라고 하는 곳에 와 있다는 걸 알 수 있었다. 정말 다양한 인종의 사람들이 있었다. 나는 신기하다는 표정으로 그들을 쳐다보았는데 재미있는 일은 그들도 나를 신기하다는 표정으로 쳐다보는 것이었다. 런던에는 흐린 날이 많다는 고정 관념을 깨트릴 정도로 내가 도착한 날은 맑고 화창한 날이었다. 나는 시간에 맞춰 버킹엄 궁에서 벌어지는 근위병 교대식을 보기 위해 서둘렀다. 내가 짐작하기에 런던 거리를 다니는 사람들의 70%는 관광객들이었다. 비록 혼자 하는 관광이었지만 주의에 나와 같이 사진기를 들고 분주히 움직이는 사람들이 많으니 혼자라는 느낌이 전혀 안 들었다. 점심 때는 런던 시내에 있는 대학 안에 들어가서 핫도그를 샀는데 한 입 깨무는 순간 나는 이빨이 빠개지는 줄 알았다. 그들은 그렇게 겉이 딱딱한 빵도 잘 먹는가 보다. 그 이후로 나는 막연히 한식이나 양식이나 가리지 않고 잘 먹는 내 식성 때문에 음식 문제는 별로 없을 것이라고 예상했던 것과는 달리 먹는 문제가 만만치 않다는 것을 깨달아야 했다. 런던에는 대영 박물관이 있었다.

유럽 대륙을 통틀어 너무 많은 박물관을 다녀서 기억에 혼돈이 생길 지경이지만 그중에서 뽑는다면 대영 박물관과 뮌헨의 도이치 박물관 그리고 파리의 루브르였다. 물론 이들 중 하나만이라도 제대로 보려면 2박 3일이 소요된다고 하니 내가 본 것은 수박 겉핥기식이었지만 나름대로 집중해서 속독으로 보았다. 도이치 박물관 안에는 광산도 있었고 조선소도 있었고 물리, 화학, 우주, 악기 등등 산업과 관련된 모든 것들이 엄청난 규모로 내장되어 있었다는 것이 독특했고 다른 박물관들에 대해 느껴지는 감상들은 대체로 내가 한국에서 지니고 있었던 박물관이라는 이미지와는 전혀 반대되는 것이었다. 한국에서는 예를 들어 경복궁의 국립박물관에서 볼 수 있는 것은 우리 고유의 문화와 유산들이다. 그러나 유럽의 대다수 박물관은 전리품 전시장을 방불케 했다. 전 유럽에 걸쳐 퍼져 있는 고대 이집트의 미라를 비롯한 유물들과 그리스 로마시대의 유물들을 볼 때면 '저 미라 속의 주인공들은 훌륭한 문화를 이루었던 장본인들이었는데 어쩌다 못난 후손들을 만나서 이 낯선 곳에 와서 욕을 보고 있구나.' 하는 가련한 생각과 한편으로는 그들이 훌륭한 문화를 이루었다는 사실을 많은 사람에게 알릴 수 있는 기회를 이 박물관이 제공하고 있다는 긍정적인 생각이 머릿속에서 충돌을 일으키게 되었다. 대영 박물관에 들어섰을 때 나의 눈길을 끈 것은 입구에서 가까운 곳에 독립적으로 전시되어 있던 고려자기들이었다. 순간적으로 자부심이 느껴졌다. 하지만 그 위층에 있던 수많은 중국 자기들이 양적으로 위축감을 느끼게 했는데 나는 이내 과거에 번영하였던 세계 각국의 문화유산에 심취되어 한국이라는 특수 상황은 잊어버리게 되었다. 대영박물관은 해가 지지 않는 나라라는 칭호에 걸맞은 규모와 내용을 보여 주었다.

박물관을 나와서 피카디리 광장을 지나 근처 미술관에 들어갔다. 잠시 벤치에 앉아 쉬려고 하자 갑자기 졸음이 쏟아지는 걸 느꼈다. 시차에 의한 현상이었다. 그 시간에 한국에 있었다면 곤히 잠이 들 새벽 1시였기 때문이었다. 그러나 별로 심하지는 않았다. 나는 서울에서 저녁 때 비행기를 타고 잠을 자다 아침에 런던에 도착한 거나 다름없었다. 단지 그 밤이 보통 날의 두 배 정도로 길었을 뿐. 피로가 가시자 이번에는 시장기가 느껴졌다. 이런 배낭 여행의 근본적인 문제는 역시 먹고 자는 일이었다. 런던의 차이나타운이라 할 수 있는 서호 거리를 헤매다가 중국집에서 밥으로 된 저녁을 먹을 수 있었다. 땅거미가 질 무렵 시내 중심지에서 멀리 떨어지지 않은 숙소에 도착했다. 유스 호스텔에는 명칭에 맞게 젊은이들이 많았다.

내가 지나가면 "저기 아시아인이 온다."라고 수군거리는 그들 중에는 건전해 보이는 젊은이들도 있었지만 그날 밤 잠이 들기 전에 나는 며칠 후 발표할 논문 내용을 검토해야 했기 때문에 그들과 어울릴 시간은 없었다. 그러나 열쇠라든지 숙소 이용에 대해 잘 몰랐기 때문에 사무실의 아가씨와 여러 번 이야기를 나누게 되었다. 명랑하고 친절한 흑인 여자였는데 가만 생각해 보니 이렇게 피부색과 인종이 다른 사람들과 농담까지 주고받는 상황이 신기하기만 했다.

다음 날도 바쁜 하루로 이어졌다. 런던 브릿지, 웨스트민스터 사원, 세인트폴 성당 지도를 펴고 가장 합리적으로 관광할 수 있는 동선을 계획해야 했다. 한 가지 놀란 사실은 되도록 다리를 걸어서 건너는 것은 피하려고 생각했었는데 왜냐 하면 한강 다리를 걸어서 건너는 것이 얼마나 시간이 오래 걸리는지 알고 있었기 때문이었다. 그러나 실제로 가 보니 템즈는 한강에 비해 강폭이 훨씬 좁았다. 나중에 알게 되었지만 라인과 세느도 마찬가지였다. 걸어서 다리를 건너며 강을 구경하기에 충분할 정도로…. 런던을 다니면서 느꼈던 것 중에 거리의 가수들이 만들어 내었던 풍경들도 잊을 수 없다. 지하철의 에스컬레이터를 타고 내려오면서 보았던 기타 반주로 노래를 부르던 흑인 청년의 모습은 한편의 뮤직 비디오를 연상케 했다. 유럽인들은 그들의 음악을 공감할 수 있는 여유도 지니고 있었다. 긴 지하도의 모퉁이에 한 사나이가 기타를 치며 비틀즈의 곡들을 부르고 있는데 그곳을 지나가던 40대 후반의 신사가 동전 한 닢을 던져 주고는 그의 노래를 감상하는 것이었다. 옷차림으로 보아 관광객은 아닌 듯싶었다. 과로사의 위험을 받으며 살고 있는 한국 사람들에게는 실로 부럽기만 한 '동전 한 닢의 여유'였다. 그날은 숙소를 다른 곳으로 옮겼기 때문에 새 숙소를 찾아가야 했다. 힘들게 찾아간 숲속의 유스 호스텔은 술렁이는 젊음의 분위기를 느끼게 하는 곳이었다. 유스 호스텔과 이웃한 극장에서는 오페라가 공연되고 있었다. 너무 늦게 도착한 데다 피곤하기도 하여 오페라는 포기하기로 했다. 숙소는 기숙사식으로 되어 있었는데 방 안에 있던 문을 여는 순간 사이렌이 울리기 시작했다. 그것은 비상문이었다. 아무리 애를 써도 한 번 열린 문은 닫히지 않았다. 다들 극장에 갔는지 방안에는 아무도 보이지 않았는데 바로 옆자리에 사이렌 소리에도 아랑곳하지 않고 책을 읽는 청년이 있었다. 내가 왜 비상문을 열었는지 의아해하던 그 일본 청년은 사이렌을 멈추게 하는 데 별 도움이 되지 않았다. 할 수 없이 도움을 요청하기 위해 밖으로 나가야 했다. 리셉션 쪽으로 가던 길에서 나에게 열쇠를 주었던 아가씨와 마주쳤다. 그녀는 랜턴을 들고 주위를 두리번거리며 혼잣말로 "웬 사이렌이야?" 하고 중얼거리고 있었다. 사이렌을 울린 장본인이 나라는 걸 알려 주자 그녀는 관리하는 아주머니를 불러왔다. 그 아주머니와 함께 한참 씨름한 끝에 비상문을 겨우 닫고 한숨을 돌리게 되었다. 그러나 그날 밤 나는 두세 가지의 실수를 더 저지르고 난 후에야 잠이 들었다.

런던에서의 마지막 날은 아침부터 비가 오기 시작했다. 짐을 싸 들고 빅토리아역으로 갔다. 나의 중대한 목적지인 네덜란드의 헤이그로 가기 위해서였다. 여기서 영국식 발음 때문에 해프닝이 벌어졌다. 그들은 'a'를 대부분 '아'로 발음했다. 역에서 헤이그로 가려고 한다고 말하자 표를 팔던 역무원이 질문을 해 왔다. "Do you want to go there 투다이?" '투다이'를 'to die'로 해석한 나는 '이게 웬 소린가?' 하고 놀랄 수밖에 없었다. '당신 죽으려고 거기 가려는 거요?' 하고 묻는 게 아닌가? 나는 난처한 표정을 지으면서 자꾸만 되물어야 했다. 그 역무원이 세 번째로 같은 말을 아주 천천히 다시 이야기했을 때 비로소 그 '투다이'가 'today'라는 걸 깨달았다. 그리고는 거의 쓰러지면서 대답해야 했다. "물론이죠, 투데이."

그렇게 힘들게 구한 기차표는 한참 후에나 출발하게 되어 있었다. 역 근처를 돌아다녀 봐도 시간이 좀 남았다. 역에서 먼 곳까지 다녀오기에는 빠듯했고 그냥 기다리고 있기에는 지루하게 느껴질 시간이었다. 나와 비슷한 처지에 있던 배낭족들이 앉아 있던 계단에 앉아서 배낭에 있던 기타를 꺼냈다. 기타 소리에 주위에 있던 사람들의 시선이 집중되고 있었다. 본격적으로 연주가 시작되려는 순간 '핑'하고 3번 줄이 끊어지고 말았다. 그리하여 나의 기타는 후에 헤이그의 악기점에서 기타 줄을 구입할 때까지 침묵을 지켜야만 했다.

도버로 향하는 기차의 객석은 텅 비어 있었다. 짐은 맞은편 좌석에 아무렇게나 집어 던지고 편한 자세로 앉아 있는데 커다란 가방을 든 소녀가 나타나서 바로 건너편 좌석에 앉았다. 그녀는 긴 머리를 한참 손질하더니 나에게 "짐 좀 봐 주실래요?"라고 하고는 자리를 잠시 비우는 것이었다. 후에 도버에 도착하여 국경을 통과하고 배를 타기 위해 이쪽 저쪽으로 몰려다니는 동안 그 소녀와 함께 다니게 되었다. 원래는 제트호일이라는 쾌속정으로 가게 되어 있었지만 기상이 안 좋아서 대신 훼리호를 타게 되었다. 시설도 괜찮은 큰 배였다. 깎아 세운 듯한 절벽으로 이루어진 영국의 해안선을 뒤로하고 배는 검푸른 바다를 행해 나아갔다. 의자에 앉아서 잠시 졸았나 보다. 창밖에는 먹구름이 가시고 햇살이 비추고 있었다.

갑판으로 나가 보니 하늘은 개었지만 아직도 바람은 아주 세게 불고 있었다. 오랜만에 확 트인 바다를 접하게 되어 시원한 기분이 들었다. 거기서 기차에서 만났던 그 여학생을 다시 만났다. 내가 학생이냐고 묻자 그녀는 자기 나이를 맞춰 보라고 한다. 런던행 비행기에서의 경험을 살려 충분히 낮춰서 찍었는데도 틀리고 말았다. 그녀는 헝가리의 승마학교에서 열흘을 보내고 남은 여름방학을 영국에서 보내다 집으로 돌아가던 독일의 고등학생이었다. 입시 공부에 여념이 없는 한국의 고교생과는 대조적으로 방학을 이용해 견문을 넓히는 많은 유럽의 고등학생 중 하나였다. 그녀의 아버지가 영어로 된 책 한 권을 읽어야만 독어로 된 책 한 권을 사도록 허락하기 때문에 그녀는 배 안에서도 영어로 된 추리 소설을 읽고 있었다. 그녀는 한국에 대하여 몇 가지 질문을 했다. 한국인들은 어떤 말과 글을 쓰느냐는 것이었다. 내가 한글로 쓰인 관광 안내 책자를 꺼내서 보여 주었더니 글자들을 살펴보며 복잡하게 생겼다고 신기해했다. 잠시 후 배는 프랑스의 칼레에 도착했고 그 여학생은 독일로 가기 위해, 나는 네덜란드로 가기 위해 인포메이션 창구에서 줄을 서서 기다려야 했다. 안내원으로부터 헤이그행 기차가 5분 후에 출발한다는 이야기를 듣고는 시계를 보며 정신없이 돌아서는데 그 여학생이 손을 흔들며 인사를 했다. 워낙 짧은 만남이었지만 짧은 작별이었다.

유럽을 돌아다니며 깨닫게 된 사실이지만 전 유럽의 기차나 선박들은 합리적으로 빈틈없이 운행되고 있었다. 국경을 넘어서 기차를 갈아탄다고 하더라도 갈아타는 데 소요되는 시간을 최소화하도록 각 나라 간의 열차 시간표를 맞춰 놓은 것이다. 그러므로 한국에서처럼 갈아타는 동안 어슬렁거리며 다니는 유럽인들은 없었다. 서두르지 않으면 가장 빠른 기차를 놓치게 되기 때문이다. 이 사실을 알고 있지 못했던 나는 벨기에에서 갈아탈 기차를 놓쳤고 계획했던 도착 시간이 지연되어 헤이그에는 늦은 밤에 도착했다. 다음 날은 학술회의가 열리는 월요일이었다. 회의장에 도착하여 등록하는 동안 한국에서 온 분들을 하나둘 만나게 되었다. 미국에 적을 둔 한국 분도 계셨지만 학술대회에 참가한 한국분들은 포항공대에서 한 분, 동아대학교와 동신대학교에서 한 분씩 오셨고, 대전의 원자력 연구소에서 오신 두 분 중에는 나와 같은 대학원을 나온 실험실의 선배도 있었다.

첫날은 대체로 머릿속이 복잡해지는 느낌이 있었다는 걸 고백하지 않을 수 없다. 발표되는 논문들은 현대 과학의 최첨단 분야에 속하는 내용들이었는데 나는 그 당시 군 복무로 인해 이들과 단절된 지 오래된 상황이었다. 이와 같은 느낌은 대부분의 복학생이 한 번쯤 경험하게 되는 현상일 것이다. 둘째 날부터 서서히 감을 잡기 시작했지만 기억의 저편에 묻혀 있는 과거의 지식들이 가물가물하며 쉽게 다가오지 않았다. 그러나 초청된 논문도 포함되어 있는 구술 발표와 포스터 발표 중에는 교과서나 유명 논문에서 보았던 저명한 학자들도 찾아볼 수 있어서 흥미로웠다. 물리학의 응용 분야 중 하나라 할 수 있는 자유 전자 레이저는 역사적 배경으로 볼 때 미국 내의 여러 국립연구소에서, 80년대에 추진되었던 우주 전략방어계획(SDI)과 연관되어 발전에 활기를 띠기 시작하였기 때문에 미국이 강세를 보이긴 하지만 가속기 분야가 발달한 유럽과 일본에서도 훌륭한 논문들이 많이 배출되고 있었다. 한국은 이제 막 시작하는 단계였고, 중국의 국제 사회에 등장하려는 노력은 한국보다 더 열심인 듯싶었다.

회의 도중 라운지에서 교과서의 저자 한 분을 발견하였다. 마침 혼자인 것 같아서 이야기할 기회가 생겼다. 나의 논문을 보여 주자 그는 한눈에 내용을 파악했다. 이미 7~8년 전에 그가 재직 중인 미국 컬럼비아대학과 모 국립연구소에서 20여 명의 과학자가 참가하여 유사한 실험을 한 적이 있기 때문이다. 포스터 발표장에는 여러 사람들에게 둘러싸인 노신사 한 분이 계셨다. 가까이 가서 보니 내가 전에 편지를 쓴 적도 있는 MIT의 교수였다. 그의 실험은 그 방면으로는 가장 앞서가고 있었다. 그에게 질문하는 사람들이 많았기 때문에 나는 한참 기다려야만 이야기할 수가 있었다. 사무적으로 무표정하게 말씀하셨던 분이셨는데 나의 논문 사본을 건네받고는 잠시 반가운 표정을 짓기도 했다.

학술회의 도중에는 줄곧 한 숙소에 묵었다. 조용하고 저렴한 곳이었는데 이곳을 처음 찾아갈 때는 무척 힘이 들었었다. 그 집 앞을 수차례나 지나쳤는데도 심지어는 그 옆집에서 나온 사람에게 물었는데도 쉽게 찾을 수가 없었다. 간판이 눈에 안 띄는 집이었다. 나중에는 길 가는 사람이 없어서 근처 술집에 들어가 바텐더에게 물어보기도 했다. 팔에 문신을 한 그 바텐더는 영어를 모르는 것 같았다. 그래도 내가 술을 주문하지 않았다는 건 알았는지 고개를 내젓기만 했다. 결국 한 청년이 자기가 가던 길을 되돌아서 500미터쯤 걸어가 그 집 앞에 와서 "바로 이 집입니다." 하고 가르쳐 주었다. 유럽인들의 친절을 절감하게 한 청년이었다. 그런데 문을 열고 들어가자 대뜸 "한국에서 오셨지요?" 하고 묻는 것이었다. 그걸 어떻게 알았냐고 했더니 전날 한국 사람 일곱 명이 이곳을 다녀갔다는 것이다. 그 사람들도 대단한 의지의 한국인이라는 생각이 들었다.

수요일에는 오전에만 발표가 있었고 오후에는 학술 관광이 있었다. 두 그룹으로 나뉘어서 이루어졌는데 내가 속해 있던 쪽은 헤이그에서 떨어진 곳에 있는 연구소를 견학하였다. 그곳에는 핵융합 장치 토카막도 있었지만 자유전자레이저를 위한 선형전자가속기가 볼만했다. 땅 밑에는 연구소가 있었고, 지상은 옛 귀족의 별장이었던 곳이라 관광지나 다름없었다, 돌아오는 길에는 주최 측에서 마련한 보트를 타고 네덜란드 운하의 아름다움을 감상하게 되었다. 경치가 아름다우니 같이 구경하던 다른 사람들과 쉽게 친해질 수 있었다. 옆에 서 있던 미국인 학자와 이야기하게 되었다. 그는 그저 캘리포니아에서 왔다고 했지만 전날의 학회장에서 보았기 때문에 나는 그가 스탠퍼드에서 왔다는 걸 알고 있었다. 내가 한국에서 왔다고 하자 그는 아시아의 많은 나라를 가 보았지만 한국에만 못 가 봤다고 이야기했다. 그때 나는 유럽의 경치와 사람들에게 서서히 반해 가고 있었기 때문에 그에게 한국은 아름다운 나라이니 꼭 한 번 와 보라는 말이 선뜻 나오지 않았다. 대신 한국이라는 나라에 대해 객관적으로 다시 생각해 보았다. 한국에 온 외국인들이 과연 내가 유럽에서 느낀 것처럼 사람들이 친절하다고, 자연과 문화가 아름답고 성숙해 있다고 느낄 수 있을까?

다음 날은 포스터 발표의 마지막 날이었고 나의 논문도 전시되게 되어 있었다. 오전에는 독일과 오스트리아에서 온 의사들의 구술 발표가 있었다. 레이저를 의술에 적용하는 주제를 다루는 흥미로운 내용이었다. 학술대회 도중 느꼈던 몇 가지 기억할 만한 일은 동유럽의 몰락으로 그쪽의 많은 과학 인력이 서방 세력으로 쏟아져 나오고 있었다는 것이었다. 미국의 유명한 대학에서 공부하는 경쟁력 있는 중국 학생을 보는 것은 어렵지 않은 일이었는데 러시아의 학자 중엔 경제적인 어려움에도 불구하고 고국을 떠나지 않은 경우도 있는 듯했다. 논문 인쇄의 세련되지 못한 점이나 나중에 말없이 전시했던 것들을 거둬 가는 그들의 옷차림들은 비록 먼 과거에서 온 듯한 인상을 주었지만 그 논문의 내용들은 훌륭한 것이었다. 각 나라마다 특성이 있었다. 프랑스는 수학에 바탕을 둔 이론 쪽에 강세가 있었다. 세계 각국의 사람들이 모여서 영어로 정보를 교환하다 보니 억양도 각양각색이었다. 한국에 있을 때는 미국인들이 하는 영어가 가장 듣기 어렵다고 생각했었는데 이곳에 와 보니 전혀 알아들을 수 없는 상황도 흔히 있었다. 내가 있던 포스터 발표장의 가까운 곳에서 자신의 논문을 열심히 설명하던 한 이탈리아 학자의 영어도 그랬던 것으로 기억된다. 파바로티가 랩을 부른다면 그와 비슷할 것이라는 상상을 하게 만들었다. 발표장에는 다른 훌륭한 논문들이 많아서 나의 논문에 관심을 가질 만한 학자가 있을지 의심스러웠는데 예상외로 흥미로워하던 학자들도 있었다. 중국, 일본, 영국, 러시아, 이스라엘 등 여러 나라에서 온 학자들이 내 논문의 사본을 요청해 왔다.

목요일 저녁에는 주최 측에서 마련한 만찬이 있었다. 그때 나는 원자력 연구소에서 온 분들과 동행이었는데 그분들과 연구 협력 관계에 있던 러시아의 학자들도 같은 테이블에 앉게 되었다. 그들 중에서 가장 젊어 보이는 학자가 옆자리에 있었기 때문에 그와 대화를 나누게 되었다. 나와 비슷한 나이였는데도 세 살 난 아들이 있었던 그는 한국 사람들이 자기네 나라 사람들보다 결혼을 늦게 한다고 평했다. 러시아의 모든 계층 사람들에게 영향을 미쳤던 가수 비소츠키에 관해 묻자 그는 진지하게 답변해 주었다. 이런저런 이야기 끝에 음악에서 연극과 문학으로 화제가 넘어가서 『닥터 지바고』를 이야기했더니 그는 "독토르 쥐바고."라며 나의 발음을 세 번이나 교정해 주었다. 그러나 끝내 제대로 된 '쥐바고'는 발음하지 못했다. 그런 와중에 옆에 있던 다른 러시아 학자들 사이에도 이야기가 퍼져서 한국에서 온 학자가 『닥터 지바고』를 읽었다는 사실을 대견하게 여기는 것이었다. 그는 고르비를 좋지 않게 생각한다고 이야기했다. 그의 등장으로 러시아 사람들의 생활이 파괴되어 버렸다는 것이다.

학회의 마지막 날이었던 금요일에는 오전에만 구술 발표가 있었다. 헤이그를 떠날 때가 가까워 왔기 때문에 나는 점심시간을 이용해서 꼭 가 보고 싶었던 곳을 찾아가게 되었다. 처음 관광 안내소의 직원에게 1907년에 이곳에서 만국평화회의(International Peace Conference)가 열렸던 것을 아냐고 했더니 고개를 내저었었다. 그 순간 못 찾는 게 아닌가 하는 생각이 스쳤지만 계속해서 그때 한국에서 온 세 사람 중 한 분이 이곳에서 돌아가셨다는 이야기를 하자 알고 있다며 묘소의 위치를 알려 주었다. 가는 길에 화훼의 나라에서 파는 꽃 한 다발을 샀다. 헤이그 도심에서 멀지 않은 외곽 지역의 공동묘지에 도착하여 관리 사무실을 찾아갔다. 나의 이야기를 들은 여직원은 친절하게 묘지의 위치를 알려 주는 지도와 이준 열사의 묘지 사진이 있는 기념 엽서를 건네 주며 방명록에 서명하도록 안내해 주었다. 공원을 산책하듯이 하여 찾아간 열사의 묘지는 우려했던 것만큼 초라하지는 않았다. 헌화를 하고 잠시 생각에 잠기게 되었다.

1907년에 국제 평화회의가 열린 지 86년의 세월이 흘렀다. 그 당시 우리나라의 회의 참석을 가로막았던 일제는 그후 한국을 포함한 여러 아시아 국가의 여성들을 위안부로 유린하는 등 만행을 저지르다가 결국 핵폭탄의 세례를 받았으나 아직도 과거 역사를 올바로 청산하지 못하고 있다. 1년 전 바르셀로나 올림픽의 마라톤에서 일본 선수를 제치고 우승을 차지한 황영조 선수의 감격스러운 모습을 보셨다면 열사의 원혼이 위로를 받으셨을까? 학술회의장에서 나의 논문에 관심을 보였던 일본 학자는 일본은 더 이상 과거 세대의 생각을 갖고 있지 않다며 아시아인이 뭉쳐야 한다고 이야기한다. 그러나 그 말은 과거의 잘못을 뉘우친다는 것도, 마음을 고쳐 먹었다는 것도 아니고 그저 과거 세대의 일에 관심이 없다는 의미로 밖에 해석이 안 된다. 한때 나라 전체가 제국주의에 사로잡혀 도덕성을 잃었던 시기가 있었다는 사실에 대해 반성을 할 것인가는 사실 그들의 문제이다. 복수심은 베이컨이 지적한 대로 고상하지 못한 감정이 아닌가? 현재를 살아가는 일본인들 하나하나에 대하여 가진 편견은 없다. 그러나 우리는 우리의 문제를 해결하여야 한다. 김구 선생의 소망하심처럼, 첫째는 완전한 자주독립의 나라를 세우는 것이고 둘째는 아름다운 문화를 꽃피우는 것, 이 소원은 아직 이루어지지 않았다. 어쩌면 그 당시나 지금이나 상황은 별로 달라지지 않았다고 할 수 있지 않은가? 21세기를 눈앞에 둔 현시점에도 열사가 품었던 단심에 감동의 무게를 느끼는 한국인이 나 하나만은 아니리라.

금요일 오후 5일간의 회의 일정이 모두 끝나고 한국에서 온 분들과 일행이 되어 암스텔담으로 향했다. 대부분 한국행 비행기를 타기 위해서였지만 짧은 틈을 이용하여 암스텔담의 이곳저곳을 돌아볼 수 있었다. 거리의 예술가들이 독특한 인상을 주는 운하의 도시였다. 다음 날 아침 거리를 걷다가 일단의 여학생들이 자전거를 타고 학교로 가는 모습을 보았는데 차들도 다니는 사거리를 씽씽 달리는 그들 중에는 양손으로 아침을 먹으며 자전거를 타고 가던 여학생도 있었다. 그 모습을 보고 놀란 나는 열린 입을 다물지 못하고 서 있는데 뒤에서 웃음소리가 났다. 돌아보니 할아버지 몇 분이 미소를 지으며 나에게 인사말을 건네셨다. 네덜란드 말로 '굿모닝'이었다. 그런 모습은 그곳에서도 흔치 않은 풍경이었나 보다.

　운하를 운행하는 배를 타고 암스텔담의 멋진 풍경을 함께 보았던 한국 분들과 아쉬운 작별을 하고 그분들은 한국으로 가기 위해 나는 남쪽의 유럽 대륙으로 가기 위해 갈 길을 재촉했다. 저녁 때가 되자 기차는 독일의 북부를 가로질러 베를린 역에 나를 내려놓았다. 베를린의 첫인상은 다른 유럽의 도시들에 비해 비교적 넓은 차도의 틈 사이로 보였던, 폭격으로 반쯤 부서진 옛 건물의 모습으로 다가왔다. 라인강의 기적이 어떤 것이었는지 짐작게 하였다. 현대식 시설에 깨끗하고 조용한 유스 호스텔에서 하루를 묵고 베를린 시내로 향했다. 신나치의 영향인지 외국인이었던 내가 느끼기엔 다소 냉랭한 분위기가 있었다. 그러나 친절했던 할머니 한 분이 이러한 나의 느낌을 역전시켜 놓았다. 몇몇 박물관과 관광지를 돌아보고 역으로 가기 위해 길을 물을 때였다. 거리에서 신문을 팔고 있던 터키인으로 짐작되는 사람에게 영어로 길을 물었는데 나의 질문을 알아들은 그는 유창한 독어로 대답을 해 왔다. 전혀 못 알아들으면서도 고개만 끄덕이다가 그가 손으로 가리켰던 쪽으로 가기 위해 횡단보도를 건너자, 그와 그 옆에 서 있던 할머니가 손을 흔들며 나를 부르는 것이었다. 나는 영문을 몰라서 같이 손을 흔들어 주고는 버스를 탔는데 아차 하는 생각이 들어 다시 한번 기사에게 물었더니 반대 방향으로 가는 차라고 했다. 그제야 나를 부른 이유를 알게 되어 횡단보도를 다시 건너 처음 위치로 돌아왔는데 그때까지 그 할머니는 나를 기다리고 있었다. 그리고는 영어로 중앙역으로 가기 위해서는 이쪽에서 버스를 타야 하고 시내를 한 바퀴 돈 후에 종점에서 내리면 된다고 친절하게 알려 주셨다. 이렇게 해서 내가 베를린에서 머물렀던 시간은 24시간이 채 안 되었지만 좋은 인상을 지닌 채 떠날 수 있었다.

다시 기차를 타고 남쪽으로 향했다. 도로를 빠른 속도로 달리던 자동차도 내가 탄 기차를 따라잡을 수 없었는데 승차감도 좋았다. 창밖에는 동화책에서 본 듯한 그림 같은 들판과 언덕 그리고 마을의 집들이 지나가고 나는 헤르만 헤세의 소설에 나오는 주인공이라도 된 듯이 그 풍경 속으로 빠져들어 갔다. 어두워진 후에야 뮌헨에 도착했다. 지하철을 타고 숙소와 가까운 역까지 갔지만 어디로 나가야 할지 몰라 공중전화 앞에서 망설이고 있을 때였다. 나보다 더 촌스러워 보이는 짙은 피부색의 청년들이 공중전화 사용이 미숙해서인지 우스꽝스러운 장면을 연출하고 있었다. 나의 눈길을 끈 것은 그 모습을 지켜보며 천진한 웃음을 참지 못했던 한 소녀였다. 꽤 늦은 시간이었는데 커다란 검은 개를 데리고 있었다. 청년들은 가고 나는 전화를 걸지 않고 그녀에게 직접 길을 물었다. 몇 마디 이야기를 주고받는 사이 영리해 보였던 검은 개가 장난을 치기도 했는데 그녀의 집으로 가는 길과 나의 숙소로 가는 길이 갈라지는 곳까지 걸어가는 짧은 시간 동안 내가 느꼈던 것들은 몇 마디 이야기보다 워즈워드의 시 「고원의 소녀에게」에 너무나 잘 나타나 있다. 만약 워즈워드가 이 아름다운 시를 쓰지 않았다면 나는 그때 그 소녀를 기억하며 「뮌헨의 소녀에게」라는 시를 썼을지도 모를 일이었다.

날씨는 맑고 거리는 깨끗하고 사람들은 평화로운 모습들이었다. 마리안 광장을 지나서 지하철에서 만났던 친절하신 할아버지의 안내로 도이치 박물관에 찾아갔다. 이미 언급한 바가 있지만 굉장한 곳이었다. 피아노의 선조뻘 되는 하프시코드류의 건반 악기가 있던 홀에 들어갔을 때였다. 마치 기타에서 나는 듯한 짱짱한 음색으로 베토벤의 피아노 소나타가 연주되고 있었다. 연주자가 악보를 보고 있는 것 같았기 때문에 나는 그것을 보려고 다가가는데 연주자의 안색이 갑자기 안 좋아졌다. 내가 걸으면서 마룻바닥에서 소음이 나고 있었기 때문이었다. 주위에는 이미 몇몇 청중들이 연주를 감상하고 있었다. 그리하여 나는 그 자리에서 멈춘 채로 고전주의 시대의 악기로 연주되는 월광 소나타를 끝까지 감상해야만 했다. 떠나기엔 아쉬운 느낌이 있었지만 뮌헨의 거리 풍경이 있는 그림 엽서를 몇 장 산 후 기차를 탔다.

유럽인들은 날이 저물면 가게 문을 닫고 거리에는 오가는 사람도 없어지기 때문에 주로 오후부터 저녁 시간에 기차를 탔다. 그러니 도착은 밤에 하게 되었다. 다음 목적지는 빈이었다. 역시 밤늦게 찾아간 유스 호스텔은 기숙사식으로 되어 있었다. 자는 사람들에게 방해가 될까 봐 조심스럽게 문을 열었는데도 삐거덕 소리가 크게 났다. 어둠 속에서 목소리가 들려왔다.

"당신 남아프리카에서 온 사람이지?"

시퉁한 질문이었지만 나는 "아니오, 나는 남한에서 왔소." 하고 대답했다. 그러자 그 목소리의 주인공은 배꼽을 잡고 웃는 것이었다. 왜 웃냐고 물으니 다른 침대들을 가리키며 저기는 이탈리아에서 왔고 저기는 미국에서 저기는 남아프리카에서 왔는데 이제는 한국에서 온 사람까지 한방에 있다는 것이었다. 그래서 나는 그러면 당신은 어디에서 왔냐고 물었더니 자기는 그 근처에서 산다고….

내가 비엔나에 도착했을 때는 간간이 비가 오고 바람도 세게 부는 날씨였는데 이리저리 볼거리를 찾아다녔다. 끊이지 않고 공연되는 각종 음악회가 음악의 도시라는 걸 실감케 했지만, 고민한 끝에 음악회는 포기하고 배낭 여행객들에게 잘 알려진 한국 식당에 찾아갔다. 며칠 혼자 다니다 보니 사람들이 그리워졌나 보다. 주인 아주머니의 이야기로는 한국의 배낭 여행객들이 철새처럼 관광 철에 후드득 몰려왔다가 떠나가곤 한다는데 여름이 끝나가는 시기여서 한산한 분위기였다. 그곳에서 부산에서 온 세 명의 아가씨를 만났다. 이야기를 하다가 알프스에 관한 정보를 많이 얻었다. 나를 처음 봤을 때는 너무 말쑥해서 유학생인 줄 알았다는데 그들은 모두 남쪽에서 북쪽으로 가고 있었기 때문에 나와는 반대 방향으로 향하고 있었다.

비가 내리는 비엔나를 뒤로하고 베른행 밤 기차를 탔다. 한밤중에 표를 점검하는 여직원이 나의 유레일 패스를 보고는 이 기차는 특별 기차이기 때문에 추가 요금을 내야 한다고 했다. 납득이 잘 안 갔지만 돈을 주기로 했다. 그런데 가지고 있던 오스트리아 돈이 조금 부족했다. 스위스 돈도 없고 미화로 된 여행자 수표와 프랑스 돈밖에 없었다. 다소 난처한 상황이라 이리저리 궁리하고 있는데 앞자리에 있던 할머니가 자기가 모자라는 돈을 빌려 줄 테니 도착한 후에 역에서 수표를 바꾼 후 돌려주면 된다고 이야기하는 것이었다. 친절한 할머니 덕분에 위기를 잘 모면할 수 있었다. 그 기차는 자리도 더 넓었고 아침에는 간단한 식사도 나오는 특별 기차였다. 베른 역에서 스위스 돈을 바꾼 후 나는 돈을 더 주어야 한다고, 그 할머니는 조금만 받겠다고 실랑이를 벌이다가 악수를 하고 웃으며 헤어졌다. 그리고 거기에서 곧바로 유럽에서 가장 비싼 기차인 융프라우행 기차를 탔다.

다행히 날씨가 좋았다. 알프스에서 흘러나오는 맑은 물을 담은 수영장의 풍경을 시작으로 하여 기차가 산에 올라감에 따라 창밖의 풍경은 서서히 겨울로 옮겨 가기 시작했다. 실로 장관이었다. 빙하가 만들어 낸 방대한 U자 계곡을 따라 푸른 언덕이 펼쳐져 있고 그 사이사이에 하이디라는 소녀가 살고 있을 것 같은 마을들이 있는데 고개를 들어 하늘을 바라보니 구름 사이로 거대한 흰 물체가 나타났다. 저것이 마테호른이던가? 지금도 기차에 탔던 관광객들이 경이감에 찬 표정으로 넋을 잃고 바라보던 모습들이 눈에 선하다.

기차는 터널을 통해 산속으로 올라갔다. 영화 〈아이거 빙벽〉(1975)에 나왔던 터널의 창을 통해 밖을 내다보기도 하며 마침내 목적지인 융프라우요흐에 도착했다. 그곳은 온통 하얀 세상이었다. 해발 3천 5백 미터의 자외선 과다와 산소 부족인 줄도 모르고 산장까지 가는 산행을 감행했다. 그리고는 스키를 탔다. 유럽의 꼭대기에서 그것도 여름철에…. 증거를 남기려고 사진도 찍었다. 여름철이라 스키장은 한정된 좁은 지역에서만 운영되고 있었다. 거기서 넘어진 아가씨를 도와줬다가 봉변을 당할 뻔하기도 했다. 그녀는 홍콩에서 왔다는데 리프트 있는 곳에서 나는 홍콩 영화의 주윤발이 하는 것과 같은 모양의 선글라스를 낀 네 명의 청년들에게 둘러싸이게 되었다. 수적으로 우세한 입장이었는데도 그들은 상당히 긴장한 표정을 짓고 있었다. 그들과 결투하고 싶은 생각이 없었을 뿐 아니라 스키를 신은 상태에선 태권도보다 쿵후가 효과적이라는 생각도 들어서 빙긋이 미소를 지으며 그 자리를 피해야 했다. 나중에 기념품 매장에서 엽서를 고르고 있는데 그 아가씨가 미안했었는지 인사를 해 왔다.

내려오는 기차에서는 한국에서 온 쌍둥이 소녀들이 재롱을 부려서 기차에 탄 사람들로부터 귀여움을 받았다. 다시 한번 아름다운 알프스를 감상하며 사진을 열심히 찍었다. 간혹 쌍쌍이 온 연인들도 볼 수 있었는데 한마디로 부러웠다. 베른에서 곧장 제네바로 행하는 기차를 탔다. 스위스는 알프스와 호수의 나라였다. 저녁노을을 반사시키는 호수의 풍경을 바라보며 나는 피로가 몰려오는 것을 느껴야 했다. 잠시 눈을 붙였다가 떼니 제네바였다.

제네바에는 유럽 공동체가 건설한 세계적인 입자가속기 연구소 세른(CERN)이 있고 그곳에서 연구하는 한국 분 중에 내가 아는 대학 선배 한 분이 있어서 신세를 지게 되었다. 나보다 1~2년 선배인 두 분이 한 아파트에서 지내고 있었다. 잠시도 가만 있지 않고 장난 거리를 찾는 어린아이 같은 측면을 지닌 한 분과 젊잖은 선비형의, 겉으로 보기에는 대조적인 성격의 두 분은 모두 과학원의 석사들이 결성했던 Rock 그룹의 멤버들로 보컬과 키보드 주자였다. 그와 같은 성가대원이었던 나의 친구의 말에 의하면 목소리가 높은 사람들 때문에 테너 위에 하이 성부를 만들어야 할 지경이었는데 그중에서도 그 선배는 슈퍼 하이였다는 것이다. 그는 '지옥 같은' 보컬리스트로 불렸다며 겸손(?)을 보였다. 한편 그의 룸메이트는 '악몽 같은' 키보드 주자라는 칭호(?)를 받았다는데 그가 나타나면 모든 논쟁이 끝나게 될 정도로 박학다식한 분이었다. 거기에 한때 '환상적인'이라는 수식어를 받던 내가 기타를 메고 나타난 것이었다. 다음 날은 세른을 둘러보느라 정신이 없었다.

1950년대 초부터 유럽의 과학자들이 뜻을 모아 건설하기 시작한 CERN은 1976년에 이미 400GeV의 양성자 가속에 성공했으며 1984년에는 양성자와 반양성자를 하나의 원형가속기에서 가속 충돌시킴으로써 약력의 매개 입자로 알려진 W와 Z입자를 발견하여 노벨상을 받기도 했다. 그 후 초전도체를 빔 집속용 자석으로 이용하는 직경이 27km나 되는 가속기를 건설하여 8000GeV 양성자 가속을 진행하고 있었다. 오후에는 입자물리학과 핵융합에 관해 이런저런 이야기를 하게 되었다. 그러던 중 세계적인 연구소에서 연구하시는 분들이 열악한 조건이지만 실험 위주의 연구를 하는 나의 처지를 은근히 부러워하는 듯한 이야기를 하길래 나는 대학원생이 선반공인지, 용접공인지 구별이 안 되는데 뭐가 좋겠냐고 신세 한탄을 하니 하루 종일 모니터 앞에서 지내는 것보다는 낫지 않냐고 반문해 왔다. 학문의 길은 어디에도 평탄치 않은 듯했다.

우리는 제네바의 거리로 나갔다. 제도 분수가 보이는 야외 카페에서 홍차를 마시며 게리 무어의 〈파리의 오솔길〉을 배경 음악으로 물리학자 파인만의 일화를 이야기했다. 이렇게 통하는 분들과 대화를 나눌 수 있는 기회가 언제 또 올까? 그분들의 권유로 하루를 더 묵게 되었다. 밤에는 두 대의 기타와 세 명의 보컬로 구성된 음악회가 벌어졌다. '회자정리'라고 했던가 다음 날이 되자 그분들과 한국에서 다시 만날 것을 약속하며 나는 유럽에서의 마지막 목적지인 파리로 향했다.

밤늦게 파리에 도착하여 외곽 지역에 있는 한국인 민박집에서 하룻밤을 잔 후 파리 관광을 시작했다. 지하철에서 밖으로 나오니 노틀담 성당이 눈앞에 보였다. 광장에는 거리의 예술가들이 많았는데『노틀담의 꼽추』의 주인공 집시 여인을 생각나게 하는 흰옷과 검은 옷을 입고 춤을 추던 여인들이 파리의 첫인상으로 다가왔다. 루브르에는 볼거리가 많았다. 주마간산식으로 보던 와중에도 나를 사로잡았던 것은 모나리자나 비너스도 아니었고 비너스보다 먼저 만들어진 것으로 추정되는 여신상이었다. 머리와 한쪽 날개가 없어졌는데도 불구하고 가까이 서 있으니 그 옷자락을 스치고 지나가는 바람결이 느껴질 정도였다. 까미유 끌로델이 자기의 조각을 다리 밑에다 던지는 장면을 영화 〈까미유 클로델〉(1988)에서 보면서 '언젠가 저걸 건져 와야지.' 하는 생각을 했었는데 막상 와 보니 세느에는 퐁네프를 비롯하여 그만그만한 다리들이 수도 없이 많았다. 그날은 샹젤리제 거리를 지나 개선문까지 보는 것으로 만족하기로 했다.

다음 날은 베르사유에 갔다. 마리 앙뜨와넷과 그녀를 아내로 맞이했던 루이 16세가 살았던 궁전이었다. 궁전도 궁전이지만 그 정원이 대단했다. 한나절을 돌아다녔는데도 내가 본 것은 일부분에 지나지 않았다. 믿지 못하겠지만 정원 안에서 지평선을 볼 수 있었다. 저녁때는 파리로 돌아와서 에펠탑에 올라갔다. 파리 시내를 내려보다가 잔디밭에서 공을 차는 사람들을 발견했다. 우리식으로 보면 동네 축구였다. 그런데 한국에서의 동네 축구와 수준이 달랐다. 빈도가 높은 정확한 패스와 스피디한 공격을 구사하고 있었다. 월드컵 유치를 앞두고 있는 프랑스 국민들의 축구에 대한 열정을 보는 듯했다.

파리의 야경을 꼭 봐야겠다는 생각에 해가 질 때까지 기다리기로 했는데 위도가 높아서인지 8시가 넘어도 날이 저물 기미가 안 보였다. 결국 가지고 있던 볼펜을 이용하여 해가 질 시간을 계산하기 시작했다. 우선 나와 지평선 그리고 태양이 만드는 직각 삼각형에서 길이의 비를 이용하여 탄젠트 값을 측정하고 그 값에 해당하는 각을 알아내면 하루 동안 천구상을 움직이는 태양의 경로 중에 현재부터 일몰까지 가야 할 경로의 비를 알 수 있고 이를 이용하여 해가 질 때까지 남은 시간을 계산할 수 있다. 그러나 문제는 그 각이 30도나 45도가 아닌 일반각이어서 탄젠트 값에 해당하는 각을 모른다는 것이었다. 주위에는 아름다운 파리 시가지를 관람하는 사람들이 오가는 에펠 탑 꼭대기에서 나는 한쪽 귀퉁이에 앉아 종이 쪽지에다 기억의 저편에 있던 탄젠트의 반각 공식을 유도해 내야 했다. 9시 30분이 넘어야 해가 진다는 결론이 나왔다. 실제로 9시 45분이 되자 완전히 어두워졌다. 에펠탑의 야경을 뒤로하고 숙소로 돌아왔다.

다음 날은 한국으로 돌아가는 날이었다. 더 머물고 싶었지만 서울에선 이미 새 학기가 시작되는 9월 초였기 때문에 서둘러야 했다. 서울로 가는 비행기에 몸을 실으니 18일 동안의 결코 짧았다고 할 수 없는 여행의 피로가 몰려왔다.

〈유럽. 그들은 가장 최적화된 사회 구조 위에서 합리적인 생활을 하고 있었다. 그러나 인구 구조가 노령화되어서인지 미래에 대해 희망에 차 있는 모습은 발견할 수 없었다. 서울의 사람들은 어떤가? 그들은 희망에 차 있지 않은가? 암울했던 과거 역사를 딛고 통일 국가를 이룩하리라는 벅찬 희망에….

나는 새벽 6시부터 밤 12시까지 차가 막히는 희한한 도시 서울을 향해 동쪽으로 날아가고 있었다.〉

쇼생크 탈출(1994)을 보고

이 이야기가 〈쇼생크 탈출〉을 감명 깊게 보았던 많은 이들에게 그 좋았던 기억을 망쳐 놓을 수 있다는 것을 알고 있다. 또한 나의 개인적인 의견이 영화의 흥행에 연루돼 있는 사람들에게 영향을 줄 수 있다고 생각하여 이렇게 뒤늦게 글을 쓰게 되었다. 이 영화를 보고 나서 나는 한마디로 많은 사람이 느꼈다고 하는 감동 대신에 배신감을 느끼고 말았다. 그 첫 번째 이유는 내가 톨스토이의 『신은 진실을 알지만 끝까지 기다리신다』라는 단편을 읽었기 때문일 것이다.

이 단편 소설은 상당히 짧고 공간과 시대적 배경이 다르지만 내용은 다음과 같다. 어떤 정직한 상인이 있었는데 어느 날 그의 아내가 살해당하고 자기가 그 누명을 써서 시베리아의 감옥으로 가게 된다. 오랜 세월 동안 아무 죄도 없이 죄수가 된 그는 고생하지만 많은 좋은 일을 하고 인격을 갖춘 이로 추앙받게 되는데 어느 날 그 감옥에 들어온 한 죄수가 과거에 그의 아내를 죽였다고 이야기하는 것을 엿듣게 된다. 그의 마음속에는 울분의 감정이 북받쳐 오지만 여기서 톨스토이가 제시하는 주제는 제목에서 느껴지듯이 인간의 한계를 뛰어넘는 사랑이었다. 그는 결국 아무런 청원도 하지 않고 감옥에 남는다는 줄거리다. 나는 개인적으로 찡한 감동을 받은 이 대목이 쇼생크에서도 재현되리라고 기대했었다. 그러나 영화에서는 톨스토이를 만날 수 없었다. 주인공은 몽테크리스토 백작으로 변신하고만 것이다.

〈쇼생크 탈출〉의 원작을 쓴 스티븐 킹이 톨스토이의 이 단편을 몰랐더라면 작가적 소양이 의심스럽고 만약 알고 있었다면 그의 양심을 의심하고 싶지만 혹 그가 톨스토이적인 휴머니즘이 더 이상 현대인에게 아무런 감동도 줄 수 없다고 반기를 든 것일까 하고 생각해 본다. 사실 아무 죄도 없이 감옥에서 평생을 보내라고 하면 나부터도 가만 있지는 않았을 것이다. 이렇게 양보해서 평가한다고 하더라도 나는 톨스토이의 편에 서고 싶다. 포스트모던이 문학 이론으로 등장한 현대라고 하지만 리얼리즘의 측면에서 보았을 때 톨스토이 쪽이 더 전형적인 상황을 이야기하기 때문이다. 혹자는 영화는 영화지 문학과는 다른데 영화에서 문학성을 찾냐고 이야기한다. 사실 영화는 문학에서 강조되지 않는 독특한 특성인 '오락성'이 중요한 장르다. 그러나 철학이 인생을 논하는 것이고 문학이 인생을 이야기하는 것이라면 영화는 인생을 보여 주는 것이라고 할 수 있지 않을까?

내가 이 영화에 대해서 두 번째로 비판을 가하고 싶은 점은 그래서 결국 영화가 주장하는 것이 무엇인가 하는 문제이다. 이 영화의 주인공은 교도소장이 횡령하는 것을 도왔다가 교도소장은 자살하게 만들고 그 돈을 챙겨 탈출하게 된다. 그 돈이 그가 감옥에서 했던 선행의 대가로 얻어진 결과라고 하더라도 내가 염려하는 것은 이러한 스토리의 영화들이 관객들에게 은연중 미치게 되는 영향이다. 그것은 좋게 보아도 개인주의에 지나지 않는다. 나쁘게 본다면 양심을 어기거나 부패하도록 부추기는 결과를 줄 수 있다. 이러한 종류의 나쁜 영화들은 수도 없이 많다. 〈리얼 맥코이〉(1993), 〈겟어웨이〉(1972)…. 은행 터는 기발한 수법을 다루는 〈리얼 맥코이〉는 결국 은행을 털지는 않지만 나쁜 놈들이 훔친 돈을 훔쳐 간다는 내용이다. 이런 영화는 평소에 은행을 털려는 생각이 있던 사람들에게 그러면 안 된다는 교훈을 절대로 줄 수 없다. 반대로 은연중 부추기게 하는 영화인 것이다.

이제 비판은 그만두고 대안을 제시하고 싶다. 영화는 사람들에게 책보다도 더 치명적인 영향을 줄 수 있는 장르이다. 왜냐하면 영화를 보기 전에 영화의 구체적인 내용을 다 알 수 없고 또 일단 보기로 결정하면 입장료를 냈기 때문에 중간에 멈추어지지도 않는다. 그래서 우리는 질이 떨어지는 책을 강제로 읽게 되는 경우는 드물지만 나쁜 영화를 억지로 보게 될 가능성은 충분히 크다. 그러므로 영화를 만드는 사람들은 아무리 오락성과 흥행을 추구하는 데 여념이 없다고 해도 최소한 자신이 만든 영화가 사람들에게 좋은 영향은 미치지는 못해도 나쁜 영향을 주지는 않도록 영화를 만들어야 한다는 것이다. 그리고 관객들은 좋은 영화와 나쁜 영화를 구분할 수 있는 안목을 갖추어야 할 것이다.

신세대들의 이야기를 들어 보면 TV와 영화, 콘서트, 배낭 여행 등에 시간을 빼앗겨 책을 읽을 시간이 없다고 한다. 그들은 책을 읽지 않고도 그들이 보기에 훌륭한 인물이 될 수 있다고 판단하는 모양이다. 그러나 그렇지 않다는 것을 깨닫게 될 쯤에는 이미 책을 읽을 수 있는 좋은 시절이 다 지나가 버린 후가 되지 않을까 염려스럽다. 〈쇼생크 탈출〉은 비판을 가할 가치가 있을 만큼 잘된 영화이다. 그러나 신영복의 『감옥으로부터의 사색』 같은 해독제가 필요한 영화이다.

영화 천국의 문(1980)을 보고

우리가 역사를 통해 배운 것이 있다면 그것은 무엇일까? 이 점에 대해 헤겔은 역사를 통해 인류는 아무것도 배우지 못했다는 사실 뿐이라고 했지만 영화〈대부 Ⅱ〉(1974)에서 알 파치노는 역사를 통해 우리는 누구든지 죽일 수 있다는 사실 한 가지를 배웠다고 말한다. 누구의 말이 옳은 것일까?

얼마 전 정년퇴직하신 노 철학 교수님이 후학들에게 전하는 이야기 중에 과거를 돌아보면 지난 세대들은 너무 이데올로기적인 갈등 때문에 학문 연구에 몰두하지 못했다고 회상하시는 내용이 있었다. 그것은 마치 치열한 이데올로기적인 갈등을 겪은 지금부터는 진짜 학문을 연구할 수 있는 여건이 마련되었다는 말씀처럼 느껴진다. 과거의 이데올로기적인 갈등이란 아마도 자본주의와 사회주의와의 갈등, 제국주의와 민족주의와의 갈등, 지배층과 피지배층과의 갈등이라 생각된다. 이러한 갈등의 회오리 속에서 우리나라는 20세기의 전반부를 보냈고 그 결과 남북으로 분단된 두 개의 조국으로 살고 있다. 50~60년대는 이데올로기와 냉전의 갈등을, 70~80년대는 가난의 극복과 독재 정권의 갈등을 거쳐 90년대를 맞이했다. 이 90년대도 후반으로 접어든 지금 나는 한 편의 영화를 소개하고 싶다. "호헌철폐, 독재타도."라는 구호가 나의 뇌리 속에 메아리로 남아 있던 무렵의 어느 날 나는 TV의〈명화극장〉에서 이 영화를 보았었다.

세상은 넓고 볼 영화는 많겠지만 그 영화들의 바다에 제법 우뚝 서 있는 작은 섬처럼 이 영화는 독특했었기에 얼마 전 업무차 미국에서 돌아오던 길에 샌프란시스코의 한 음반 가게에서 이 영화의 비디오를 발견했을 때 나는 옆 사람의 눈총도 아랑곳하지 않고 환호성을 발하고 말았다. 각본도 직접 쓴 이 영화의 감독은 이 영화를 만들기 전에 〈디어 헌터〉를 세상에 내놓아 아카데미상을 받았다. 로버트 알트만이 〈플레이어〉에서 전했던 것처럼 그 감독은 이 영화 이후 훌륭한 영화를 만들지 못했다.

영화의 내용에 관해서 자세히 언급하는 것은 앞으로 보게 될 독자들을 위해 피하고 싶다. 단지 영화는 실화를 바탕으로 하였고 그 시기는 1890년 그 당시 러시아에서는 산업화의 추진으로 역사의 수레바퀴를 가속시키고, 프랑스는 3색기가 제정된 혁명이 있은 지 100주년이 막 지났으며 독일은 공산당 선언이 있은 지 40년이 지나 비스마르크가 퇴직하던 해, 한국에서는 각지에서 민란이 있었고 동학의 기운이 일어나던 때였다. 바로 이 시기에 아메리칸 드림의 대상이던 미국 중서부의 작은 도시에서 대학을 졸업한 지 20년이 지난 한 지식인이 그 갈등의 질곡으로 빠져들어 간 사건의 이야기가 이 영화의 줄거리다. 이 영화의 모든 장면이 모두 마음에 드는 것은 아니다. 특히 마지막 장면들은 이 영화의 제작진들이나 비평가들로 하여금 우울한 기분이 들게 했음에 틀림없다. 처음 극장에서 상영되기도 전에 3분의 2로 줄여 편집되어야 했다는데 비디오로도 3시간 40분이나 된다. 그러나 이런 몇 가지 단점들에도 불구하고 이 영화가 나에게 주었던 신선한 감동을 잊을 수 없다.

아메리카라는 축복받은 땅덩어리에는 밀알들이 썩어야 했다. 처음에는 아메리칸 인디언들이, 다음에는 아프리카인들이, 중국인들이 그리고 이 영화에서처럼 유럽인들이….

〈1980년은 5월의 광주가 있었던 해이고 이 영화 마이클 치미노 감독의 '천국의 문'이 만들어진 해이기도 하다.〉

실험실 이야기

성공했습니다!

이 프로젝트의 목적은 일종의 입자 가속기 개념을 이용하는 첨단 금속 가공 장치의 국산화에 관한 것이었다. 선진국에서는 이미 20년 전에 상용화했지만 자동차의 엔진을 만들 때 필수적인 이 장치는 국내 제조 기술이 전무했기 때문에 상공부에서 특별히 지정하였던 과제였다. 당시 병역을 마치고 실험실로 복귀한 필자는 정해진 논문 주제가 없는 데다 당시 이 과제가 결말을 내야 할 단계에 처해 합류하게 되었다. 아무리 20년 전에 외국에서 상용화되어 관련 기술이 이미 책으로 출판된 상황이지만 짧은 시간에 제조 기술을 터득하는 것은 쉽지 않은 일이었다. 30년 전에 미국에서 달에 가는 로켓을 만들었다고 하여 우리가 짧은 시간에 따라하는 것이 어렵듯이. 이미 여러 번에 걸쳐 시작품들을 만들고 개조하여 이젠 결과가 나와야 하는 상황인데도 좀처럼 성공적인 실험 결과가 나오지 않고 있었다. 가속된 전자가 금속 표면으로부터 적어도 10mm 이상 침투해야 하는데 결과는 항상 1mm에서 머무를 뿐이었다.

당시 실험을 하던 일정은 오전 오후에는 수업을 듣는 사람도 있으니 오후 3시쯤부터 이전의 실험이 실패한 이유를 바로잡을 수 있는 방법을 찾아 자료를 수집하고 필요하면 모든 컴퓨터 코드들을 이용해 모의 실험도 하며 실제 장치를 수정하는 작업까지 하여 새로운 시도를 준비하는 식이었다. 이렇게 하여 대개 자정을 넘어서 새벽 2시쯤은 되어야 실험 준비가 완료되곤 하였다. 지금 생각해 봐도 실패 원인 분석→모의 실험→장치 수정과 같은 과정들이 하루 만에 이루어질 수 있었던 것은 프로젝트 구성원들이 효율적으로 분담하기도 하였지만 다들 놀라운 집중력들을 발휘하기도 했고 실험실에 축적된 선배들의 know-how들을 활용할 수 있었기 때문이었다. 그러나 실험은 계속 실패하고 있었다. 그렇게 허탈감에 젖어 여기저기서 잠시 눈을 붙이려 할 쯤이면 교수님이 오셨다.

교수님은 전형적인 새벽형이셨다. 새벽에 인근의 산행을 한 바퀴 도신후 6시쯤 실험실에 오시곤 했다. 교수님은 이렇게 책상에 엎드려 새우잠을 자는 대학원생들을 깨우며 "어떻게 됐나?"라고 질문을 하셨고 그 대답은 항상 "실패했습니다."로 이어지고 있었다. 이런 반복적인 일정을 일주일 동안 계속하고 나자 놀라운 결과가 나타났다. 그동안의 시행착오들이 모두 수정되었던 결과였다. 입사된 전자가 가공 시료를 뚫고 시료 받침대까지 침투해 들어갔던 것이었다. 모두 환희에 찼다. 마침내 성공했다는 안도감과 함께 쌓인 피로가 밀려와 곧 잠에 빠져들었을 때 교수님이 나타나셨고 이번에는 미소를 지으며 대답할 수 있었다.

"성공했습니다!"

다음 날 시료를 절단해 보니 침투 길이는 25mm에 달했다. 공동 연구 책임자였던 다른 과 교수님도 달려와 이 결과를 보자, "이건 보통 성공이 아니네. 굉장한 성공이구만!"이라고 놀라워했다. 이 결과는 모범적인 성공 사례로 전시회에 초청되기도 했다.

실험실의 퍼니맨

그 당시 필자는 이미 밑에 후배 한 명 H를 거느리고(?) 새로운 프로젝트를 수행하고 있을 무렵이었다. 석사 과정에 입학하려는 새 학생 K가 내 방에 들어왔다. 좁은 방에 기업체에서 파견 온 연구원의 책상도 있었기 때문에 임시로 갖다 놓은 조그만 책상 앞에 앉아 하루 종일 말 한마디 못 하고 지내는 게 꼭 내무반에서 군기가 잔뜩 들어간 이등병을 연상케 했다. 그러나 이 K란 친구는 상당한 유머 감각을 지닌 재미난 인물이었다. 단지 이미 실험실의 명성을 듣고 왔을 테고 상황이 허락을 안 해서 본색을 드러내지 못하고 있을 뿐이었다. 그러므로 말없이 벽을 향해 앉아 책을 읽던 이 친구를 당시 방에 있던 필자와 H는 선택되어 온 것으로 보아 실력 있는 학생이라는 것은 짐작했지만 또 하나의 고문관(군대 용어: 눈치가 없거나 동작이 둔해서 주위 사람으로 하여금 기합을 같이 받게 만드는 훈련병)이나 공부벌레(nerd)로만 짐작하고 있었다.

그러다가 국제 학회에 내용을 소개하는 논문을 제출하게 되었고 거기에 들어갈 장치 사진에 장치의 크기를 짐작할 수 있도록 인물을 하나 옆에 세우고 찍어야 하는 상황이 되었다. 문제는 누가 그 사진의 모델이 될 것이냐였다. 필자는 H에게 권하고 H도 겸손하게 사양하는 대화가 오고 가고 있었다. 그렇게 부드러운 분위기에서 서로 모델이 될 수 없다고 난처해하고 있었는데 물론 이 대화를 벽을 보고 앉아 있던 K는 모두 듣고 있었다. 하여 필자는 K를 향해 한마디를 던졌다.

"할 수 없다. K야 네가 희생양이 되어야겠다."

그러자 그는 고개를 돌리며 각오에 찬 듯한 표정으로 말하는 것이었다.

"벗어야 하나요?"

이 대답에 필자와 H는 포복절도하고 말았다.

피라미드 건설의 비밀

실험실에 전기 충전에 의해 작동하는 지게차를 하나 구입한 적이 있다. 가끔 이 지게차를 몰고 구내 캠퍼스에 나갈 때도 있었다. (이 지게차는 전기로 작동되어 면허가 필요하지는 않고 가전 제품으로 분류되었다.). 식당 쪽으로 가는 길로 갈 때는 아는 사람이라도 보이면 태워 주려고 했지만 학생들은 이 지게차를 모는 사람이 대학원생이라는 것을 짐작 못 하는 듯했다. 이 이야기는 지게차와 같은 고급(?) 장비로 작업을 하는 일이 실험실에 일상화되기 전인 필자가 막 석사 과정에 입학했을 때의 일이었다. 실험실에는 자체 공작실이 있었고 선반을 비롯한 공작 기계들을 갖추고 있었다. 그리고 공대 전체를 관장하는 전문기사들이 운전하는 공대 공작실은 실험실로부터 300미터쯤 떨어진 곳에 있었다.

어느 날 교수님이 대학원생들을 불러 그 공대 공작실로 향하는데 체인, 로프와 함께 쇠로 된 봉들을 준비하고 갔다. 그곳에서 안 쓰는 공작 기계 하나를 우리 실험실에 기증한 것이었다. 길이가 4~5미터 높이가 1.5미터쯤 되는 쇳덩어리라 무게도 대단했다. 게다가 300미터의 거리는 경사진 길이었다. 다행히 내리막과 평지가 이어지는 구간이었지만 쇠 봉을 밑에 깔아 굴리면서 뒤로 밀려 나오는 쇠 봉을 앞으로 순환시키면서 조금씩 전진하는 방법으로 순전히 사람의 힘으로 움직이는 작업이었다. 중간에 힘든 둔덕이라도 나오면 체인 블록이라고 하는 도르래의 원리를 이용하는 장비를 써서 극복했다. 처음 거대한 쇳덩어리를 보았을 때는 도저히 불가능해 보이던 일이었는데 결국 교수님과 대학원생들의 힘으로 그 장비는 무사히 실험실로 들어왔다. 그 후 그 공작 기계의 도움도 받아 이루어진 실험 결과를 유럽에서 열린 학회에 발표하고 나서 스위스에 있는 입자가속기 연구소 CERN을 방문할 기회가 있었다. 마침 그곳에서 연구하던 대학의 선배들이 있어 이야기를 나누었는데 대학원생이 선반공도 되고 용접공도 되는 것이 신기했는지 실험실에 대한 소감을 물어왔다. 나는 위의 일화를 떠올리면서 대답했다.

"실험실에 들어와서 체험으로 깨닫는 것이 하나 있지요, 피라미드가 어떻게 인간의 힘으로만 건설되었는지 확실히 알게 됩니다."

밥고문

우리 실험실의 내공은 교수님과 선배님들의 땀과 노력이 지식과 경험으로 남아 전수된 데 있다고 볼 수 있다. 그리고 그러한 역사는 헝그리 정신이 유효하던 70년대부터 비롯된 것이었다. 교수님은 50년대, 60년대를 살아오신 분이니 당연히 먹는 문제가 넉넉지 않은 시대를 살아 오셨으리라는 것을 짐작할 수 있다. 필자는 실험실에서 '밥고문'이라는 현상이 있다는 사실조차 후에 후배나 동료들이 나누는 대화에서 알게 되었지만 결코 무시 못 할 한 번쯤 겪게 되는 현상이었다.

실험실 안에는 자체 식당이 있었다. 일종의 부엌으로 원하는 사람은 식사를 직접 만들어 먹을 수 있는 환경을 제공하고 있었다. 저녁을 먹고 계속 연구하기에도, 때로 야참을 먹기에도 좋은 시설이었는데 교수님도 이 식당을 자주 이용하셨고 때로는 학생들과 식사를 같이 하시곤 했다. 어느 날 한 여학생 후배가 동기 남학생에게 "배신자!"라고 하며 분노하는 대화를 듣게 되었다. 사연은 그날 저녁에 세 명의 대학원생들이 교수님과 같이 실험실 식당에서 저녁을 먹게 되었는데 교수님이 만드신 맛있는 찌개와 함께 냉면용 그릇에 하나 가득 밥을 퍼 주시며 많이 먹으라고 말씀을 하셨던 모양이다. 교수님의 마음은 당신의 옛날을 생각하시어 학생들에게 맘껏 먹게 하고 싶으신 것이지만 하늘 같은 교수님이 집적 만드신 음식을 놓고 이 말을 듣는 학생들은 권유가 아니라 명령처럼 들리게 된다. 더군다나 교수님의 식사량 자체가 엄청나시다. 이런 분위기에서 깨작깨작 먹는다는 것은 심리적으로 불가능한 일이다.

학생들은 평소에는 도저히 상상할 수 없는 양의 음식을 먹게 된다. "교수님과 식사하게 되면 평상시보다 훨씬 많이 먹게 된다."는 것은 필자도 항상 인식하던 바였다. 또 이런 일이 가능한 것은 음식이 맛있기 때문이기도 하다. 그러나 이런 심리적인 현상도 육체적 한계에 도달할 수밖에 없는 일이었다. 그 세 명의 학생들은 스스로 놀랄 정도의 초인적인 능력을 발휘하여 교수님이 하사하신 할당량을 모두 끝낼 수 있었다고 안도하고 있을 때였다. 교수님은 학생들이 잘 먹는 것이 기특하다고 생각히 셨는지 이들이 밥을 모두 비우자 이미 물을 넣고 끓여서 준비하던 압력 밥솥에 붙어 있던 누룽지를 한 솥 가득 내놓으셨다. 이를 본 학생들은 내색은 못 했겠지만 아마 눈에서 불똥이 튀었을 것이다. '@@!!' 이때 한 명의 학생이 그만 숟가락을 내려놓고야 말았다. 하여 학생들이 먹어야 할 누룽지는 3등분이 아니라 2등분이 되었고 끝까지 뜻을 굽히지 않은 용감한 두 명의 학생 중 한 명이었던 그 여학생은 식사가 끝나고 난 후 기어이 토하고 말았던 모양이다.

그 여학생은 믿고 있었던, 덩치도 제일 컸던 동기가 배신을 때렸다는 사실에 비분강개하고 있었던 것이었다. 한번은 약간 고급스러운 음식점에서 회식을 한 적이 있었다. 짐작건대 프로젝트 주체 측에서 대학원생들이 연구를 위해 노가다나 다름없는 굳은 일도 열심히 하는 것을 격려해 주고 싶은 취지였던 것 같다. 학교 앞에 있던 상당히 유명한 고깃집이었다. 주로 정장을 한 손님들이 오는 곳에 작업복 차림을 한 십여 명의 젊은이들이 들어오자 종업원들이 본 체도 안 했었는데 음식을 먹고 나갈 때는 모두 허리를 90도로 꺾으며 또 오라는 감동에 찬 인사를 받을 수 있었다. 식당 측에서 보면 그날 하루에 팔 음식을 한 팀이 다 먹어 주고 갔으니⋯. 부작용도 있었다. 실험실로 돌아오는 차 안에서 식도까지 꽉 차서 허리를 굽힐 수가 없다고 호소하던 학생들은 차가 둔덕을 지날 때마다 비명을 지르기도 했지만 그 식당에서의 회식은 한 번으로 끝나야 했다. 아마도 음식값이 너무 많이 나오지 않았을까….

밥고문의 피해는 아무래도 충성심이 강한 학생들이 많이 느꼈던 것 같다. J라는 후배는 실험실에 들어올 때부터 아무리 어려운 일이라도 극복하겠다는 각오가 대단했던 경우였다. 그날은 실험실 뒤뜰에서 드럼통을 개조한 바비큐 그릴에다 고기를 구워 먹는 회식이었다. 역시 각오에 맞게 많이 먹으라는 계속되는 권유에도 전혀 굴하지 않고 꿋꿋함을 보이던 J의 입에서 마침내 더 이상은 못 먹겠다는 대답이 나왔다. 우째 이런 대답이 있는가 하고 의아해하자 자기 배를 한 번 만져 보란다. 필자는 그날 인간의 위가 마치 배 속에 농구공이 들어가 있는 것처럼 뽈록 나올 때까지 팽창할 수 있다는 사실을 처음 알게 되었고 그 후배는 그 후 회식 때마다 중간에 조용히 사라졌다가 끝날 때가 되어 나타나곤 했다.

실험실 뮤지션

세상에는 재능을 타고난 사람들이 많이 있다. 문학적 재능, 수학적 재능, 음악, 미술, 운동, 사람 웃기기, 그 밖에도 참으로 다양한 분야의 재능이 있다. 이들은 대개 각각 따로 주어지는 경우도 있지만 종종 두 가지 이상의 재능이 동시에 한 사람에게 주어지는 경우도 있다. 오늘은 공학적 재능과 음악적 재능을 겸비한 사람들의 이야기가 될 것 같다. 얼마 전 TV에서 스티비 원더의 재현을 연상케 하는 뛰어난 장님 뮤지션의 음악을 들었는데 그는 쌍둥이로 태어나 신생아 때의 의료 사고로 둘 다 장님이 되었고 그의 쌍둥이 형제는 NASA의 엔지니어라고 한다. 쌍둥이라면 DNA가 일치하는 사람들이므로 이들은 선택에 따라 음악과 공학이라는 다른 길을 갈 수 있었다는 이야기다. 음악의 음정이 진동수의 정수배로 구성되었다는 사실을 발견한 사람도 수학자인 피타고라스인 것을 보면 음악과 공학의 공통점은 수학적인 바탕에 있다고 볼 수 있다.

위대한 물리학자들 중에도 훌륭한 뮤지션들이 많다. 유명한 아인슈타인은 바이올린 연주자였고 재미난 일화를 많이 남긴 물리학자 파인만은 프로를 뺨치는 드러머였고, 하이젠베르크는 듣는 이들을 감동시키는 피아니스트로서 파울리와 실내악을 협연하곤 했었다. 실험실에도 음악적 재능과 관심을 타고난 학생들이 많이 있었다. 필자와 동기인 S1은 어릴 때부터 모든 장르의 음악을 폭넓게 들어 왔으며 피아노 연주를 잘했는데 그 외 대부분은 기타리스트들이 많았다. '밥고문' 편에서 위를 농구공으로 만들어 우리를 놀라게 했던 J는 한때 클래식 기타 서클에서 파가니니의(리스트가 감동하여 피아노곡으로 만들었던 라 캄파렐라) 곡으로 연주회를 하여 관객을 놀라게 했던 적도 있었고 밴드 활동의 경험이 있는 대학원생도 여럿 있었다.

어느 날 누군가 실험실에 기타를 들고 왔길래 자정이 가까운 시간에 생각나는 대로 연주하고 있었는데 소리를 듣고 몇 명의 학생들이 찾아왔다. 그중엔 이 곡 저 곡 쳐 보라고 주문하는 후배도 있었고 그중 눈을 반짝이며 관심을 보인 후배가 한 명 있었다. '성공했습니다!' 편의 프로젝트에서 같이 밤을 새우던 Y였다. 알고 보니 Y도 기숙사 축제 때 기타 독주를 한 적도 있는 음악에 대한 열정이 남다른 후배였다. 프로젝트로 장치와 수식들을 놓고 같이 씨름하던 사이였지만 서로의 취미에 대해선 몰랐었기에 중3 때부터 밴드를 만들었었던 것과 당시도 밴드를 다시 하고픈 미련이 있다는 것 등 필자의 이력을 간략히 이야기해 주었다. Y는 당장 실험실 밴드를 만들자는 것이었다. 즉흥에서 '토카(X)스'라고 밴드의 명칭도 지었다. 연습할 곡도 정하고 각 파트의 악보도 구했지만 좀처럼 실행에 옮길 여력은 없었다.

디지털 논객

2003년 경부터 약 5년 동안 나는 H-일간지와 J-일보 등의 토론마당에서
인터넷 논객으로 활동하며 여러 가지 정치적인 글들을 쏟아 내었다.

3·1운동은 끝나지 않았다

최근 인터넷과 일간지를 통해 일제의 만행을 소개하는 사진들이 새롭게 소개되고 있다. 잔혹한 장면들도 있는 이 사진들을 보면서 1920년 10월에 두만강 건너편의 훈춘이라는 마을에서 일본군이 우리 민족에게 자행한 양민 학살을 생각해 본다. 1941년 뉴욕에서 『Song of Ariran』이라는 제목으로 한 미국 여류 작가에 의해 출판된 한국인 독립혁명운동가의 회고에 의하면 3·1운동의 첫 번째 기념을 위해 머물렀던 이 마을에서 만났던 친절한 목사와 그의 어여쁜 딸을 회상하며 다음과 같이 기술하고 있다.

> '지금까지도 인간 본성에 대한 내 믿음을 유지하기 위하여 진정한
> 선량함을 생각할 필요가 있을 때면 이 목사님을 생각한다. 그러나
> 나는 두 번 다시 이 안동휘 목사나 그의 딸을 보지 못했다….'

역사의 기록은 일본 영사관원에 대한 사소한 상해 사건을 구실로 일본의 나남사단을 중심으로 한 대 부대에 의해서 자행된 이 대학살은 알려진 것만 해도 학살 3,106명, 체포 238명, 가옥 방화 2,557채, 학교 방화 31건, 교회 방화 17건에 달하는 엄청난 대만행이었다고 되어 있다. 이 주인공이 아는 유일한 생존자에 의해 전해 들은 바에 의하면 '안동휘 목사와 그의 부인과 딸은

> "두 아들이 산 채로 세 동강 나는 것을 어쩔 수 없이 지켜보았다.
> 그런 후에 노 목사는 억지로 맨손으로 자기 무덤을 파고 그 속에

누웠다. 그러자 왜놈 병사들이 산 채로 그를 매장하였다. 세 명의 죽음을 억지로 지켜본 후에 부인은 강물 속으로 뛰어들었다. 내 학창 시절의 첫사랑이었던 열네 살의 그 소녀가 어떻게 되었는지는 아무리 노력해도 결코 알아내지 못했다."

-1984년 동녘사 『아리랑』 중에서-

당시 북경의 대학에 유학하며 장래가 촉망되던 이 주인공은 그 이후 신채호 선생의 표현을 빌려 쓰자면 '머리를 도끼 삼아 쓰는 혁명가'가 되어 항일 투쟁에 나서게 된다. 1937년에 이 주인공이 작가 님 웨일즈와 인터뷰할 당시 그는 일본 형사들에 의한 여섯 차례의 물고문으로 양쪽 폐가 이미 심하게 손상된 후였다.

훈춘에서 대학살을 저지른 일제는 3년 후 관동 지진 때 3천 명의 한국인을 죽창으로 찔러 죽이는 만행을 저지르기도 하였으며 17년 후에는 중일전쟁을 일으키고 당시 중국의 수도인 남경에서 30만 명을 같은 천인공노할 방법으로 학살하고 집단 강간하는 만행을 저지르기에 이른다. 군 위안부와 함께 일제가 자행한 4대 잔혹 행위에 대표 격인 남경대학살은 훈춘 학살 사건과는 달리 기록 사진들이 많이 있어 이렇게 인터넷을 통해 현대의 한국인들이 보게 되는 것이며 그 잔혹함에 잠을 못 이루게 되는 것이다.

일제 만행의 역사가 히로시마와 나가사키의 원폭에 의해서 끝난 것은 아니었다. 1986년 부평의 한 경찰서 취조실에서 언어학을 전공하는 한 대학생은 자신을 취조하는 형사가 그들의 취조에 사용하는 방법들은 일제시대 일경들이 독립운동가들에게 했던 방법을 그대로 전수받은 것이라고 자랑스럽게 떠벌리는 것을 들어야 했고 그는 일 년 후 그와 같은 방법에 의해 죽음에 이르게 된다. 그가 바로 박종철이었다. 일제의 잔재는 1951년의 거창 양민 학살 사건과 베트남에서의 양민 학살 등으로 이어지며 우리의 부끄러운 역사가 되기도 하였다.

3·1절 85주년을 맞는 현재의 한국에서는 일제의 청산이 뜨거운 화두이다. '친일파'라는 말이 포괄적인 의미로 오해를 줄 수 있어 '친일반민족행위자' 또는 '일본 제국주의에 적극적으로 협력한 행위'라고 풀어서 설명할 과거의 청산이다. 내가 생각하는 친일 제국주의 청산에서 중요한 것은 현재를 살아가는 일본인 전체에 대한 감정적인 복수심은 좋지 않다는 것이다. 그들의 선조 중에는 일본 제국주의의 희생자들도 있기 때문이다. 전쟁 중에 죽어 간 일본인 중에는 일본 제국주의에 반대하는 운동을 벌이다가 처형된 사람도 있고 대학에서 비밀리에 반제운동을 벌이다가 강제 징집되어 전선에서 총알받이로 숨져 간 대학생도 있을 것이다. 현재를 살아가는 일본인 중엔 제국주의에 사로잡혀 도덕과 인간성을 상실한 과거에 대해 반성하는 사람들도 있다. 내가 알고 있는 경우 중엔 학술 교류차 서울을 방문한 한 일본인 학자가 잠시 짬을 내어 시내 관광을 할 수 있게 되자 어디에 가고 싶냐고 물으니, 안중근 의사의 기념관이 있다고 알고 있는데 그곳에 가고 싶다고 대답했다는 사례도 있고 과거 일제가 한국에 저지른 악행을 갚기 위해 실제로 북한 민주화 운동에 전념하는 일본의 지식인들도 있다. 그러나 아직도 과거의 망상에 사로잡혀 망언을 일삼는 일본의 우파와 그들을 바탕으로 하는 정치 세력이 있다는 것도 잊지 말아야 할 것이다.

최근 친일반민족행위 청산에 있어 문제를 제기하는 반대의 주장들은 크게 다섯 가지로 나눌 수 있다고 본다. (1) 색깔론, (2) 공과론, (3) 공범론, 범부 피해론, 직분 충실론, 순교자론, 망각론, (4) 연좌제론, (5) 정치적 음해론, 국론 분열론, 이상 열 가지 반론이 안고 있는 오류들은 모두 분석이 되고 있으나 몇 가지에 대해 이야기해 보고 싶다.

우선 대표적이라고 할 '(1) 색깔론'이다. 공산주의는 20세기에 인류가 수행한 가장 커다란 정치적 실험이었다. 그리고 그 실험은 철저히 실패로 끝났다는 것이다. 단지 실험은 실패하였지만 그로 인한 교훈들은 남았다. 그 교훈이라는 것은 첫째 마르크스가 꿈꾸었던 공산주의 국가가 하나도 존재하지 않는 21세기에 와서 아직도 빨갱이라는 딱지를 붙여 마녀사냥을 하는 행위가 얼마나 시대 착오적인 것인가를 깨달았다는 것이고, 또 하나는 북한과 같이 사회주의의 탈을 쓰고 독재와 인권 유린으로 점철된 최악의 국가가 탄생할 수 있다는 것이다.

'(2) 공과론'에 대하여 나는 이렇게 생각한다. 우리가 어떤 행위의 옳고 그름을 판단할 때는 그 행위자의 다른 공적과는 독립적이어야 한다는 것이다. 미국의 위인인 링컨의 경우 그가 남긴 업적이 크다고 해서 그가 지독한 인종 차별자였다는 사실이 나쁘지 않았다고 할 수 없으며, 내가 개인적으로 존경하는 벤저민 프랭클린을 생각할 때도 그의 훌륭한 점을 인정하듯이 그가 아들을 감옥에 보내고 부인의 장례식에 참석도 하지 않은 점들은 좋지 않았다고 생각할 수 있는 것이다. 연좌제론에 대하여 이렇게 말하고 싶다. 친일반민족행위자를 청산하면 자신이 그 피해의 대상이 된다고 생각하는 분들은 자신의 마음속에 있는 연좌제를 타파하여야 할 것이다. 즉 그들이 나의 선조라고 해서 그 행위의 정당성을 묻지 않고 변론부터 하려고 하는 생각을 버려야 할 것이다.

친일반민족행위의 청산이 갖는 의미는 첫째 그와 같은 일이 다시 발생했을 때 우리와 우리의 후손들이 어떻게 행동하는 것이 옳은가에 대한 신념을 가질 수 있다는 것이고 현재 우리 사회에 만연하고 있는 기득권층에 대한 불신을 회복하는 데 일조를 할 것이라는 측면이다. 그러나 이 두 번째의 효과는 강제적으로 일어날 수도 없고 그렇게 되어서도 안 될 것이다. 즉 스스로 비록 자신의 선조가 한 행위지만 그것이 부당했으며 그로 인해 피해를 준 것에 대해 보상하려는 노력을 할 때만 가능한 것이다. 한 사례로 조선일보의 경우 조선일보의 역사를 보면 87년 6월 민주화 항쟁의 결과로 진보적인 한겨레신문이 탄생한 것과 같이 1919년 3·1운동의 결과로 당시의 '진보적'인 조선일보가 탄생한 것이 아니었던가. 과거의 잘못을 인정하고 초심으로 돌아갈 수 있다는 것이다.

친일반민족행위를 옹호하는 세력이 '식민지 근대화론'을 주장하듯이 일본의 우파들은 일본 역사서에 일제의 침략 행위와 태평양 전쟁을 '아시아 해방 전쟁'으로 묘사하여 불과 70일 만에 싱가포르를 함락시켜 영국의 동남아 지배를 무너뜨렸다고 하며 이러한 일본군의 승리가 동남아, 인도, 아프리카의 사람들에게 독립에 대한 꿈과 용기를 북돋웠다는 주장을 하기에 이른다. 그러나 싱가포르인들은 일제의 양민 학살 등으로 과거 영국의 지배 때보다 더 악독한 일제를 경험하게 되며 진정으로 아시아인들에게 독립에 대한 꿈과 용기를 북돋웠던 것은 일제의 침략 행위가 아니라 그 침략 행위에 맞서 용감하고 의연하게 일어났던 한국의 3·1운동이었다는 사실을 북경에 있는 중국인들로 하여금 5·4운동을 조직하게 하였고 인도의 지식인 정치인이었던 네루가 옥중에서 저술한 책 『세계사』에도 기록되어 있어 역사적으로 말해 주고 있다.

〈친일반민족행위는 꼭 청산되어야 하나 친일반민족행위 청산만으로 모든 것이 해결되는 것은 아니다. 우리는 우리의 힘을 키워야 한다. 아직도 우리는 일제 부품을 써야만 공산품을 수출할 수 있는 상황이다. 3·1운동을 완성하기 위하여 나 스스로 무엇을 하여야 하는가에 대하여 생각해 본다.〉

386도 알맹이만 남고 껍데기는 가라

요즘은 이 시가 고등학교 국어 교과서에 나온다지요.

껍데기는 가라

신동엽

껍데기는 가라.
4월도 알맹이만 남고
껍데기는 가라.
껍데기는 가라.
동학년 곰나루의, 그 아우성만 살고
껍데기는 가라.

그리하여, 다시
껍데기는 가라.
이곳에선, 두 가슴과 그곳까지 내 논
아사달 아사녀가
중립의 초례청 앞에 서서
부끄럼 빛내며
맞절할지니

껍데기는 가라.

한라에서 백두까지

향그러운 흙 가슴만 남고

그, 모오든 쇠붙이는 가라.

　4·19에 동참했던 시인 신동엽은 4·19도 알맹이만 남고 껍데기는 가라고 외쳤습니다. 그럼 4·19의 알맹이는 무엇이었을까요? 이는 바로 이 시인의 삶을 통해 알 수 있습니다. 한마디로 반통일 독재에 대한 저항이라고 할 수 있습니다. 6월 항쟁에 동참했던 한 사람으로서 저도 나지막이 외쳐 봅니다. "6월 항쟁도 알맹이만 남고 껍데기는 가라."라고…. 386의 알맹이는 6월 항쟁으로 절정을 이룬 80년대의 민주화 투쟁의 정신 즉 4·19의 알맹이를 계승하여 반통일 군사 독재에 저항하여 이 땅에 민주주의를 이룩하려는 데에 충실했던 사람들입니다. 그들은 꼭 당시 학생운동의 간부들일 필요도 없고 활발한 활동을 했던 각종 서클의 일원일 필요도 없습니다. 그보단 그들이 주도하는 집회 때마다 앞자리에 앉아서 혹은 뒤에서 팔짱을 끼고 경청하며 말없이 동참하였던 대다수의 386입니다.

　그럼 껍데기 386을 이야기해 봅니다. 첫 번째는 아직도 주사파의 오류를 벗어 던지지 못한 386들이 있습니다. 이 주사파의 오류는 공산주의와 김일성/김정일 숭배라고 할 수 있습니다. 과거 한때 이런 오류에 빠진 것은 용서할 수 있지만 아직도 그 오류를 극복하지 못했다면 껍데기라고 할 수밖에 없습니다. 공산주의는 6월 항쟁 이후 발생한 소련의 몰락으로 실패라는 사실이 역사적으로 입증되었습니다. 실제로 공산주의 이론 중에 미래 사회에 적용 가능한 것이 무엇이 있습니까? 사유 재산과 시장 경제를 부정하고 살아남을 것 같습니까? 누진 세율의 강화나 토지 공개념 정도나마 토론의 가치는 있으나 실현 가능성이 희박합니다. 마르크스가 우리에게 남긴 교훈은 자본주의의 부익부 빈익빈에 대한 비판 정신이 있을 뿐입니다. 그리고 더욱 명백한 것은 북에서 저지른 반민주적인 독재와 반인륜적인 인권 유린을 보고도 이에 동조할 수 있냐는 것입니다. 그리고 또 다른 껍데기 386이 있습니다. 그들은 과거 주사파의 근처까지 갔다가 이에 환멸을 느끼고 정반대로 돌아서서 군사 독재의 정당성을 지지하는 사람들입니다. 왜 이들이 껍데기인지는 바로 386의 알맹이인 '80년대 민주화 투쟁의 정신'을 망각했기 때문입니다.

힘없는 정의는 존재합니다.

ks님, 우리 민족은 인내천 사상을 가지고 있다지요. 님이 존재를 의심하는 정의의 하늘은 우리들 마음속에 있습니다. 수학자이자 철학자였던 브레즈 파스칼은 다음과 같은 말을 했습니다.

"정치의 문제는 정의로운 것이 강해져야 하는데 실제로는 항상
강한 것이 정의로워진다는 데 있다."

그가 이 말을 한 것은 세상은 항상 이렇게 불공평한 것이니 포기하자는 의미에서 한 것이 아닙니다. 님의 주장도 옳습니다. 우리는 강해져야 합니다. 힘을 키워야 합니다. 그러나 정의를 세우는 일이 먼저입니다. 강해지는 것과 정의로워지는 것 둘 다 중요합니다. 그러나 그중 더 중요한 것을 고른다면 정의를 인식하는 일입니다. 힘이 없는 정의는 불의에 굴복할 수밖에 없습니다. 그러나 비록 패배했더라도 정의를 추구했다는 사실은 남습니다. 힘이 있어 정의를 무찔렀다 하더라도 그리하여 사람들이 잠시 승자이기 때문에 옳지 않는가. 착각하게 만들지라도 불의는 영원히 불의로 남습니다.

1937년 난징에서 30만 명의 인명을 무참히 살해하고 부녀자들을 강간했던 일본인들은 힘이 있어 그런 행위를 했지만 그 행위를 자랑스러워하는 일본인들은 없습니다. 그들도 그 행위를 하면서 인간성이 파괴되었고 현재 그 행위로 환대를 못 받는 피해를 보고 있습니다. 기록 사진 속 731부대

에서 살아서 눈을 뜨고 있는 사람을 해부하던 의사의 표정을 보십시오. 가해자와 피해자가 모두 인간성을 상실한다는 것을 알 수 있습니다. ks님 만약에 우리가 가해자가 될 수 있는 힘을 키우면 우리도 일제처럼 만행을 하게 될까요? 정의를 먼저 세워야 하는 이유입니다.

일본인들은 정의를 모르는 채 힘을 가지게 되어 그런 과오를 저지른 것입니다. 정의는 우리들 모두의 마음속에 있습니다. 북한의 정치범 수용소에서 자행되는 만행에 대해 우리가 모두 나서서 이의를 제기할 때 그로 인해 정의가 살아날 것입니다. 루마니아의 독재자 차우셰스쿠는 모든 권력을 독점했던 힘을 가지고 있었으며 이에 저항하던 시민들은 군대에 의해 죽임을 당할 힘없는 정의에 불과했습니다. 그러나 힘없는 정의지만 그것이 정의였기 때문에 차우셰스쿠는 처형당하게 됩니다. 이제 4·19가 다가옵니다. 이승만 독재 또한 모든 권력을 가지고 있었습니다. 최루탄을 머리에 맞고 죽임을 당한 학생도 힘없는 정의에 불과했습니다. 그러나 힘을 가졌었던 이기붕 일가도 불의였기 때문에 스스로 처참히 자살하게 되었던 것입니다.

2004년에 바라본
21세기 인류가 직면한 4대 재앙

대망의 새해가 가까이 오는 시점에서 우리가 직면해야 할 어두운 사실들이 있다면 묵은해에 다 털어놓고 대안을 찾아서 새로운 각오로 새해를 맞이해야겠다는 생각에서 이 주제로 글을 정리해 봅니다.

1. 정치의 우경화(신보수, 신자유주의)

미국의 유명한 체인 서점의 한쪽 벽에 작가들의 초상화들이 걸려 있는데 셰익스피어와 버지니아 울프 사이에 잭 런던이라는 작가의 초상화도 걸려 있더군요. 그는 마르크스의 사상이 레닌에 의해서 실현되는 러시아의 10월 혁명이 일어나기 10년 전에 미국 내에서 발생하는 가상의 공산주의 혁명에 대한 걸작『강철군화』를 내놓았지요. 세르지오 네오네 감독의(엔니오 모리코네의 음악도 멋있었던) 〈Once upon a time in America〉(1984)에서 주인공이 화장실에 앉아 보던 그 책입니다.

이 책을 보면 이 작가의 상상력은 세계가 공산화되기 위해 필요한 시간을 350년 정도로 내다보고 있습니다. 이 책이 쓰인 지 이제 100년이 다 돼가는 현재 공산주의는 실패한 실험으로 판정이 났으며 이로 인해 많은 국가가 우경화의 길을 가고 있습니다. 이를 두고 잭 런던이 무덤 속에서 "허허, 이보게. 아직 250년이 남았네." 하고 이야기할지도 모르지만 현재 러시아의 젊은이들이 공산주의에 치를 떨고 있으며 중국이 자본주의의 길을 가고 북한에 대항하는 일본의 우익 정치인들이 득세하였고 미국 또한 과거에 좌파 운동을 하던 지식인들이 180도 선회하여 소위 네오콘의 수뇌들이 되어 부시를 8년 동안 집권하게 만들었습니다. 그나마 버티고 있는 유럽의 좌파 정치도 경제의 실패로 인해 힘을 잃어 가고 있다는 느낌입니다.

세계 정치의 우경화가 왜 인류의 재앙이냐? 세계 각국이 특히 선진국들이 자국의 이익만을 챙기다 보면 국가 간의 대립이 심화되고 최악의 경우 전쟁이 발발할 가능성이 높아질 것이며 부국은 더 부국이 되고 빈국은 더 빈국이 될 것이며 아래 소개하는 두 번째 재앙인 자국 내에도 부익부 빈익빈 현상이 가속되기 때문입니다.

2. 경제: 빈부 차의 가속화

사실 이곳 디지털 국회에 경제에 관한 뛰어난 논객분들이 많으니 이 부분은 간단히 소개만 하겠습니다. 최근 10년 사이 우리나라도 빈부의 차가 심화되었습니다. 피부로 느낄 수 있지요 박정희 시대를 그리워하는 분들이 그 당시를 회고할 때 그때가 지금보다 더 잘 먹고 더 잘 입고 큰 집에서 살았기 때문에 좋았다고 생각하는 분은 없습니다. 그때는 비록 어려웠지만 다 같이 힘들었고 노력하면 잘 살 수 있다는 희망이 있었는데 지금은 가진 자들은 떵떵거리고 사는 데 비해 노력해도 희망이 보이지 않는다는 상대적 박탈감을 느끼는 것이지요.

이 현상은 세계적인 추세라고 봅니다. 일본의 경우 90년대 초만 하더라도 중산층의 비율이 높아 이를 나타내는 지표인 지니계수가 환상적인 국가였습니다. 그러나 일본도 최근 10년 사이에 지니 계수는 빈부 차가 극심한 한국이나 미국과 유사할 정도가 되었더군요. 미국 또한 빈부차는 심화되고 있습니다. 미국에는 남미에서 온 사람들 등 불법 이주민들과 아프리카게 등이 이 최저층을 커버하기도 하고 워낙 중산층이 튼튼한 터라 이 변화의 티가 부각되지 않는 것이라고 봅니다.

3. 화석 연료의 고갈

화석 연료의 고갈에 관해서 저는 이미 여러 번 글을 쓴 적이 있습니다. 석유는 40년 천연가스는 약 60년 정도 남았다는 것이지요. 석유와 에너지 분석을 하는 대학과 연구소들의 집단에서 주장하는 것 중에 피크오일 이론이라는 것이 있습니다. 간략히 설명하면 매장량은 한정돼 있고 소비량은 계속 증가하므로 아무리 생산량을 증가시켜도 더 이상 증가시킬 수 없어 어느 시점에서는 반드시 생산량이 증가에서 감소로 돌아서는 최고치를 찍고 하강하게 되리라는 것입니다.

사실 이 이론은 50년 전에 만들어져서 미국 내의 석유 생산 최고치 시점(1970년)을 정확히 예측했었으나 세계 석유 생산에 적용한 예상 시점(1995년)은 빗나간 전력을 가지고 있습니다. 이 이유로 많은 사람이 이 이론을 신뢰하지 않고 있습니다만 1995년의 예상치가 빗나간 이유에 1970년대 말과 1980년대 말에 시추 기술의 발달 등으로 인해 매장량이 증가했기 때문이라고 분석하고 있습니다. 따라서 현재 이 이론에서 예측하는 최고치 시점은 계속된 개정을 하고 있습니다.

그럼 가장 최근에 이 연구 집단에서 내놓은 자료를 소개해 봅니다. 이에 의하면 세계의 석유 총 생산량이 감소로 돌아서는 시점을 2006년에서 2007년으로 예측하고 있습니다. 이 자료를 보고 한 에너지 분석가는 "이제 불과 15개월밖에 남지 않았다 이에 대해 무방비로 있다가는 세계 경제의 목을 치는 단두대의 칼날이 떨어지는지도 모르고 당하게 될 것이다."라고 이야기합니다. 저는 개인적으로 빠른 시일 안에 분명히 석유의 고갈로 인한 현상이 인류에게 다가올 것이라고 믿고 있습니다.

4. 환경의 파괴(지구 온난화)

환경을 연구하는 학자들은 개발 도상국에서 이루어지는 극심한 환경 파괴는 그 국가가 선진국화되면서 줄어든다는 것을 분석하였습니다. 그러나 세계적으로 이렇게 이미 선진국으로 진입한 국가의 비율은 낮습니다. 지구는 21세기에도 계속해서 환경의 파괴를 당할 것입니다. 특히 교토의정서로 국제적인 공론의 대상이 되기 시작한 이산화탄소와 대기 오염의 문제는 더욱 심각한 결과를 초래할 것이고 그 결과는 지구 전체에 나타날 것입니다. 정확한 원인을 콕 집어 이야기는 하기 어려우나 지구 온난화는 급속히 가속되고 있습니다. 영화 〈투모로우〉(2004)에서 가상해서 찍었던 현상들이 이미 실현되고 있다는 것이지요. 물론 영화에서처럼 해류의 변화로 빙하기가 온다는 주장은 아닙니다. 오히려 온난화로 인한 해수면의 증가가 일어날 것입니다. 이탈리아의 항구 베니스가 물에 잠기고 있지요. 또한 온난화로 인해 이상 기후가 심화될 가능성에 대해 학자들은 우려하고 있습니다.

〈제 주위 사람들에게 이 이야기를 하면 미래에 대한 걱정만 안겨 줬다고 하여 오히려 말을 한 제가 미안해지기도 합니다만 저는 인류는 충분히 위의 4가지 재앙을 모두 극복할 것이라고 믿고 있습니다. 얼마나 잘 극복하느냐는 이런 문제들에 대해 미리 인식하고 어떻게 대처하느냐에 따라 달려 있다고 보는 것입니다. 이 문제들은 인류가 공통으로 직면했지만 미리 잘 대처하는 국가일수록 그 피해를 줄일 수 있을 것이며 우리나라 같은 경우 다른 나라들을 제치고 선진국으로 빨리 상승할 수 있는 계기가 될 수 있습니다.〉

여행 스케치/수필

서기 2000년이 되었을 때
나는 미국 뉴저지의 p-타운으로 이주하였다.

요세미티 공원 캠핑기

　직장 동료인 S2로부터 그와 그의 친구들이 요세미티 국립공원에 캠핑을 계획하고 있다는 이야기와 합류하지 않겠느냐는 권유를 들은 것은 출발 10개월 전인 그 전 해 가을이었다. 그 후 요세미티 베스트 100코스에 관한 책을 사서 연구해 본 결과 도전해 볼 가치가 있는 곳이라는 결론을 얻었다. 요세미티에 가 본 사람들에게서 "생애 최고의 장소였다."는 대답은 흔히 들을 수 있는 말이었다. 책을 검토한 나는 인기 있고 다소 수월한 코스 하나와 어렵지만 격리된 코스 하나를 제안했는데 S2는 요세미티 계곡을 기준으로 남동쪽으로 고산 지대인 레드피크를 거쳐 한 바퀴 돌아가는 99번 트랙에 동의했다. 책에서는 4~6일 코스라고 적혀 있으니 우리는 5일 정도 잡고 마지막 날은 여건이 허락하면 하프돔이라는 바위 봉우리를 등반하는 것으로 총 6일 동안의 캠핑을 계획했다.

　멤버는 총 4명으로 모두 S2와 연결되어 있다. 에릭은 S2의 고교 동창으로 둘이 모두 샌프란시스코가 고향이니 요세미티에 도전하는 일은 그들의 오랜 바람이었다. DY는 S2와 같은 대학원에서 학위를 받은 인물로 당시 독일에 있는 네덜란드 회사인 필립스에 직장을 두고 있었다. 그러니까 에릭은 샌프란시스코에 살지만 S2와 나는 뉴저지에서 DY는 독일에서 날아왔다. 출발 하루 전 토요일 밤 샌프란시스코에 있는 S2의 부모 집에서 DY와 에릭을 만났다. 빠진 장비를 하나둘 챙기는데 문제는 역시 음식이었다. 나는 여러 번 음식을 같이 만들어 먹는 방법에 관해 이야기했지만 네 명의 배경과 식성이 모두 다른 터라 기본적으로는 각자 해결하되 한 사람이 하루 저녁씩 제공하는 방안으로 결론이 났다.

그날 밤 24시간 슈퍼에 가서 마지막 장을 보았으나 그중 대부분은 배낭에 넣지도 못했다. 야생 센터(wilderness center)에서 예약한 캠핑 허가증을 받고 곰 깡통(bear canister)을 대여했다. 우선 요세미티 근처의 숙박 시설도 비싸고 예약이 빨리 끝나지만 캠핑에 필요한 허가증도 예약이 빨리 마감된다. 매년 봄에 인터넷으로 예약을 할 수 있는데 불과 하루 만에 일 년 동안의 예약이 끝난다고 한다. 야생 캠핑의 원칙은 흔적을 최소화한다는 것으로 요약될 수 있다. 가져온 것은 모두 가져가야 한다. 사용한 화장실 휴지도 가져가야 한다. 그리고 곰에 대비하여 모든 음식은 드라이버를 사용하지 않는 한 열 수 없게 만든 곰 깡통 속에 넣어야 하며 몸에서 나온 폐물을 버릴 때도 물가로부터 최소 30미터 떨어진 곳에 15센티미터 이상 구멍을 파고 묻어야 한다. 음식을 먹을 때도 텐트로부터 30미터 이상 떨어진 곳에서 취사해야 하는데 이유는 역시 곰 때문이었다.

요세미티 국립공원의 중심부는 일종의 고원 지대와 같다고 할 수 있다. 관광객들이 버스로 몰려오는 요세미티 계곡은 그런 고원 지대의 한가운데 기암절벽들을 병풍처럼 둘러치고 있는 저지대에 해당한 것이었고 우리는 이런 고원 지대를 먼발치에서 관망할 수 있는 그래서 포인트에서부터 출발했다. 각자 배낭에 6일 치 식량을 포함하여 모든 짐을 꾸리고 나니 무게가 장난이 아니었다. 대학 때부터 산악부에서 활동해 온 DY가 자기 배낭의 무게가 40kg이라고 허풍을 떠는 통에 나는 네 사람이 함께 사용할 짐인 텐트까지 지고 가게 되고 말았다. 나중에 DY의 배낭을 들어보았는데 내 것보다 가벼워서 속았다는 것을 깨달았으나 그땐 이미 탈진 상태에 빠진 후였다.

그래서 포인트에서 마지막으로 무게를 줄이기 위해 불필요한 짐을 골라내고 있는데 한 무리의 지역 초등학생들이 인솔 교사와 함께 나타났다. 견학을 왔나 보다. 우리가 야생 캠핑을 한다는 사실을 알려 주자 인솔 교사가 요세미티에서 야생 캠핑을 하려면 저렇게 만반의 준비를 해야 한다며 학생들에게 설명한다. 학생들에게 살짝 미소도 날리면서 우리가 견학의 대상이 되었다는 생각을 해 보니 과연 준비를 잘했느냐는 의구심이 생겨났다. 출발하고 나서 불과 6시간 만에 이 의심은 현실이 되었다.

그래서 포인트는 해발이 높은 곳인데 목적지로 가기 위해서는 저지대의 계곡을 통과해야만 했기 때문에 첫날의 산행은 기울기가 가파른 등산로를 우선 하강한 후에 다시 올라가야 하는 상황이었다. 각자 감당할 수 있는 최대 무게의 배낭을 지고 하강할 때부터 근육에 무리가 생기기 시작했는데 오르막 산행을 1/3쯤 했을 때 에릭의 다리에 경련이 발생하면서 문제가 시작되었다. 나머지 3명이 에릭의 짐을 나누어서 지고 갔지만 그로 인해 산행 속도는 떨어졌고 결국 모두가 탈진 상태에 빠지면서 생각했던 목적지에 한참 못 미쳐서 날이 저물고 시야가 어두워져 버렸다. 이 상태로는 예상했던 목적지까지 가는 것은 불가능했다. 가까운 평지에 가서 잠을 자야 하는 상황인데 더 전진할 것인가 아니면 올라오던 길을 되돌아가서 텐트를 칠 것인가 양자택일해야 했다. S2가 먼저 되돌아가자는 제안을 했다. 이유는 올라오면서 물이 있는 평지의 위치를 모두가 확인하여 안다는 것이었다. 한여름의 야생 산행에서 중요한 것은 식수의 확보다. 6일 치 물을 지고 갈 수 없기 때문에 식수는 산에 흐르는 시냇물을 필터로 걸러서 조달한다. 그러므로 캠프는 부근에 시냇물이 있는 곳에 하게 되는데 아무리 정밀 지도를 가지고 계획을 세운다고 하더라도 작은 냇물들은 날씨에 따라 물이 말라 없는 경우도 있다는 불확실성이 있었다.

나는 되돌아가지 말고 계속 전진하여 능선 부근에서 캠핑하고 산 능선 반대편 계곡에서 식수를 공급하자는 제안을 했다. 되돌아가는 길은 능선 높이의 거의 절반에 해당하는 먼 길이었고 당시 날씨는 가뭄이 아니었다. S2와 나의 의견 대립은 상당히 강해서 좀처럼 양보할 기세가 아니었다. 이와 같은 의견 대립의 발생 가능성에 대해 나는 미리 인지하고 있었고 출발하기 두 달 전에 나는 함께 산행하는 것에 반대하고 빠지겠다고 통보한 적도 있었으나 S2의 만류로 남았던 것이었다. 내 의견을 고수하다가는 팀이 깨질 상황이었는데 S2의 집에서 출발할 때 그의 어머니가 마지막으로 당부했던 말이 떠올랐다 "안전을 최우선으로 해서 무사히 다녀오라."는 이야기였다. 결국 나는 그 후로도 여러 번의 의견 대립이 있었으나 대부분 양보하여 해결했다.

그날 밤 우리는 모두 극도로 피곤하였었는데 내가 가지고 왔던 4인용 불고기와 햇반으로 저녁을 해결했다. 나는 상대적으로 무거웠던 음식을 먼저 소비하여 짐의 무게를 줄일 수 있었다. 다음 날은 홀가분한 상태로 산행하여 첫날의 목적지를 지나 산속으로 점점 더 깊이 들어갔다 무성했던 숲은 몇 년 전의 산불로 황폐해졌었는데 그 흔적이 곳곳에 남아 있었다. 작은 나무들은 불탄 반면 큰 나무들은 살아남았다. 소나무의 크기가 한국에서 보던 것과는 비교가 안 될 정도로 큰 것들도 있었는데 솔방울이 어찌나 큰지 파인애플만 해 보였다. 이제 요세미티 국립공원의 중심 속에 들어섰고 우리 네 명을 제외한 다른 인간의 흔적은 주위에 존재하지 않았다. 대자연의 한가운데서 우리도 자연의 일부가 된 셈이다.

가파른 산길의 모퉁이를 돌았는데 전방에서 바스락 소리가 났다. 놀란 심정으로 멈추어 둘러보니 한 떼의 산양들이 길을 가다 멈추어 서 있었다. 코에서 나오는 숨소리가 들릴 정도로 가까운 거리였고 그 선한 눈동자를 대하며 잠시 마주 보았던 순간의 느낌은 다소 경이로웠다. 어미와 새끼들로 보이는데 그들도 우리를 물끄러미 쳐다보고 서 있었다. 마치 "얘들아 잘 봐 두어라. 저게 인간이란다."라고 하듯이….

밤에 잠을 청하면서 하늘을 바라보니 평소 보던 밤하늘과는 확연히 달랐다. 빈틈이 거의 없을 정도로 모든 하늘이 별들로 가득했다. 칼 세이건의 결론이었던 우주 속에서 지구는 외로운 존재라는 사실도 이렇게 쏟아지는 별하늘 아래서는 실감 나지 않는다. 주위에 인간이 만든 불빛이 없으므로 해서 가능해진 광경인데 아이러니하게도 하늘 구석 어딘가에는 인간이 만든 비행기 불빛이 항상 지나가고 있었다. 텐트가 꼭 필요하다는 내 의견에 회의적이었던 나머지 세 명은 침낭만으로 텐트 밖에서 잠을 잤다. 별하늘을 천장 삼아 잠이 들 때까지 별을 본다는 것도 낭만적이라 짐작이 가지만 나는 텐트에서 따뜻하게 잠자는 쪽을 택했다. 다음 날부터는 새벽에 추웠는지 다들 텐트에서 잠을 자겠다고 한다.

해발이 2천 미터쯤 되는 고산 지대에 진입한 후로는 모두 이렇게 높은 곳에는 곰이 올라오지 않을 것이라고 생각하게 되었고 곰에 대한 경계심을 내려놓고 있던 날이었다. 저녁을 먹기 위해 텐트에서 20미터쯤 떨어진 평지에서 식사 준비를 하고 있을 때였다. 주위는 서서히 어두워지고 있었다. DY가 텐트가 있던 쪽에서부터 허겁지겁 달려와서 "방금 곰을 본 것 같아."라고 했다. 철인 3종 경기가 취미이고 키가 190센티가 넘는 DY의 당시 표정은 상당히 공포에 질려 있었다. 하지만 모두 "이렇게 높은 곳엔 곰이 없어."라고 무시했다. 저녁을 먹고 20미터쯤 더 위쪽의 캠프파이어 장소에서 모닥불을 피우고 이야기하다 텐트 쪽으로 내려올 때 DY의 말이 사실이라는 걸 깨달아야 했다. 덩치가 꽤 큰 두 마리의 검은 곰들이 우리가 남긴 저녁 음식을 훔쳐 먹고 있었다. 워낙 깜깜한 밤이라 가까이 가서야 서로의 존재를 발견할 수 있었다. 곰을 발견하자 나를 비롯하여 모두 본능적으로 혼비백산하여 도망쳤다. 도망치며 뒤돌아보니 곰들도 우리와 같은 처지였다. 그들도 화들짝 놀라 반대 방향으로 도망치고 있었다. 곰이 워낙 스피드가 빨라서 쫓아올 경우 뛰어서 도망치는 것이 불가능하다고 하니 녀석들이 반대 방향으로 도망친 것은 행운이었다.

　그날 밤 텐트에서 잠을 청하는데 이 곰들이 다시 돌아왔다. 텐트로부터 20미터쯤 떨어진 곳에 있던 음식이 들어 있는 곰 깡통을 열려고 하고 있었다. 나중에는 곰 깡통을 부수려고 두드리는 소리가 '꽝, 꽝' 하며 크게 났다. 곰들이 곰 깡통 두드리는 소리를 들으며 텐트 안에 누운 채로 우리 네 명은 대화를 했다. "곰을 만나면 어떻게 대응하지?"라고 물어봤더니 큰 소리로 말을 해야 한다고 한다. 뭐라고 말을 해야 하냐고 되묻자 "저리 꺼져." 정도가 되지 않을까라고 한다. 그날 밤 나는 속으로 곰이 영어를 못 알아들을 경우를 대비해서 우리 네 명이 할 수 있는 언어의 수를 세다가 잠이 들었다. 적어도 7개 국어는 가능했다.

　다음 날도 산행은 계속되었다. 네 명이 배낭을 메고 하루 종일 산길을 걷는 일은 군인들의 행군과 유사한 측면이 있었다. 나는 서로의 간격과 보폭을 정해 주며 이렇게 하면 효율이 좋고 이건 군대에서 사용하는 방법이라고 했더니 다들 유일하게 군대 경험이 있는 나를 추켜세우며 길잡이를 하라고 권유한다. 인간의 행적이 이토록 드문 산속에서 등산로를 찾아 올바른 길로 인도하는 일은 쉬운 일이 아니었다. 길인지 아닌지 구분하기 어려운 상황도 흔히 발생하였다. 그런 상황에서 먼저 이곳을 지나간 사람이 남긴 희미한 발자국은 상당히 많은 정보를 제공한다는 사실을 깨달았고 그 정보를 토대로 여러 번 옳은 방향으로 산길을 찾아가는 데 성공할 수 있었다. 산의 정상에 가까이 왔을 때는 이 정도면 서부 영화에 등장하던 인디언들의 추적 능력과 비견되지 않을까 하고 스스로 뿌듯해하기도 했다.

우리는 각자 가져온 식량으로 식사를 했는데 건조 식품과 비상 식량 수준이 대부분이었다. DY는 특수 쌀로 밥과 유사한 것을 만들어 먹었는데 내가 한국식 쌀로 흰밥을 지어 먹는 것을 보고 회의적으로 생각했다. 일반 냄비에 물을 넣고 밥을 짓는 일은 해발이 높아지면 끓는 물의 온도가 내려가서 밥이 되지 않기 때문이었다. DY는 해발이 높아지면 불가능해질 거라고 계속 경고를 했다. 나도 그런 면을 알고 있었지만 비법이 있었다. 코펠의 뚜껑 위에 돌을 올려서 압력솥과 같은 기능을 갖게 하는 것이었다. 산행을 계속함에 따라 해발은 2천 미터에서 3천 미터를 향해 점점 높아 갔고 내가 밥을 할 때 올려놓는 돌의 크기도 거기에 비례해서 점점 커졌다. 나중에는 버너와 코펠이 견딜 수 있는 최대 크기의 돌을 올려서 훌륭한 밥을 만들어 내자 DY는 나를 '밥장인(라이스 마이스터)'이라고 부르며 신기해했다.

우리는 식수 확보가 보장되도록 강줄기가 절벽 아래로 내려다보이는 곳에서 멀지 않은 등산로를 택하여 이동하였는데 한번은 꽤 넓은 시냇물을 건너게 되었다. 무릎까지 잠기는 맑고 차가운 물이라 우리는 자연스럽게 이 시냇가에서 휴식을 취하게 되었다. 여기서 3일 만에 처음으로 우리 외의 사람을 만나게 되었다. 하산하는 어떤 아주머니였다. 이야기를 들어보니 혼자 3박 정도 캠핑하셨는데 이젠 남편과 강아지가 보고 싶어서 하산하는 중이라고 했다. 장정 4명인 우리는 우여곡절을 겪으며 겨우 거기까지 왔는데 이분은 혼자서 왔고 자주 그렇게 캠핑하신다고 하니 DY는 계속 엄지손가락을 들어 올리며 "쿨 하시네요."라고 감탄하고 나는 입이 벌어진 채 아주머니의 말을 들어야 했다. 3일 만에 처음으로 대화를 해서 그런지 짧은 시간에 상당히 많은 수다를 넣어놓으셨다. 얼마쯤 올라가면 두 개의 호수가 있고 그 부근에 캠핑하기 좋은 장소가 있다는 정보도 얻었다. 아주머니는 작별 인사를 하고 하산을 계속했다. 우리끼리 "정말 대단한 분이야."라며 이야기한 뒤 아주머니 쪽을 바라보니 눈 깜짝할 사이에 이미 시야에서 사라진 후였다. 이분의 산행 속도는 엄청나게 빨랐다.

다음 날은 마지막으로 가파른 언덕을 올라갔다. 해발이 점점 높아지고 온도는 점점 내려갔다. 고개를 들어 산 정상 쪽을 바라보니 한여름인데도 녹지 않은 하얀 눈이 보였다. 드디어 맑은 호수가 나타났다. 햇살이 따뜻한 호숫가에는 반짝이는 잔디밭이 있었다. 환상적인 캠핑 장소라는 표현이 적당한 장소였다. 맑은 호숫물을 보지 반대편 언덕 위에 눈이 쌓여 있는데도 DY는 유럽인답게 옷을 벗고 물속으로 뛰어들었고 나도 옷을 입은 채 수영을 했다. 이렇게 파라다이스 같은 장소에 우리 4명 외에는 호수 속의 물고기들뿐이었다. 식량만 있다면 이곳에서 며칠이라도 계속 머물고 싶던 장소였다.

하루를 이곳에서 쉬었던 네 명 모두 녹초가 돼 있었고 그대로 하산하자는 생각에 아무도 반대하지 않았다. 하산은 올라가는 것 보다 훨씬 수월했다. 산에서 내려와서는 네바다 폭포와 하프돔, 에메랄드 풀을 감상했다. 나는 네바다 폭포 부근에서 마지막 기념사진을 찍고 다른 일행과 작별했다. 에릭은 "너의 판단은 언제나 옳았어."라는 마지막 말을 나에게 해 주었다. 에릭과 DY는 그 후로 만나지는 못했지만 S2를 통해 안부를 전해 들을 수 있었다. 관광객들이 몰려오는 요세미티 계곡 지역으로 내려와서 기념품 가게의 화장실에서 문명 세계로의 귀환 후 첫 세수를 하였는데 5일 동안 썬크림과 모기 기피제를 번갈아 가며 덮어 썼던 터라 20분 동안 비누칠하고 문질러도 얼굴이 씻어지지 않는 신기한 경험도 하였다. 미국의 여러 국립공원을 다녀 보았지만 사람들에게 가장 많이 권유하는 곳은 옐로우스톤이고 내가 가장 다시 가고 싶은 곳은 바로 요세미티다.

영화 아고라(2009)

이 영화는 한국뿐 아니라 미국에서도 극장에서 볼 기회는 거의 없었던 작품이라 이 영화평을 읽는 독자 중에서도 이미 본 사람은 극히 드물 것이라 생각된다. 약 1600년 전 당시 세계 문명의 중심지였던 도시 알렉산드리아가 배경이며 당시 최고 수준의 수학자이자 철학자였던 여성 히파티아의 이야기가 영화의 내용이다. 여주인공을 비롯하여 대부분 할리우드 배우들이 출연하고 영어로 제작되었음에도 흥행에서 미국을 비롯하여 냉대받아야 했던 중요한 이유는 아무래도 영화에 등장하는 두 가지 세력이 좋지 않게 그려졌는데 바로 기독교와 유대인이었다. 최근 미국의 목사님이 이 영화는 반기독교적인 영화가 아니라고 평가했다는데 역사적으로 실제 일어났던 사실에 충실한 영화이다.

크리스천이라는 이름으로 십자군 전쟁이나 마녀사냥과 같은 잘못된 현상이 있었다는 것을 인정하고 바로잡는 것이 크리스천의 도리라고 나는 생각한다. 이 영화는 P-타운의 집에 설치되어 있던 100인치 프로젝터와 5.1 음향 시설로 이웃집 부부를 초대해서 같이 보았다. 이웃인 죠지는 뉴욕 소재 대학의 교수로 천문 역사 분야의 전문가였다. 당시 죠지와 결혼한 지 얼마 되지 않았던 로라는 워싱턴 DC 소재의 대학에서 역사를 가르치는 강사였다. 나는 이 영화의 내용을 알고 있었고 이 지적인 이웃 커플과 같이 보기에 잘 어울리는 영화라고 생각했다.

이 영화가 그려 내는 이야기의 여러 가지 요소 중에서 내가 가장 독특하다고 평가하는 내용은 최초로 진리를 깨달은 과학자의 고독에 관한 생각이다. 영화에서는 히파티아가 태양이 지구를 도는 것이 아니라 태양계의 중심은 태양이고 지구가 둥글다는 사실을 깨달았을 것이라고 암시하는 장면이 나온다. 만일 그것이 사실이라면 그녀는 인류의 과학적 진보에서 상당히 중요한 진리를 다른 사람들보다 무려 천 2백 년이나 앞서 알게 되었다는 이야기다. 지구가 정지한 우주의 중심 인가는 지구의 무게만큼이나 무거운 책임감을 던져 준다. 이것을 지고 천 년이라는 아득하게 깊은 심연으로 빠져들어 가는 그런 고독에 대해 상상하기만 해도 아찔하다.

그녀는 결국 종교와 정치의 혼돈 속에서 파괴되어 버리는 비극적인 최후로 삶을 마감하게 된다. 영화의 주장은 일리가 있어 보였다. 알렉산드리아에 보존되었던 그리스 문명의 지식은 점차 파괴되었으나 아랍인들에 의해 스페인 남부로 이동하여 천 년이 지난 후에 다시 살아났으니 세계사에서 '르네상스'라고 칭하는 현상이었다. 페르마와 파스칼이 유클리드를 살려내고 더욱 발전시켰다면 코페르니쿠스와 갈릴레오는 히파티아의 생각을 다시 살려 낸 것일 수도 있지 않을까? 덥수룩한 흰 수염을 가진 레바논계 미국인인 죠지는 영화 속 알렉산드리아 대학의 총책임자였던 테온과 비슷한 이미지를 가졌고 이탈리아 출신인 로라 또한 영화 속 인물과 상당히 동화되어 보였다.

영화가 끝나자 한동안 침묵의 시간이 흘렀다. 그리고 나는 죠지에게 꼭하고 싶었던 질문을 던졌다. "그녀가 과연 지구가 우주의 중심이 아니고 지구가 태양 둘레를 회전한다는 사실을 깨달았을까?" 나는 이 질문의 답을 천문 역사의 세계적인 권위자에게 직접 듣고 싶었다. 그는 히파티아가 그 진실을 알고 있었다는 증거는 존재하지 않지만 당시 히파티아가 스스로 지동설을 유추하기에 충분한 정도의 자료와 지식을 가지고 있었다는 것은 확실하다고 답해 주었다. 14세기 유럽의 여성사가 전공인 로라는 이 영화를 자신의 강의를 듣는 학생들에게 꼭 소개해 주어야겠다고 했다. P-타운의 집에는 아담한 뒤뜰이 있었는데 커다란 세 그루의 아카시아나무들이 있었고 그중 한 그루는 죠지의 집 뒤뜰 쪽으로 가지를 뻗고 있었다.

유대인 제사 참석기

크리스천으로서 어떻게 유대교 제사에 참석할 수 있냐고 비난받을 수도 있겠지만 찰스와 마샤 부부는 가까이 지내던 유대인 친구들이었고 그동안 우리 부부에게 잘해 주었던 것을 생각하여 중요한 행사에 초대했는데 거절하는 것은 좋지 않다고 생각했다. 범신론적인 철학을 가진 나로서는 한국에서 친분 있는 사람이 불교 사찰에서 결혼식이나 장례식을 하면 참석할 수 있는 것과 마찬가지로 그다지 꺼려지지 않는 일이었다. 그리고 유대인들의 독특한 풍습을 좀 더 가까이서 경험해 보고 싶은 호기심도 있었다.

찰스는 은퇴한 의사이고 마샤는 원래 수학을 전공했지만 P-타운에서 활동하는 화가였다. 마샤에게는 또 한 가지 뛰어난 재능이 있었는데 요리를 참 잘했고 가끔 사람들을 초대해서 저녁 식사를 대접하기도 했다. 우리는 그런 기회에 P-타운의 상류층 이웃들과 대화를 나누는 경험도 했다. 한 손님이 한국에는 1402년에 만들어진 세계 지도가 있었고 프랑스의 항구 도시 마르세유가 정확히 표시되어 있었다는 사실에 감탄했다고 하였다. 강리도(혼일강리역대국도지도)에 관한 이야기인데 한국인인 나보다 더 자세히 알고 있었다. 나중에 검색해 보니 한국에서는 그 중요성이 잘 인식되지 못하고 있지만 세계 지도의 역사에서 강리도가 차지하는 비중은 의미심장하였다. 몬태나에서 온 부부는 잎사귀에 고기와 밥을 싸서 먹는 한국 음식이 상당히 좋았다고 했다. 최근에는 한국의 문화가 폭넓게 서양에 소개되고 있지만 당시에도 한국에 대해 아는 사람들은 깊이 있게 알고 있었다.

유대교 제사의 형식은 정해진 순서에 따라 기도문을 읽고 정해진 음식을 먹는데 나도 유대인들이 쓰는 빵떡 모자인 키퍼를 머리에 얹었다. 의미를 알 수 없는 히브리어를 영어로 적은 기도문을 읽으며 순서가 진행되었다. 찰스가 간간이 의미를 설명해 주었지만 우리에겐 상당히 생소하게 들렸다. 한국의 제사처럼 절을 해야 하는 수고 없이 식탁에 앉은 채로 진행되어 수월했다. 제사가 끝나고 식사를 하며 이런저런 이야기를 하게 되었다.

그 자리에는 우리 부부 외에 찰스의 사촌 여동생도 참석했는데 그녀는 한국 사람들이 유대인의 종교적 문화적 중심체인 탈무드에 대해 알고 있다는 것이 사실이냐며 물어왔다. 한국에서 탈무드식 교육 방법이 유행했던 시절이 있었고 그로 인해 나 또한 약간의 지식이 있으므로 사실이라고 답하였다. 한국의 전통 제사와 유대교 제사를 비교하며 한국인도 적어도 이전 세대까지는 유교식 제사 의식을 상당히 엄격히 지키는 민족이었으나 최근 들어 그 전통이 많이 줄어들고 있다고 이야기해 주었다. 명절 때마다 고생하는 맏며느리를 어머니로 보고 자란 장남들이 불필요한 스트레스를 만드는 전통을 거부하기 시작했다고 이야기했는데 이 이야기를 듣고 있던 마샤가 고개를 끄덕였다.

20세기에 살았던 한 일본인이 전 세계를 다니며 지식인들을 만나보았는데 자기가 만났던 지식인들은 모두 세 사람의 유대인 중 적어도 한 명으로부터 영향을 받았었다는 이야기가 있다. 그 세 사람은 아인슈타인과 프로이트와 마르크스였다. 젊은 시절 나는 이 세 사람 모두에게 지대한 영향을 받았었으니 유대인이 학문적인 세계에서 중대한 위치에 있다는 것을 인정할 수밖에 없다. 한편으로 유대인과 사업을 해 본 지인 중에 그들을 안 좋게 평하는 이들도 있다. 지구촌에는 다양한 인종과 민족이 있다. 그들을 놓고 누가 위고 누가 아래라는 개념은 존재하지 않는다. 어느 민족은 선하고 어느 민족은 나쁘다는 개념도 오류임이 틀림없다. 단지 민족마다 그 특성이 다르다는 것은 인정하여야 할 것이다. 그리고 이렇게 다양한 민족들이 서로의 장점을 살려서 조화롭게 어울려 살아가는 것은 어느 정도 가능하고 바람직한 일이다.

찰스의 집에 초대받고 얼마 있어 우리는 찰스 부부와 다른 지인들을 우리 집에 초대하여 저녁 식사를 하게 되었다. 요리 중에 매운 음식을 피하려고 간장으로 양념을 한 궁중떡볶이를 포함했었는데 반응이 좋았다. 이름에 궁중이 있으므로 나는 이 음식은 한국의 왕족들이 먹던 요리라고 소개했는데 일본계 미국인인 S2가 한국의 왕족은 지금 어떻게 됐냐고 질문을 했다. 그냥 무시하려고 했지만 집요하게 자꾸 질문을 해서 결국 "너희 일본인들이 다 파괴시켜 버렸잖아!"라고 제법 큰 소리로 나무라듯 대답했다. S2는 살짝 난처한 표정을 지으며 꼬리를 내렸다. 사실 S2와 나는 한-일 문제에 대해 미주알고주알 많은 대화를 나누었기 때문에 이 정도는 수위가 낮은 편에 속했다. 이 상황에서 마샤는 분위기가 험악해지는 줄 알았는지 애써 화제를 바꾸려고 노력하고 있었는데 그냥 흐뭇한 느낌으로 고맙게 생각했다. 그러나 나로서는 찰스와 죠지 사이에 흐르던 차가운 분위기를 개선할 수는 없었다.

짐 토르프와 캐시미어

아내가 갑자기 주말에 놀러 가자고 주문한다. 며칠 전 미국에서 직장을 구하는 마지막 인터뷰를 마치고 이제는 결과를 기다리는 상황이니 스트레스가 심했나 보다. 한겨울에 미국 동부에서 1박 2일로 어딜 가나? 영화 〈Somewhere in time〉(1980)이 생각났다. 지난여름에 카누를 타며 눈여겨봤던 포코노산 델라웨어 강변의 호텔로 가기로 했다. 가다 보니 눈발이 좀 날린다. 산속의 호텔에 벽난로가 있는 로비에 앉아 있으니 꽤 낭만적이다. 아내는 장작을 지피러 온 꽁지머리 할아버지 호텔 집사에게 호텔에 관한 질문을 한다.

지어진 지 100년이 넘은 이 호텔은 과거 대통령에서부터 당시 유명 영화배우들이 즐겨 찾았던 곳이었다는데 이제는 곳곳에 유령만 남아 있는 듯하다. 오프 시즌이니 가격도 싸지만 사람이 없다. 골프장이 내다보이는 실내 수영장의 자쿠지에 둘만 앉아 있으니 좀 썰렁하기도 하고, 게임룸에 가니 당구대가 있는데 아내는 한국에서 포켓볼을 좀 쳐 본 모양이다. 대학 때 4구만 쳐 본 나는 아내로부터 규칙을 배우고 아내는 나로부터 큐 걸이를 배운다. 그러고 보니 둘이 같이 당구를 쳐 보는 것도 처음이다. 레스토랑의 음식이나 서빙하는 아가씨도 좋은데 역시 손님이 없다. 음악이 1920년대를 연상케 한다. 흡사 최근 영화 〈Midnight in Paris〉(2011).

다음 날 아침을 먹고 강변으로 나왔다. 옆 섬 안의 18홀은 문 닫았고 3개 홀이 있는 골프장인데 역시 아무도 없다. 공 두 개와 클럽 세 개를 가지고 산책 삼아 두 홀을 걸었다. 싫증이 난 우리는 다른 곳을 관광하기로 했다. 호텔에서 5분 거리에 스키장이 있는데 꽤 괜찮아 보였다. 그러나 결국 스키는 안 타기로 했는데 그 이유는 스키장에서 어묵탕을 안 팔기 때문이었다(!). 한 시간을 운전하여 Jim Thorpe라는 관광 타운으로 갔다. 기념품 가게가 많은 시내 한복판에 극장이 있는데 그날 저녁에 레드 제플린 트리뷰트 공연이 있었다. 오리지날도 아닌 트리뷰트를 일부러 2시간 운전해서 볼 일은 없었겠지만 기왕 거기에 간 김에 보자고 했다. 관객의 평균 연령은 50세 정도, 아시아인은 우리 부부밖에 없는 듯 하고, 가끔 일어나 춤추는 여자들도 있지만 다들 앉아서 감상한다. 앞줄의 가족은 할아버지 할머니와 부모, 손자까지 3대가 와서 구경하고 있다.

미국에 와서 꼭 보고 싶은 공연 중 하나였던 레드 제플린, 90년대까지도 괜찮았으나 2000년대가 되자 보컬은 물론 기타리스트마저 더 이상 연주를 잘할 수 없는 나이가 되어 버렸다. 그때 나는 레드 제플린의 라이브는 물 건너갔다는 것을 깨달았다. 공연 시작 짝퉁 지미 페이지가 지미 페이지의 생일을 축하한다는데 그의 나이 68세란다. 하~ 세월은 이렇게 흘렀구나. 고1 때 음악을 좋아하던 친구끼리 테이프를 서로 녹음해서 좋은 음악을 들려주곤 했는데 당시 내가 기타를 친다는 것을 안 친구가 "이 곡은 미친 사람만이 연주할 수 있다."며 소개한 곡이 ⟨Stairway to Heaven⟩이었다. 이 트리뷰트 그룹 Kashmir는 드러머가 인상적이었다. 모비딕의 드럼 솔로는 들을 만했다. 락 음악보다는 클래식 음악을 좋아하는 아내는 공연 도중 도저히 더 이상은 참을 수 없다고 통보해 왔다. 마지막 곡이 끝나기 전에 공연장을 빠져나왔다. 그림 같은 마을을 뒤로하고 집으로 돌아오는 밤길에 함박눈이 내린다.

다시, 가슴은 뛴다

"왜 그래 무슨 일 있어?" 아내는 내가 갑자기 TV를 묵음으로 만들고 고개를 숙인 채 생각에 잠겨 있으니 걱정이 되었나 보다. "방금 광고에 나온 음악이 뭐였는지 생각이 안 나서…." 나는 너무 오랫동안 생각이 나지 않자 리하르트 슈트라우스의 곡이었나 보다고 결론짓고 넘어갔다. 새벽에 잠에서 깨어 맑은 정신으로 다시 생각해 보니 그 곡은 바그너의 〈탄호이저〉에 나오는 그 유명한 〈순례자의 합창〉이었다. 내가 이 음악을 마지막으로 들은 지 얼마나 오래되었던가? 그 음악을 즐겨 들었던 시절이 떠올랐다. 그리고 왜 내가 바그너의 곡을 슈트라우스의 곡으로 착각했을까 생각해 보았다. 그건 아마도 이 두 작곡가 사이에 니체라는 존재가 있기 때문일 것이다. (니체는 바그너의 광팬이었고 슈트라우스는 니체의 광팬이었다.)

나의 회상은 과거를 더듬어 작은 공부방에서 미래에 대한 설렘으로 노력하던 청년 시절의 나를 떠올린다. 그 방의 벽엔 '역경이 닥칠 때 나의 가슴은 뛴다.'라는 니체의 명언이 붙어 있었다. 그리고 28년의 세월이 흘렀다. 나는 지금 새로운 역경을 맞이하고 있다. 이제 나의 심장엔 과거 수험생이던 청년의 그 끓는 피는 흐르지 않는다…. 지난 28년 동안 나는 인류의 에너지 문제를 해결하는 연구를 위해 치열하게 달려왔다. 그리고 마침내 50년 동안 핵융합 연구의 발목을 붙잡아 왔던 플라즈마에 대한 근본 문제의 해답을 찾아냈다. 그러나 현재의 핵융합 학계는 아직 이 해답을 인정하지 않는다. 나는 믿는다. 진리는 반드시 밝혀질 것이라고. 한국으로 돌아온 2013년 올 한 해도 이 논문의 출판을 위한 나의 노력은 계속될 것이다. 그리하여 다시, 나의 가슴은 뛴다.

로건(2017)

　영화 감상이 취미인지라 어쩔 수 없이 할리우드에서 생산되는 예쁜 똥 같은 영화들로 시간을 죽이는 경우가 많은 중에 '어, 이건 다르군.' 하고 느끼는 영화들이 간혹 있다. 〈엑스맨〉 시리즈의 최근 판 중 하나인 〈로건〉이 그랬다 이 영화도 마지막 5분을 제외하면 다른 헐리우드 영화와 같다. 그런데 주인공의 마지막 대사가 짠한 감동을 전달하는 순간 조니 캐시의 노래 〈The man comes around〉가 나온다. 음악이 어떻게 인간의 영혼에 직접적으로 영향을 미치는 장르의 예술인지를 느끼게 되는 경험이었다. 부끄러운 일이기도 했다 미국/영국의 음악을 한평생 들어왔다는 내가 조니 캐시의 존재를 몰랐었으니, 며칠 후 교회의 미국인 목사님에게 이 이야기를 했다 그 노래는 가사가 시였고 멜로디는 그 시를 완벽하게 전달한다고…. 참고로 이 젊은 목사는 긴 머리에 아이언 메이든 티셔츠를 입고 급진적 진보 성향을 가진 기타리스트이기도 하다. 이 목사님은 자기도 그 앨범을 가지고 있다며 가사가 성경에서 왔으며 조니 캐시 본인도 말년에 목사님이 되었다는 이야기를 해 준다. 밥 딜런도 그에게 노벨문학상을 준다고 했을 때 그를 키워 준 조니 캐시를 생각하지 않았을까.

　얼마전 북아일랜드에서 유럽 물리학회가 열렸고 미국에서 알고 지내던 옛 동료 마크를 만났다 이런 저런 이야기를 하다 조니 캐시 이야기를 하니 자기 핸드폰에 있는 즐겨 듣는 노래 목록을 보여 준다. 이 곡이 있다. 뉴멕시코대학의 교수인 마크도 기타리스트다 한때 메탈리카의 오프닝 밴드에서 연주하기도 했던 그는 이제 로컬 밴드에서 만돌린을 연주한다. 학회의 목요일 저녁 뱅큇에 아일랜드 로컬 밴드가 연주하는데 아일랜드 전통 음악 간간이 건즈앤 로지즈 같은 컨템퍼리한 곡도 섞어서 연주한다. 연회 사람들은 춤을 추고 〈Folsom prison blues〉가 나오자 마크와 나는 동시에 외친다. "조니 캐시!"

집 짓기 체험

이 경우는 평생 한 번 할 일이지 두 번 할 일은 아니라는 생각이 드는 어려운 체험에 해당한다고 할 수 있다. 그런데 대부분의 사람들이 자신의 집을 직접 짓는 로망을 가지고 있고 그중 대부분은 실행에 옮기지 못하는 종목이기도 하다. 돈만 많으면 뭐든지 할 수 있으니 경제적인 한계가 문제인 것처럼 보이지만 이렇게 글로 남기려 하는 이유는 꼭 돈이 많아야 집 짓기를 할 수 있는 것은 아니라는 사실도 깨달았기 때문이다.

나의 집을 짓겠다는 열망은 그다지 강한 편은 아니었다. 아파트에 살아도 평수를 조금씩 넓혀 가면 만족하게 되듯이 대개는 집이 바뀔 때마다 더 좋아지는 경험을 하면서 살아왔다. 미국에서 처음 집을 살 때 약 6개월 정도 집을 보러 다녔는데 시간이 지날수록 더 마음에 드는 집이 나타났다. 인간의 욕심은 끝이 없겠지만 경제적으로 가능한 수준 안에서도 상당히 다양한 선택을 할 수 있고 취향에 따라 더 만족할 수 있는 집을 찾을 수 있다는 것을 알게 되었고 계약을 결정하였을 때의 기쁨도 잊을 수 없다. 그리고 그 집에 5년 동안 살면서 많은 사람들과 나누었던 추억도 차곡차곡 쌓였다. 그중에는 그 집을 찾기 위해 6개월 동안 안내를 해 주었던 중개업자(리알토) 디나와의 추억도 있다. 그런데 부동산 가격이 경제 상황에 맞물려 오르락내리락하여서 우리는 그 집을 최고가에 사고 나서 최저가로 떨어졌을 때 팔았다. 그러나 그 집은 우리에게 경제적인 가치보다 더 큰 가치를 주었다.

한국에 와서 집을 지으려 할 때 주위 사람들이 우려했던 것은 주택은 아파트에 비해 투자 대상으로서의 상품성이 떨어진다는 것이었다. 일반적인 관점에서는 맞을 수 있지만 나의 경우는 오히려 경제적으로도 성공적인 투자였다. 미국에서 집을 구입할 때 디나가 해 주었던 조언 중에 '첫째도 위치, 둘째도 위치, 셋째도 위치'라는 말이 있었다. 주택이란 건물과 토지의 결합으로 이루어진 부동산인데 부동산의 가치는 위치에 의해서 상당 부분 결정되기 때문이다. 우리에게도 집의 위치를 결정하는 한정적인 요인이 있었다. 나의 직장과 아내의 직장이 40분 거리로 떨어져 있었고 두 사람의 출퇴근에 적합하려면 두 직장 사이에 위치해야 했다. 그렇게 지도 위에 선을 그으면 한쪽은 도시의 중심에 가까웠고 다른 한쪽은 도시를 둘러싸고 있는 산과 근접한 지역이었다. 우리는 이 산과 도시가 만나는 지역의 아파트 단지에 세를 얻어 살고 있었다.

그때까지도 집을 짓겠다는 열망은 별로 없었다. 아파트의 삶은 여러 가지 장점도 있었고 아름다운 등산로와 근접한 아파트 단지여서 대체로 만족하고 지내고 있었다. 그러다가 아파트 주변에 단독 주택용 택지가 있다는 사실을 알게 되었고 산책하다가 좋은 땅을 발견하면 부동산에 가서 가격을 물어보기도 하였다. 그렇게 해서 깨달은 첫째 사실은 택지의 가격이 그다지 높지 않다. 평당 건축비를 이용해 계산해 보니 토지 구입과 건축비를 모두 합해서 당시 살고 있던 아파트의 평수와 유사한 평수의 주택을 짓는 비용은 아파트의 가격과 유사하거나 더 적다는 결론이 나왔다. 그래서 매물로 나온 땅의 지도를 바탕으로 도면을 만들어 상상으로 집을 짓는 취미 생활을 1년 넘게 하고 있었으나 실제로 토지를 구매하는 모험을 실행에 옮기지는 못하고 있었다.

그러다가 세를 살고 있던 아파트가 경매에 들어갔다는 통보서가 날아왔다. 처음에는 굉장히 놀랐으나 상황을 분석해 보니 보증금을 회수할 수 있는 가능성이 상당히 높다는 결론에 도달했다. 경매 통지서를 처음 받아 본 경험은 IMF 때로 거슬러 올라간다. 그때는 전세금의 상당한 부분을 날려야 할 상황이었고 유일한 해결책이 그 집을 직접 구매하는 방법뿐이었다. 이번 에도 복덕방이 제시한 해결책은 그 아파트를 구매하는 방안이었다. 집을 사려는 의사는 별로 없었는데 이렇게 반강제로 집을 사야 한다고 생각하니 그 돈으로 아파트가 아닌 주택을 사면 더 좋을 텐데라는 생각이 더 절실하게 느껴지고 있었다. 결국 경매 문제는 당시 내던 월세 지급을 중단하여 보증 금을 회수하는 방법으로 해결하게 되었다. 그리하여 살던 아파트를 사야 할 필요는 없어졌지만 이사를 가야 할 상황이므로 땅을 사서 집을 짓자는 결단 을 내리게 되었다. 게다가 1~2년 동안 주변 땅을 보아 왔었는데 그중 가장 마음에 드는 매물이 나와서 과감하게 매물이 나온 날 바로 구매하였다.

우리가 살 집을 직접 지을 계획이 있다는 것을 들은 복덕방은 당시 주변 에서 유사한 주택을 건축했던 건축 감리사를 소개해 주었다. 물론 나는 이 미 구매한 땅에 지으려는 주택의 컴퓨터 도면을 완성하였고 이를 바탕으 로 40:1 모형까지 제작하였다. 건축 감리사와의 첫 만남에서 이 모형을 가지고 가니 모형까지 만들어 오는 건축주는 처음 봤다며 신기해했지만 나의 초기 아이디어는 "70년대식 스타일이네요."라는 한마디에 일축되었다. 초기 설계는 40평의 단층 구조였는데 치명적으로 주변 건물들로부터 내려 다보이는 단점이 있었다. 집 주변에 다른 건물이 없는 경우라면 가능하겠 지만 북쪽으로는 8미터 도로가 있고 나머지 3면이 다른 택지로 둘러싸인 상황이라 이 문제는 심각했다. 주변 건물로부터 내려다보이는 것에 대항 하기 위해서는 최대한 높은 건물로 지어야 했다. 그렇다면 미국에서 살았 던 집의 형식인 타운하우스 구조가 있다.

이 구조는 건축 면적은 작지만 기본 3층으로 1층의 절반은 차고이고 나머지는 가족실이며 이 가족실은 뒷마당과 연결되어 있다. 2층에는 거실과 주방이 있고 3층에 침실들이 있고 그 위로는 다락방이 있는 구조이다. 미국의 경우 대개 4채 정도가 나란히 붙어 있는데 우리는 단독으로 이와 같은 구조로 하여 건축 면적을 20평으로 하여 짓기로 하였다. 이러한 좁은 건축 면적에 수직으로 높이 짓는(협소 주택 개념) 형식을 취하면 내려다보이는 문제에 대한 대항력이 생길 뿐 아니라 넓은 마당 공간을 확보하게 된다. 대개 한 필지의 면적은 60~80평 정도이므로 50평 정도의 마당이 생겨서 이곳에 추가 주차장과 잔디밭, 그네 벤치가 있는 정원이나 잔디밭 주변의 데크뿐 아니라 소형 수영장까지 포함하는 일이 가능하게 된다. 애초에 40평 정도로 생각했던 것에 비하면 60평+다락방으로 규모가 커져서 총 건축비는 그에 비례하여 증가하였지만 그래도 땅+건축비의 합이 그 지역의 60평 아파트보다는 낮았다.

집 짓기에 관한 기본 지식을 위해 두 권의 책을 숙독했다. 한 권은 일반적인 집 짓기에 관한 바이블적인 내용을 담고 있었고 다른 한 권은 필자와 유사한 배경을 가진 건축주의 체험을 바탕으로 쓰인 책인데 저자는 전기공학을 전공한 사람이었다. 설계사가 쓴 책에는 아무래도 설계의 가치를 높게 평가하는 주관이 깔려 있었다. 반면 다른 직업의 건축주 입장에서 쓰인 책은 여러 가지 도움이 되었다.

집을 짓는 방법은 크게 3가지로 나뉜다. 첫째는 전부 직접 짓는 방법인데 매우 드문 극단적인 경우이다. 둘째는 전문 감리사를 고용하는 방법으로 감리사의 감독하에 공사가 이루어지지만 구체적인 공사들은 건축주와 직접 계약하여 진행하는 방법이다. 셋째는 전체 건축을 일괄 계약하는 방법이다. 세 번째 방법으로 하면 건축주가 일일이 관여하지 않아도 되지만 대체로 비용이 더 상승한다. 둘째 방법은 비용을 줄이고 공사의 디테일에 대하여 건축주의 요구 사항이 더 잘 반영된다는 장점이 있지만 집 짓고 났더니 머리가 하얗게 됐다고 하는 현상이 발생하는 단점이 있다. 우리도 이 둘째 방법으로 진행하게 되었다.

우선 집의 설계에 관한 중요한 포인트는 남향으로 지어야 한다는 점이다. 남쪽으로는 가능한 많은 창문을 만들고 북쪽으로는 환기나 조망에 필요한 필수적인 것이 아니라면 가능한 창문을 적게 만들어야 한다고 판단했는데 이렇게 지으니 겨울에는 따뜻하고 여름에는 시원한 집이 되었다. 이렇게 되기 위해서는 두 번째 포인트인 단열이 필수적이다. 단열을 강조하는 패시브하우스에 관해서도 공부하였는데 지나치게 밀봉하면 환기에 방해가 되어 건강에 좋지 않을 것 같다는 생각과 외단열을 필수적으로 해야겠다는 결론을 얻었다. 즉 단열의 기본 요소는 새시와 내단열, 외단열로 구성된다. 새시는 A, B, C 세 가지 등급이 있는데 각 등급 안에서도 2~3단계로 나누어져 있어 다양한 선택이 가능했다. 최신 아파트에 일반적으로 적용되는 A급의 중간 단계로 이중유리-이중창 구조를 선택했다. 일부 B급 새시도 사용했었는데 후에 모두 A급으로 교체하거나 보강해야만 했다. 석고 보드와 스티로폼으로 구성되는 내단열은 대부분의 건축물이 공통적이어서 별다른 문제는 없었다. 문제는 외단열이었다. 외단열을 어떻게 할 것인가는 건물의 외장재 즉 외관과 연결되어 있었다. 건물의 외관을 선택하기 전에 건물의 구조재를 무엇으로 할 것인가를 정해야 한다.

미국은 목조 건물이 대부분이고(일본도 그런 것 같다.) 철근 콘크리트(이하 줄여서 '철-콘'이라 칭함.) 주택은 드물다. 토네이도나 쓰나미로 초토화되는 보도를 볼 때마다 철-콘으로 지으면 저렇게 되지는 않을 텐데라는 생각을 했었다. 반면 한국에서는 대부분이 철-콘이고 목조 주택은 드문 편이다. 미국에서 살던 집도 목조였고 목조 주택의 장점이 알려지며 한국에도 유행이 시작되어 관심을 가졌지만 왜 미국에는 목조가 많고 한국에는 철-콘이 많은가에 대한 이유는 같았다. 건축 인프라가 그렇게 형성되어 있다는 것. 미국에서는 목조가 쉽고 저렴하지만 한국엔 철-콘 건축이 상대적으로 쉽고 저렴했다. 그래서 건축 비용 측면에서 철-콘으로 결정되었고 거기에 외단열로 단열 효과가 좋고 이태리 기와와 잘 어울리는 미백색 외벽을 만들어 낼 수 있는 스타코 외장을 하기로 하였다.

완공 후에 보니 외관이 전체적으로 지중해식 색채감이 나면서 약간의 모던풍이 가미된 건물로 되었다. 이렇게 정남향 방향으로 많이 설치된 이중새시 창문들과 효과적인 외단열로 인해서 한낮에 비닐하우스처럼 가열된 열이 밤에 빠져나가지 않기 때문에 겨울 난방비가 40평 아파트보다 더 적게 나오는데도 아파트만큼 따뜻하고 여름에는 지붕의 단열을 강화한데다 태양의 입사각이 높아서 시원했다.

집의 설계에 관여한 사람은 총 5명이었다. 설계비를 지급한 주 설계사 외에도 총감독을 맡은 감리사도 설계사 자격증이 있었고 또 다른 한 명의 외부 설계사도 집 구조의 중요한 아이디어를 추가시켜 주었다. 그 외에 주변 국립공원 산의 전망이 보이도록 창문을 낸다거나 지붕에 천창을 만드는 아이디어와 같은 디테일은 필자와 아내가 참여하였다.

집 짓기의 주요 세부 공사들은 철-콘 공사, 새시 공사, 전기 공사, 설비 공사, 인테리어 공사, 외장 공사, 지붕 공사, 조경 등이 있다. 이들 중 가장 편차가 큰 공사는 인테리어라고 할 수 있다. 이 모든 공사의 일정을 잘 맞추면 3~4개월 만에 완성할 수 있고 그렇게 하면 총 공사비를 상당히 절약할 수 있다. 집 짓는 위치가 당시 살던 아파트에서 내려다보일 정도로 가까웠기 때문에 큰 이점이 있었다. 매일 아침 출근하는 길에 현장에 들려 감리사와 공사 책임자와 함께 그날 진행할 공사에 대한 회의를 하였고 퇴근길에도 현장에 들려 진행 상황을 확인할 수 있었다. 그러나 일이란 게 항상 의도대로 되지만은 않아서 우리 집의 경우도 총 공사 기간이 10개월 정도로 연장되고 나서야 완공되었다.

집이 완성된 후에도 매년 한 가지씩 추가 공사를 하였다. 1년 차 때는 잔디밭 주변의 데크와 2층 발코니 공사를 하였고 2년 차 때는 울타리 공사를 하고 3년 차에는 그네 벤치와 미니 수영장을 설치하였다. 1층 차고에는 자동차뿐 아니라 카누기 한 척 보관되어 있고 목공용 톱과 용접기를 포함한 기계 가공 장비들이 있어 원하면 차를 빼고 작업을 할 수 있다. 1층의 가족실에는 잔디밭으로 향하는 전면 유리문 외에 창문이 없어 방음이 잘되기 때문에 노래방 기기를 설치하고 악기들을 배치해서 음악실로 활용하고 있다. 원형 계단을 통해 올라가는 다락방도 아늑하고 전망이 좋아 훌륭한 힐링 공간이 되었다. 여름철에는 수영을 즐기는 딸아이를 보며 잔디밭에서 바비큐를 하기도 한다. 우리 식구만 살기엔 너무 넓은 집이라 기회가 있을 때마다 주위 분들을 초대하여 나눔의 시간을 갖도록 노력하고 있다.

〈현재 한국에서 집에 대한 가장 중요한 가치는 투자의 대상이라는 점이다. 나는 여건이 허락하는 한 이 집에서 계속 살 것이다. 그동안 집의 가격이 올라가든 내려가든 나에겐 아무런 의미가 없다. 원래 국민 소득이 3만 불 이상이 되면 아파트에서 주택으로 넘어가게 되어 있는데 한국은 예외적인 현상을 보이고 있다. 인구 밀도가 높아서 그렇다는 생각은 옳지 않다. 아파트와 주택의 평균 용적률(토지와 건축 면적의 비율)은 상당히 유사하다. 여러 가지 여건이 아파트에 유리하게 되어 있는 것도 사실이나 삶에 있어서 집이 가지는 가치를 회복하는 방향으로 전환해야 할 일이다.〉

알파 앤솔로지

C230K 스포츠쿠페를 보내며

사람도 아니고 소유했던 물건에 대해 이런 감상을 적는다는 일이 다소 생소하기도 하다. 이 글은 이 차를 온라인 중고차 사이트에 팔려고 등록할 때 차에 대한 소개란에 쓸 글을 구상하다가 시작되었다.

미국 뉴저지에 가면 가든 스테이트 파크웨이란 도로가 있다. 그 옆에 있는 비싼 통행료를 내는 뉴저지 턴파이크에 비하면 그다지 실용적이진 않지만 토요일에 이 도로에 나가면 색다른 전경을 보게 된다. 정해진 목적지를 가기 위함이 아닌 드라이빙 자체를 즐기러 나온 사람들과 그들의 예쁜 자동차들이다. 가끔 요란하게 달려 나가는 슈퍼카들도 있지만 대개 도로에 맞는 적당히 빠른 속도로 달리는 다양한 차들이다. 도로에서 운전하다 보면 앞, 뒤, 옆에 있는 차들의 가속이나 감속 그리고 차선을 바꾸는 태도에 의해 미묘하면서도 확실하게 운전자들의 감정이 전달된다. 이곳에서는 색다른 느낌이 들었다. 마치 '당신 차도 멋있군요.'라고 하는 듯했다. 실제로 컨버터블 운전자들의 표정도 그러했다. 운전이 한국은 위협적이고 미국은 신사적이라는 이야기를 하려는 것이 아니다. 미국도 대도시 주변은 무례하기 그지없으며 심지어 "내 차에 총 있다."고 위협하며 운전하기도 한다. 하려는 이야기는 '당신 차도 멋있군요.'라는 느낌을 받을 수 있었던 이유에 C230K가 한몫을 했다는 것이다. 그 도로에는 다양한 차들이 달리고 있었고 그들과 함께 어울릴 만한 차였다.

이 차종은 한국에서 정식으로 수입되어 팔린 적은 없는 것 같은데 미국에서는 꽤 많이 팔려서 종종 같은 차를 타는 사람들과 마주쳤다. 흥미롭게도 이 차 운전자들은 대부분 표정이 행복해 보였다. 누군가가 "차가 멋있네요."라고 칭찬해 주면 기분이 좋지만 속으로 '이 차에 퍼부은 돈이 얼만데.'라는 생각을 하게 되면 그다지 행복해질 수 없는 것이다. 그런데 이 차의 주인들은 반대의 생각을 한다 '이 차를 내가 얼마나 저렴하게 샀는지 당신은 모를 거요.' 그렇다 이 차는 신차의 가격도 차의 가치에 비해 비밀로 하고 싶을 만큼 부담이 적었다.

그렇게 이 차를 시고 나서 3개월 후에 아내를 만났고 그 6개월 후에 결혼하고 남쪽으로는 테네시의 스모키 마운틴, 서쪽으로는 시카고의 노스 에버뉴 비치, 북쪽으로는 메인주의 아카디아 국립공원, 동쪽으로는 롱아일랜드의 몬탁으로 가는 여행길을 같이했다. 드라마 〈도깨비〉에서 자주 나왔던 캐나다 쿼벡의 샤토프롱트낙에 도착했을 때 호텔 도어맨에게 환영받았을 때도 이 차와 함께였다. 이 차에는 한동안 '이 차는 워싱턴 산 정상에 갔었다.'는 범퍼 스티커가 붙어 있기도 했다. 뉴햄프셔에 있는 워싱턴 산은 호손의 소설 『큰 바위 얼굴』의 실제 모델이기도 했다.

중고차로 팔려고 하니 중개업자들도 구매가 어렵다고 한다. 이쯤 되면 차의 가치와 가격의 상관관계가 무의미해져 버린다. 얼마에 파느냐는 의미가 없지만 다음 주인이 두 가지 조건에 맞는 사람이면 참 좋겠다는 생각을 해 본다. 첫째는 차의 가치를 알아본다는 것. 인터넷에서 어떤 미국인이 'C230K는 가난한 사람의 맥라렌이다.'는 댓글을 달아 놓은 것을 본 적이 있다. 비슷한 댓글이 이 차의 가속 능력을 보여 주는 동영상에도 있다. 그 동영상은 제로에서 시속 100킬로미터까지 가속이 6초 정도이고 100킬로에서 200킬로까지의 가속이 20초에 돌파되는 모습이다. 내 차와 같은 모델, 같은 연식이고 제작된 지 15년 후에 촬영한 동영상이다. 나도 얼마 전테스트해 보았는데 그 동영상과 유사했다. 댓글에는 누군가가 B사가 만든 소형 엔진 중 역대 최고라고 적었다.

　2300cc 자연 흡기의 슈퍼차저 엔진에 낮은 무게 중심과 공기 저항, 짧은 차제 길이에 비해 긴 휠 베이스 등으로 인해 고속에서 코너링할 때도 역동적인 후륜 자동차의 운전을 즐길 수 있다. 어질리티 제어 기술로 차체의 진동 흡수가 저속과 고속에서 모두 적응하게 되어 있어 고속도로에서 속도를 높였을 때 차가 더 안정적으로 변화하는 것을 감지할 수 있다. 그리고 내가 특별히 좋아하는 부분은 MIT의 음향 공학으로 만들어진 카 오디오 시스템이다. 이 B사의 음향 기기는 여러 분야에서 혁신을 이루었지만 자동차 음향도 출중하여 핑크 플로이드 같이 녹음에 신중을 기해 만들어진 명곡들을 들으며 드라이브를 하다 보면 아름다운 예술과 첨단 공학이 만나 정점을 이루고 있다는 것을 느끼게 된다. 물론 최근 15년 동안 자동차 기술은 더욱 발전하였지만 여전히 C230K의 가치는 낮다고 할 수 없다.

　두 번째로 다음 주인에게 바라는 조건은 차를 잘 유지해야 한다는 것이다. 아무리 좋은 차도 15년쯤 되고 그에 맞는 주행 거리를 가지고 있으면 1년에 한두 개씩 부품 교환을 해야 하는 상황이 생긴다. 그런 상황에서 문제를 일으킨 부품을 정확히 판정하고 맞는 부품을 구매하고 교환하여 수리에 성공하는 일은 결코 쉬운 일이 아니다. 쉽지는 않지만 불가능한 일도 아니다. 15년 가까이 이 일을 하다 보니 비법들이 생겨났다. 다음 주인은 이 비법들을 나처럼 알고 있어야 한다는 것은 아니고 이 비법들을 전수받으려는 의욕이 있는가가 중요하다.

미국 대륙 횡단기

흔히 하는 이야기로 한 번도 안 해 본 사람은 있어도 한 번만 해 본 사람은 없다는 종목에 해당하는 것 중 하나가 아닌가 생각된다. 이번이 횡단 두 번째인데 끝나고 니니 다음 번에는 이렇게 하면 어떨까 하는 생각이 든다. 출발은 LA였다. 첫 번째 대륙 횡단에서 소형차를 빌렸었는데 아무래도 편하지 않았었다. 이번에는 중형차 중에서 고르는데 SUV도 있어서 그중 하나를 골랐다. LA 부근에도 볼거리가 많지만 이번 여행의 주제는 '자연과 친구'로 설정하여 대도시는 피하기로 했다.

우리는 LA에서 베가스로 향하는 프리웨이로 나아갔다. 도시를 벗어나기 전에 차가 막히는 구간이 나타난다. 도시인들의 고충 중 하나는 자연을 찾아 출발하여도 가장 먼저 만나는 것은 꽉 막힌 차도에 갇히게 되는 일이다. 영화 〈라라랜드〉(2016)에서는 이런 LA의 막히는 도로를 뮤지컬 무대로 상상하여 해결하기도 한다. 우리는 금세 데스벨리와 모하비 사막 사이를 가르는 15번 도로를 달리고 있었다. 날이 저물어 어둑어둑해졌을 때 사막 너머로 훤한 불빛이 보이기 시작했다. 5시간 정도의 운전은 그렇게 피곤하지도 않았고 적당했다. 첫 번째 횡단에서 하루에 15시간을 운전해서 기록을 세운 적이 있었는데 이번에는 그런 일이 생기지 않도록 좀 더 세밀하게 계획을 세웠다.

미국이나 캐나다에서 하는 여행의 형식은 대체로 일정하다. 우선 비행기에서 내려 비교적 큰 도시의 한국 슈퍼에 간다. 거기서 여행 기간 동안 필요한 음식과 물품을 사서 렌터카에 잔뜩 넣어 놓고 여행을 시작하는 것이다. 이번 여행에서 특이한 점은 베가스의 한 한국 슈퍼에서 3리터짜리 김치를 통째로 사서 여행 내내 지니고 다녔던 것인데 꽤 성공적이었다. (물론 전기 절연 테이프로 김치 통의 뚜껑을 완전히 밀봉하고 다녀야 했다.). 어린 딸을 데리고 자동차로 16일 동안 미국을 동서로 횡단하는 일에 다들 위험하진 않겠냐고 부디 조심하라고 당부를 해 왔다.

아름다운 여행지에는 종종 특유의 위험함을 내포하는 경우가 있다. 예를 들면 베가스의 호텔에서 하루를 묵고 다음 날 방문했던 데스벨리의 경우는 'GPS에 의한 죽음'이라는 위험이 있다. GPS 네비게이션이 시키는 대로 차를 몰고 갔다가 길을 잃고 사망에 이르는 경우가 매년 발생하고 있었다. 이처럼 내포된 위험을 극복하고 숨겨져 있는 아름다움을 마침내 마음껏 들여다보고 그 자연의 일부가 되는 일은 짧은 글로 묘사하기 어려운 경험을 선사한다.

자동차로 광활한 죽음의 계곡을 따라 한참 달리면 그 끝에 소금 사막이 펼쳐져 있다. 끝도 없는 사막을 걸어가다 보면 그곳이 데스벨리이건 남아메리카의 어느 나라이건 상관없이 나의 상상은 저 너머 어딘가에 다리를 살짝 저는 사람의 발자국이 있을 것 같기도 하고 마지막 비행을 하던 생텍쥐페리의 불시착한 비행기가 있을 것 같기도 하다. 그렇게 데스벨리의 아름다움을 감상한 우리는 한때 외계인 동영상으로 화제가 되었던 51구역으로 가는 길을 지나쳐서 베가스의 호텔로 돌아왔다.

다음 날은 후버댐을 지나 애리조나로 진입하여 북동쪽으로 달렸다. 그리하여 붉은 노을에 비친 그랜드캐년의 모습을 감상할 수 있었다. 이윽고 어둠이 찾아와 숙소를 향해 마을로 들어갔다. 눈이 내린 산속 호텔에 들어서자 벽난로가 우리를 맞이한다. 저녁을 먹고 나서 호텔 실내 수영장의 자쿠지에 앉아 있다가 같이 앉아 있던 아주머니와 이야기를 나누게 되었다.

알래스카에서 온 그분과 나의 공통점은 한국인 딸이 있다는 사실이었다. 입양된 그녀의 딸은 이제 결혼하여 손주도 생겼지만 친부모에 대한 관심에 대해 염려하는 눈치였다. 나는 "상당히 많은 이야기가 있지요."라고 말할 수밖에 없었다. 그녀는 "예, 그중에 좋은 경우도 있고 좋지 않은 경우도 있어요."라고 답해 왔다. 우리는 미국 본토와 알래스카의 아름다운 국립공원들에 대해 대화를 나누었다.

다음 날 오전에는 장대한 그랜드캐넌을 잠시 둘러보고 애리조나의 남쪽을 향해 나아갔다. 세도나에 가까워지자 단순히 경치 좋은 도로를 넘어서 서부 영화의 한 장면 속으로 들어간 것 같은 광활한 황야에 우뚝 서 있는 바위들이 나타났다. 우리는 주차장에 잠시 멈춰서 산책을 하기로 했다. 좀더 좋은 시야를 확보하기 위해 바위를 올라가고 있는데 관광객들이 나타났다. 그중 가이드처럼 보이는 이가 저쪽으로 가면 등산로가 있다고 친절히 알려주며 걱정스러웠는지 "물은 가져왔죠?"라고 물어 온다. 우리의 차림새로 보아 등산하기에 부적당한 상황이었다. 딸아이와 제법 높은 바위의 꼭대기에 올라가 사방을 둘러보았다. 어떤 표현이 적당할까? 아내는 그날부터 3일 동안 지평선의 뻥 뚫린 공간으로 펼쳐진 아름다운 광경이 나타날 때마다 계속해서 "광활하네~."를 외쳐 댔다.

세도나에서 하룻밤을 보내기로 한 것은 지나가는 길에 하루를 쉬기 위함이었는데 모든 종류의 종교 시설이 모여 있는 기대 이상으로 신비로운 곳이었다. 여기서는 골프장이 포함된 리조트에서 묵었는데 저녁에 야외 수영장을 이용했다. 덥힌 물이지만 한겨울에도 수영을 할 정도니 여름에는 더위 때문에 고생한다는 이야기를 들었다.

다음 날은 40번 도로를 이용하여 동쪽으로 향했다. 5만년 전에 떨어진 운석으로 인해 생긴 커다란 분화구 부근도 지나쳐 갔다. 나사의 우주인들이 달 착륙을 연습하기 위해 사용했을 정도로 특이한 지형이다. 대륙 횡단을 하는 내내 나는 그 지역의 FM 라디오를 청취했다. 예를 들어 내슈빌 근처에 가서 라디오를 켜면 깊이 있는 컨트리 음악을 들을 수 있었다. 애리조나에서 뉴멕시코로 넘어가는 어딘가에서 주파수를 찾다 보니 흡사 한국의 국악 같은 음악이 나왔다. 아메리카 인디언의 언어로 진행되었는데 아마도 나바호족의 음악이었나 보다.

밤이 되어 뉴멕시코주의 도시 알바쿼키에 도착했다. 처음 계획을 세울 때는 뉴멕시코대학과 콜로라도대학에 있는 친구들을 방문하고 이 부근의 자연을 감상하려는 생각도 했었다. 그런데 스케줄을 맞추지 못했다. 우선순위를 메릴랜드와 테네시에 두었기 때문이었다. 알버쿼키의 작은 한국 슈퍼에서 장을 보았는데 한국에서 왔다고 하니 슈퍼를 운영하는 교포분들이 이젠 한국이 더 살기 좋다고 이야기하신다. 다음 날도 우리는 계속해서 동쪽으로 달렸다.

장거리 자동차 여행에서 5시간 정도 운전을 하다 보면 자동차도 사람도 한 번씩 휴식과 보충을 해야 한다. 그렇게 차는 주유를 하고 우리는 실내 놀이터가 있는 햄버거 체인점에 간다. 차에 갇혀 있던 딸에게도 몸을 움직여 놀 기회를 줄 수 있다. 딸아이는 놀이터의 다른 어린이들과 어울려 논다. 여긴 스페인어를 하는 사람들이 더 많다. 우리는 계속 동쪽으로 달려 뉴멕시코를 벗어나 북부 텍사스의 한 도시에서 점심을 먹었다. 미국의 대표적 가족 식당 체인점인데 여기는 유색 인종이 거의 없다.

텍사스에서 오클라호마로 접어들자 아내의 "광활하네~."라는 감탄사는 더 이상 들리지 않고 "약간 지루하네~."라는 평이 나오기 시작했다. 오클라호마시티에서 일박하고 계속해서 아칸소를 향해 갔다. 오클라호마와 아칸소는 처음 방문하는 주들이다. 같은 도로만 가는 것도 지루하고 곧 주유를 해야 할 상황이라 40번 도로를 벗어나서 지름길을 향해 핸들을 돌렸다. 고속도로를 벗어나야 주유소 가기가 수월할 것이라는 판단이었는데 갑자기 유료 도로가 나타났다. 대개 유료 도로가 좋은 이유는 휴게소나 주유소 사용하기가 좋게 되어 있다는 것인데 여기선 그렇지 않았다. 돈을 내는 것보다 더 걱정스러운 일은 주유소가 어디에 있느냐는 것이었다. 톨게이트에서 물어보니 직진으로 25마일쯤 더 가야 한다고 한다. 계기판을 보니 지금 남은 연료로 갈 수 있는 거리가 27마일이었다. 선택의 여지 없이 조마조마한 마음으로 26마일을 더 갔더니 주유소가 나왔다. 1마일만 더 멀었어도 길에서 차가 멈출 상황이었다. 그렇게 해서 국유림을 관통하는 지방 도로를 타고 계속 달려 오후에 아칸소의 핫스프링에 도착했다.

숙소에 짐을 풀고 날이 저물기 전에 전망대에 올라갔다. 이곳은 온천으로 인해 국립공원으로 지정된 곳인데 예상했던 야외 온천장을 찾지 못해 두리번거리다가 전망대에 있던 나이가 지긋한 커플과 대화를 하게 되었다. 여자분은 아칸소의 주도인 리틀록의 중학교 선생님이셨다. 우리가 LA에서 뉴욕으로 횡단하고 있다고 하자 자기도 언젠가 꼭 하고 싶은 일이라며 부러워하는 눈치였다. 이 커플은 덥수룩한 수염이 있는 남자분이 운전하는 머스탱을 타고 떠나갔고 우리는 전망대에서 내려와 야외 온천이 있는 공원과 시가지를 관람하였다. 다음 날도 우리는 동쪽으로 계속 달렸다. 이제는 테네시로 들어왔다.

대도시인 내슈빌을 통과하여 계속 동쪽으로 가면 오크리지에 상당히 훌륭한 국립연구소가 있다. 이곳에서 일하는 친구 S1의 집에 도착했다. 한국 기준으로 보면 저택이라고 해야 할 근사한 집에서 제대로 된 식사 대접을 받았다. S1과 나는 질풍노도의 시기인 20대 초반부터 대학원 시절까지 10여 년간을 같이 지냈고 미국으로 간 후에도 만났던 사이였으나 최근에는 보기가 힘들어졌다. 이번 횡단 여행을 계획한 계기 중 하나는 최근 설문조사에서 사람들이 죽기 전에 '친구를 더 자주 만날 걸 그랬어.'라는 후회가 많다는 사실을 알고 나서였다. 사실 친구들은 가까이 있어도 만나기가 어렵다. S1 가족과는 캐리브해의 크루즈 여행을 같이 했던 추억이 있다. 불과 몇 년 전 같은데 벌써 10년의 세월이 흘렀다. 우리에겐 그때 없었던 딸이 생겼고 당시 우리 딸 또래였던 S1의 자녀들은 이제 고등학생이 되었다. 캐리비안의 추억을 공유했던 세 번째 가족의 이야기도 전해 들었다. 10년 동안 참으로 여러 가지 일들이 있었다. 우리는 한국의 교육과 미국의 의료 보험과 같은 황당한 현상도 안주 삼아 밤늦게까지 이야기꽃을 피웠다.

다음 날 우리는 웨스트버지니아와 버지니아를 가르는 81번 도로를 따라 메릴랜드로 가는 8시간의 장거리 운전에 들어갔다. 저 산 너머가 웨스트버지니아라고 하자 아내는 존 덴버의 노래를 부른다. 이 노래의 가사에 '거의 천국'이라는 단어가 나오는데 이 말은 사실 지명이다. 이곳의 세네카라는 암벽 부근에서 캠핑했던 추억이 떠오른다. 내셔날 지오그래픽에서 『미국의 숨겨진 장소들』이라는 책자를 출판한 적이 있다. 미국 곳곳에 있는 유명하진 않지만 아름다운 장소들을 소개하고 있는데 그중에서 가 본 곳은 이곳 '올모스트 해븐'과 뉴저지의 '파인배런' 두 곳뿐이다. 진정 세상은 넓고 아름다운 장소들은 많다.

점심 때가 되어 우리는 큰 도로에서 벗어나 버지니아의 지역 식당에서 점심식사를 했다. 그냥 길을 가다가 보이는 식당 중 하나를 골랐는데 맛도 좋았고 가격도 적당했다. 식당 입구의 긴 복도에서 한 할머니가 진한 남부 억양으로 "당신 '댐'을 떨어뜨린 것 같아요."라고 하신다. 무슨 말인지 못 알아들었지만 뭔가를 떨어뜨린 것 같아 바닥을 보니 10센트짜리 동전 '다임'이 있었다. 각 지역의 사투리는 한국어이든 영어든 알아듣기 힘든 단점은 있지만 나에겐 음악이나 시처럼 듣는 것만으로 아름다움을 감지할 때가 있다. 그 식당은 그 지역의 맛집이었다. 지난 30년 동안 지역 신문에도 여러 번 소개되었는데 벽에 걸려 있는 신문 스크립트 액자 사진을 찍으려 하자 아내와 딸이 자기들도 찍어 달라고 한다. 사진을 찍고 가려고 하는데 그 모습을 보고 있던 손님 중 한 분이 우리 식구 모두를 찍어 주겠다고 나서신다. 의도치 않게 일이 점점 커진다.

우리는 저녁 시간에 맞추어 메릴랜드에 사는 형의 집에 도착했다. 큰 조카 둘은 직장이 있는 뉴욕에 살고 막내는 고등학생이다. 며느리들 사이에 시댁이 미국에 있으려면 독립운동가의 후손이어야 한다는 농담도 있는 모양인데 나로서는 자주 만날 수 없으니 안타까운 일이다. 우리는 저녁을 먹으며 지난 2년 동안의 회포를 풀었다. 다음 날은 딸이 좋아하는 공룡들을 보러 워싱턴 DC에 있는 자연사 박물관에 갔다. 이곳의 박물관들을 모두 보려면 3일은 족히 걸리지만 2년 전 1차 횡단 때 들렀던 곳들이라 이번에는 서둘러 뉴저지로 가기로 했다.

뉴저지의 P-타운은 나로서는 두 번째 고향과 같은 곳이다. 이곳에서 첫 직장 생활을 시작하여 12년 동안 살면서 결혼도 하고 집도 사고 많은 이웃과 교류했던 곳이라 방문할 때마다 고향에 가는 느낌이 든다. 원래는 호텔에서 지낼 생각이었는데 같은 교회에 다니던 웬디가 자기 집에 묵으라고 이메일을 보내 왔다. 처음엔 예의상 한 말인 줄 알고 정중히 거절하려고 했는데 웬디는 진심으로 우리를 초대하고 싶어 했다. 뉴저지에는 한밤중에 도착했다. 웬디와 빌 부부의 집은 숲속에 있는 오래된 저택으로 넓은 정원과 수영장이 있다. 웬디는 교회에서 봉사 활동을 할 때도 일을 철두철미하게 잘하는 타입이었는데 우리가 머물 화장실이 포함된 2층 침실에 안내받았을 때 우리를 감동하게 한 것은 모든 것이 완벽하게 준비되어 있었을 뿐 아니라 SNS에서 공유했던 우리 가족의 사진을 인쇄하여 테이블 위 액자에 넣어 놓기까지 했다. 별 다섯 개의 호텔에 묵어 본 적도 있지만 이런 대접을 받아 본 적은 없었다.

다음 날부터 P-타운의 친구와 지인들을 만나 회포를 풀었다. 옛 직장의 한국 분들과 점심식사를 했고 같이 운동을 했던 회원들도 만나고 한인주민센터 건립 운동을 같이 했던 분들도 만나 그동안의 이런저런 이야기들을 나누었다. 펜실베니아와 뉴저지를 연결하는 P-타운은 과거 서재필 박사와 이승만 박사에 의한 미국 내 독립운동에서부터 그 역사를 공유하는 지역으로 최근까지 1.5세대 교민들에 의한 활동이 활발하였다. 미래는 1.5세대에서 2세대로의 전환이 잘 되느냐가 중요한 숙제로 남아 있다.

P-타운에는 나와 비슷한 나이의 YJ가 살고 있다. 이분은 내가 개인적으로 친분이 있는 사람 중 미술적 재능이 가장 뛰어난 인물로 삶의 과정 또한 예술가적인 우여곡절을 넘기며 살아왔다. 그의 어린 시절 이야기는『프란다스의 개』의 주인공이 연상되는데 사실 그는 나쁜 운명에 의해 파괴되지 않았다. 그때마다 오히려 그런 운명에 맞서 일어났다. 현재 뉴욕의 디자이너로 일하고 취미로 맨해튼의 길거리 풍경 사진을 찍는데 원래는 조각가이다. YJ 가족과는 멕시코의 휴양 도시에서 휴가를 같이 보낸 추억도 있다. 그의 재능은 내가 감지할 수 있는 영역의 밖에 있다. 그가 SNS에 올리는 뉴욕의 인물 사진들은 나 같은 평범한 사람에게는 포착되지 않는 것들이다. 그의 눈에 비하면 나는 장님 수준이라고 해야 하지 않을까? 서울에는 그의 디자인으로 만들어진 많은 조각들이 있었지만 이 사실은 소수의 사람만 알고 있다. 두 가족이 멕시코 식당에 모여 푸짐한 저녁 식사를 했다. 아이들이 잠든 시간에는 어른끼리 심야 영화도 보았는데 한 10년 만에 가 본 극장의 좌석이 이코노미에서 비즈니스석 스타일로 바뀌어 있었다.

액션 영화인 줄 알고 보게 되지만 실제로는 블랙 코미디인 〈콜드 체이싱〉(2019)을 보았다.

웬디의 가족과는 두 번 저녁 식사를 했다. 한번은 웬디의 딸 수잔의 집에서 식사했는데 우리는 베가스에서 샀던 김치를 가지고 가서 호평을 받았다. 웬디의 가족은 상당히 컬러풀하다. 그녀는 일본계 미국인이고 빌은 유럽계인데 웬디의 사위 카일은 덴젤 워싱턴 같이 핸섬한 아프리카계이다. 처음 카일을 소개받았던 자리는 P-타운의 한국 식당이었는데 웬디와 빌은 자리에 있었고 수잔은 볼일로 자리에 없었다. 그때 외모로는 그처럼 달라 보이는 세 사람이 가족이라는 울타리 안에서 삶을 함께 할 수 있다는 것을 깨닫고 놀라기도 했었다. 웬디의 집에서 저녁 식사를 할 때 수잔의 가족도 함께했다. 그날은 캘리포니아에서 아들의 사업을 도와주던 빌도 돌아와 함께했다. 저녁 식사 후엔 수잔의 두 딸이 악기 연주를 선보였고 한국에서 유행하던 토끼 모자를 선물받고 상당히 좋아했다. 아내는 웬디와 서로의 고민거리를 이야기하며 많은 대화를 나누는 것 같았다. 이번 여행으로 현재는 유복해 보이는 웬디가 친부모와 살 수 없어서 양부모 밑에서 힘든 어린 시절을 겪었다는 사실도 처음 알게 되었다.

P-타운에서 우리는 헬렌 할머니 댁을 방문했고 밥 할아버지와의 만남이 있었다. 80대 후반인 헬렌 할머니의 남편은 살아 계셨을 때 초창기 진공관식 컴퓨터를 개발했던 엔지니어였다. 집에 커다란 실내 수영장을 직접 설계했던 분이었는데 현재는 그의 아들 마이클이 집을 관리한다. 헬렌 할머니는 많은 증손자 증손녀들이 쉽게 방문하도록 집을 항상 열어 두셨고 친척이나 친구들이 언제든지 지나가다 들릴 수 있다는 의미로 '중앙역'이라고 하셨다. 그래도 미리 연락하고 방문하자고 했지만 아내는 괜찮다고 한다. 헬렌 할머니는 언젠가 우리를 추수감사절 저녁에 초대한 적이 있었다.

144

대가족이 다 모여 큰 집이 발 디딜 틈 없이 꽉 찼었는데 그 많은 손님 중에 친척이 아닌 사람은 우리 가족뿐이었다. 식사를 뷔페식으로 하니 음식 준비에 대한 스트레스가 적어 보였고 한국의 고부 갈등보다는 장모-사위 갈등이 더 커 보였다.

밥 할아버지는 P-타운 대학 출신이시면서 2차 대전과 한국전에 전투기 조종사로 참전하셨던 분이다. 이제 90이 넘으신 연세이신데 지금도 어린이들을 위한 할아버지 스토리텔링 프로젝트를 개발하셔서 뉴저지의 지역 도서관에 초청받아 활동하고 계셨다. P-타운 도서관에서 밥 할아버지를 만났다. 이번에는 한국전 이후 그분의 삶에 관한 이야기를 많이 들을 수 있었는데 아내는 식사 대접을 못 드린 것을 상당히 아쉬워했다.

계획했던 16일 동안의 일정은 모두 끝나 가고 있었다. 뉴저지에서의 마지막 일정은 P-타운의 웨스터리 교회 예배에 참석하는 일이었고 매튜 목사님의 설교를 들었다. 본문으로 삼으신 시편의 말씀은 혼란스러운 심정을 표현하는 단어들로 넘쳐 있었다. 고통과 심지어 증오도 느껴지지만 이에 대한 해답조차 없다. 이날의 말씀은 그 후로 진행될 연속 설교의 도입부에 해당되었다. 인생은 이토록 혼란스럽고 해결책을 찾는 것은 언제나 어렵다. 삶 자체가 이런 혼란스러운 상황에서 답을 찾아 떠나는 긴 여정이 아닌가라는 생각을 하게 된다. 우리는 다음 날 뉴욕의 공항에서 자동차를 반납하고 16일의 일정을 모두 마치면서 또 다른 긴 여정을 시작하는 14시간의 비행에 들어갔다.

한국 교육 제도의 문제

부시 대통령이 8년 집권하고 나서 나온 이야기가 그가 개선시킨 문제가 하나 있는데 멕시코로부터 넘어오는 난민의 수가 줄었다는 것이다. 이유는 부시의 통치 기간 동안 미국의 의료 제도가 너무 나빠져서 오히려 미국을 탈출해야 한다는 현상 때문이었다 마이클 무어의 다큐멘터리를 보면 무릎의 찢어진 상처를 스스로 꿰매는 환자와 약을 구하기 위해 캐나다 국경을 지속해서 넘나드는 사람들과 심지어 쿠바로 가는 미국인도 나온다. 한국 교포들은 치료받기 위해 한국으로 온다. 이와 유사한 현상이 한국의 교육 문제이다. 한국은 과열 경쟁과 지나친 사교육으로 학생들은 비정상적인 교육을 받고 부모들은 가진 여윳돈을 모두 탕진하는 현상이 대표적이지만 한국에서 아이를 키우면서 새롭게 발견한 사실은 입시 문제보다 더 심각한 문제인 '왕따 문화'라는 현상이다. '입시 지옥으로 스트레스를 많이 받아서 그런 식으로 해소하는가?'라고 생각할 수 있지만 가만 살펴보니 그 수준이 아니다.

원래 왕따가 발달한 나라는 일본이었다. 일본의 이지메와 한국의 왕따는 다르다고 주장하는 경우도 있는데 내가 보기에 현재 한국의 왕따는 일본의 이지메와 같은 현상이다. 일본의 이지메는 하루아침에 만들어진 문화가 아니다 수백 년 동안 무라하치부 같은 문화 속에 다음 세대에게 교육으로 전달되어 자리 잡은 현상이다. 한국에 돌아온 후 한국의 왕따 문화를 보니 이 또한 한 세대에서 형성된 문제가 아니었다. 현재 한국에서 벌어지는 심각한 왕따 현상의 배경에는 그들의 부모들이 있고 이들도 왕따 현상의 피해자들이었다(왕따의 가해자나 피해자나 모두 이 현상의 피해자들이다.). 즉 한국 사회도 이제 왕따 문화는 두 번째 세대에 돌입했으며 일본과 같이 한국의 아이들도 그런 부모의 영향 아래서 교육적으로 왕따 문화가 전달되어 증폭되고 있었다. 물론 왕따 문화의 원인은 여러 가지 측면으로 분석될 수 있다. 저출산으로 인해 형제자매의 수가 줄어들어서 아이들에게 불편함에 대한 내성이 줄어든 것도 분명 한 원인이다. 왕따 현상의 시작점은 어떤 집단에서 뭔가 다른 개체에 대해 견디기 어려워하는 심정이라고 할 수 있다. 일본의 무라하치부는 마을 사람들이 공동 생활을 함에 있어 그들의 내규를 지키지 않는 사람이 있으면 왕따를 시키고 추방하거나 심지어 죽이기도 했던 문화였고 통치자들에겐 마을을 다스리기에 좋은 수단이었다. 이런 현상은 약간의 좋은 점도 있다. 공동 생활에서 남에게 폐를 끼치는 일이 줄어 들고 전체적으로 더 효율적으로 돌아간다고 할 수 있다. 그러나 자살과 같은 한국의 왕따로 인한 피해 사례는 일본과 유사하게 점점 더 심각해지고 있다.

주입식 교육과 지나친 경쟁 아래서 나타나는 현상 중에 획일화가 있다. 학생들은 시키는 대로 또 남들이 하는 대로 행동한다. 그러다가 뭔가 자기들과 다른 모습이나 행동을 보이는 아이가 나타나면 '저러면 안 되는데.' 하는 생각을 하게 된다. 이런 현상 중 90%는 옳은 일이다. 다들 파란 불에 건너고 빨간 불에 멈추는데 빨간 불에 건너는 아이가 있다면 당연히 막아야 하는 것이다. 그런데 10% 정도는 아닌 경우가 있다. 즉 남들이 다 그렇게 한다고 해서 더 좋은 일이 아닌 경우가 있다.

딸에게 일어났던 에피소드를 살펴보자. 집 부근에 승마장이 있고 어린이들을 위한 프로그램이 있었다. 아이들이 말을 쓰다듬으며 교감을 하고 말에게 먹이도 먹이는 내용이었다. 준비물은 말에게 먹일 당근을 가져오는 것인데 말이 먹기 좋게 길쭉하게 썰어 오라고 적혀 있었다. 내가 당근

준비를 맡게 되어 슈퍼에서 당근을 사 왔다. 붙어 있는 흙을 물로 잘 씻었다. 여기서 나는 '생각'이라는 것을 했다. 이건 사람이 먹을 게 아니라 말이 먹을 것이고 당근의 맛있는 부위나 영양분은 껍질 부위에 있는데 껍질을 깎을 필요가 있는가? 말을 위해서도 껍질을 깎지 않는 것이 더 좋을 것이다. 대신 수세미를 이용해 당근을 깨끗이 닦았고 그중에 하나는 내가 먹기도 했다. 승마 프로그램이 끝나고 딸아이는 트라우마에 시달렸다. 다른 아이 하나가 딸을 쫓아다니면서 "더러운 당근이야. 말에게 주면 안 돼."라고 괴롭혔기 때문이었다. 다른 집 아이들은 모두 껍질이 깎여진 당근을 먹이고 있었고 말들은 당연히 그 '더러운 당근'을 더 좋아했을 것이다.

획일화 교육의 피해는 여기저기서 나타난다 오바마 대통령이 한국에 왔을 때 제대로 된 질문을 하는 기자가 한 명도 없었다. 학창 시절 내내 아무 '생각' 없이 시키는 대로 남들이 하는 대로 살아오다 갑자기 '생각'이라는 것을 하기란 쉽지 않은 것이다. 최근에는 대안학교 입학 설명회에 참가한 일이 있었다. 거기에 참석한 학부모 중에 고3 담임을 하시는 교사가 있었다. 그의 이야기는 고등학생들이 영혼 없는 삶을 살고 있다는 것이다. 아무리 s대에 입학원서를 내는 경우에도 그들은 부모가 시키는 대로 할 뿐 자신의 꿈 같은 것은 보이지 않았는데 가끔 "왜?"라는 질문을 하는 학생을 본 적이 있었고 그 학생들이 대안 학교 출신이었기에 자신의 아이를 한국의 공교육에 맡길 수 없어서 여기에 왔다는 것이다.

〈한국 교육 시스템 속에 교육의 목표로서 우리는 모두 하나라는 공동체 철학이 반드시 포함되어야 할 것이다. 요원한 일이다. 주위에 외국으로 떠나는 가족들이 있다. 왜냐고 물으면 대부분 자녀 교육 때문이라고 이야기한다.〉

그로토에서 스노클링 하기

나의 취미인 스노클링은 20살 무렵 동해안의 작은 어촌에서 시작되었다. 그 후 기회가 있을 때마다 시도하다 보니 실력도 늘어나서 이제는 오리발과 스노클링 기구만 있으면 가까운 섬까지 갔다 오는 일도 어렵지 않게 되었다. 그럼에도 스킨 스쿠버는 시도하지 않기로 했다. 높은 산에 올라갈 때마다 고산증으로 고생했고 물속으로 깊이 내려갔을 때 몸에 무리가 생긴다는 것을 느끼고 난 후 해발 3000미터 이상과 수심 3미터 이하로는 되도록 가지 않는다는 원칙을 세웠다. 비록 물속으로 너무 깊게 내려가지는 않아도 바닷속에 들어가서 유영하며 구경하는 일은 해도 해도 질리지 않는 매력적인 일이다. 아마도 우리의 DNA 속에 아주 오래전 바다에서 살았던 기억이 남아 있어서일까?

호주 시드니에서 30분쯤 떨어진 곳에 아름다운 해변이 있다. 이 해변이 더 아름다운 이유는 물속에 커다랗고 파란 물고기가 살고 있기 때문이다. 사람들이 바닷가에 가서 바다를 즐기는 방법은 세 가지 단계로 나누어진다. 첫째는 물 밖 해변에서 즐기는 일이다. 모래사장에 앉아서 책을 읽거나 선탠을 하는 것도 좋긴 하다. 둘째는 물속에 들어가서 수영을 즐기는 것이다. 그냥 수영만 하는 것이 지루하면 밀려오는 파도에 몸을 실어서 파도타기를 즐길 수 있다. 세 번째 단계가 스노클링 장비를 장착하고 주변의 바위나 해초 사이를 유영하는 일인데 그곳에서 이 블루 그로퍼를 만났다. 크기는 1미터 정도나 되는데 헤엄치는 속도가 완전 느리다. 그러므로 같이 헤엄치는 일이 가능하다. 대개 물고기들은 사람을 포식자로 인식하고 도망가는데 이 녀석은 별로 상관하지 않는다. 한 놈을 찾아서 그 녀석을 쫓아 헤엄치다 보니 더 큰 녀석이 나타났다. 그런데 주위를 보니 이미 세 명의 다이버들이 그 녀석의 사진을 찍고 있었다. 나중에 수면 위로 나와서 이야기를 하게 되었다. 대화는 간략했다.

"멋진 물고기네요!"

"예, 보호종이에요."

스노클링을 하기 좋은 곳은 대개 유명한 해변 주위에 있지만 사람들이 많이 가지 않는 숨겨진 장소인 경우가 많다. 포르투갈에 있는 숨겨진 해변은 가파른 곳의 미로 같은 산길을 20분쯤 가야 나타났다. 물속에 들어갔더니 내 주위로 물고기 떼가 군락을 이루어서 선회를 한다. 나를 참치 같은 포식자로 인지하고 먹히지 않기 위해 본능적으로 그렇게 행동하는가 보다. 물 밖으로 나오니 해변에 여인들이 선탠을 하며 누워 있다. 의상을 유럽 스타일로 하고 있으니 아름답다는 말 외에 다른 표현이 있겠는가?

온난화로 인해 이제 지구의 산호초들은 절반 정도밖에 남지 않았고 날마다 점점 더 없어지고 있다. 산호초가 풍성한 바다에는 물고기들도 그만큼 많고 이들을 보려고 몰려온 관광객들도 많다. 북마리아 제도의 산호초 해변에서 스노클링을 할 때였다. 물고기들이 어찌나 많은지 물 반 고기 반이라는 표현이 여기서는 과장이 아니었다. 다양한 열대어들이 뒤엉켜 있었는데 그중 시선을 끄는 놈이 있어서 자세히 보기 위해 가까이 접근하다가 등골이 오싹해졌다. 상어였다. 나는 바로 얕은 곳으로 빠져나왔다. 근처 수많은 사람들 속에 가족이 섞여 있었기 때문이었다. 물론 그 상어는 영화에 나오는 것 같은 큰 놈이 아니라 작은 종이었다. 허나 물속에서 보면 실제보다 커 보인다. 상어를 물속에서 직접 대면해 보기는 처음이었다. 어렸을 때 보았던 영화 〈죠스〉(1975)가 떠올랐다. 해변에서 누군가 "죠스다!"라고 외치면 사람들이 모두 공포심으로 도망가는 장면이다. 나는 아내와 딸에게 빨리 물 밖으로 나가자고 했다. 왜 그러냐고 물어보는데 차마 이유를 이야기할 수 없었다. 그렇게 뭍으로 나가고 있는데 어떤 아들과 아버지가 대화하고 있었다. 아들은 "아빠 말을 믿을 수 없어요."라고 하고 아빠는 "나 방금 상어를 봤어."라고 하고 있었다. 가족들이 나가는 것을 확인하고 그 대화에 끼어들었다.

"아 그거 상어 맞아요. 저쪽에 있었어요."

내 말을 듣자마자 십대로 보이는 아들은 상어가 있던 쪽으로 다이빙하여 헤엄쳐 갔다. 나중에 검색해 보니 그때 만났던 상어는 70센티 정도의 크기로 사람에게 해를 주지 않는 종이었다. 바다에서 만나게 되는 상어의 95%는 사람에게 해를 주지 않는 종이라고 하니 상어에 대한 공포는 과장되어 있다고 할 수 있지만 미국 샌디에고 부근에서 특히 겨울에는 다이빙을 하지 않는 것이 좋다. 거대한 백상어들이 그곳에서 새끼를 키우는 시기여서 실제로 다이빙하던 사람을 통째로 잡아먹었던 사건도 있었다. 그러나 샌디에고의 라호야 코브는 미국 본토에서 스노클링을 하기에 가장 좋은 곳이라 할 수 있다. 맑은 물속에 풍성한 해초가 있고 그 사이로 물고기들이 많아 그 주위는 물새와 물개의 서식처가 되었다. 여기에 사는 물개들은 식량이 풍족하니 물속에 들어온 사람들과 장난치는 일을 즐기는 것 같았다.

사이판에 있는 그로토라는 다이빙 장소는 세계적으로 두 번째 정도로 손꼽히는 다이빙 명소이다. 자연적으로 생성된 세 개의 해저 터널이 바다와 연결되어 있고 지상과 연결된 바위 속 동굴 호수에는 한가운데 있는 섬을 중심으로 수십 미터 깊이의 물속 공간이 펼쳐져 있다. 동굴의 단점은 한낮에도 어둡다는 것인데 해저 터널의 반대편 바다에서 빛이 들어와 자연적인 조명 역할을 해서 신비로움을 더해 준다. 처음 이곳을 방문했을 때는 파도가 높은 날이었다. 이곳에서 다이빙하려면 한가운데 고립된 바위로 접근해야 하는데 그날은 그 바위로 가는 협곡에 파도가 계속 몰아치고 있었다. 파도의 높이가 사람 키와 맞먹는다. 좌우로 몰아치는 이 파도에 휩쓸렸다가는 물귀신이 될 게 뻔했다. 많은 사람이 몰아치는 파도가 잠잠해질 때까지 줄을 서서 기다리며 바위에 딱 붙어 매달려 있었다. 그 모습을 보고 있으니 자연이라는 존재가 자신의 아름다움을 함부로 보여 주기 싫어서 이렇게 어렵게 하는 것인지 관광이나 모험도 좋지만 여차하면 목숨을 잃을 것 같다는 생각이 든다. 파도가 잠시 멈추는 순간에 협곡을 뛰어 건너서 바위에 오르니 심장이 벌렁벌렁한다.

그렇게 어렵게 다이빙하여 물속으로 들어가면 해저 동굴에서 나오는 천연 조명과 스쿠버다이버들의 인조 조명을 통해 바닷속의 세상을 엿볼 수 있다. 바다로 이어지는 동굴의 입구에서 동굴 반대편 바다에서 몰아치는 거대 파도의 영향으로 이리저리 밀리다 보니 바로 옆 바윗가에 작은 물고기 떼가 나와 같은 처지로 파도에 밀려 다니고 있었다. 그들에게도 이렇게 사나운 파도는 피해야 할 대상이었던 모양이다.

캠핑카 개조 후기

한 1년 정도 캠핑카 구입을 심각하게 연구했다. 우리는 어린 딸과 함께 3인 가족인데 딸아이가 전에 캠핑카를 대여했던 경험을 좋아해서 가장 사자고 조르는 상황이었다. 처음에는 호화 캠핑 트레일러부터 눈독을 들이다가 점점 눈높이가 낮아지기 시작했다. 자금도 마련되었다. 몇 년 전 낸 특허로 기술 이전료를 받았다. 그 돈이면 소형 캠핑 트레일러를 새 것으로 살 수 있었는데 현실을 생각해 보니 우리가 캠핑카를 산다 하더라도 실제로 캠핑을 얼마나 자주 갈 것인가 자문해 보았다. 직장 동료 중 캠핑을 가장 좋아하는 분에게 물어보니 1년에 5번 이상은 힘들다고 한다. 캠핑 트레일러를 새 것으로 사면 1년에 감가가 최소 120만 원은 될 것으로 예측되었다. 만일 1년에 150만 원을 써야 한다면 5번을 고급 호텔이나 풀빌라에서 묵을 수 있는 돈이라고 생각하니 망설여졌다. 게다가 당시 캠핑 트레일러 시장은 공급 부족이라 가성비 좋은 매물을 찾기도 쉽지 않았다.

캠핑 트레일러의 단점은 주차가 어렵다는 점도 있다. 그러다가 승합차의 캠핑카 개조에 관심을 갖게 되었다. 필자가 사는 곳에도 승합차의 캠핑카 개조 전문 업체가 두 군데 있고 텔레비전의 〈극한직업〉에서 소개된 적도 있었다. 그런데 업체에 가서 이야기해 보니 주 고객들이 50~60대 분들이라 개조 스타일도 맞지 않았고 개조 비용도 만만치 않았다. 그리하여 지금 소개하는 최저 비용 승합차의 캠핑카 개조 아이디어가 떠올랐다. 모델은 12인승이다. 최저가를 찾았기 때문에 15년 된 25만 킬로의 차였고 차의 시트는 낡았으나 엔진 상태는 보링도 해서 쓸 만했다. 이 차의 구매가는 무려 160만 원이었다^^.

차를 산 후에 처음 한 일은 인터넷에서 교체용 카시트를 25만 원에 구입했다. 중국산이지만 색깔도 빨간색으로 골랐다. 동네의 카시트 교환 업체에 갔다. 카시트 교환도 극한 직업이었다. 나이가 지긋한 부부가 일을 하시던데 더 이상 깎을 수 없어서 교환비는 25만 원이 들었다. 2열 좌석을 180도 돌린 다음 간격을 적당히 벌리고 그 사이에 캠핑용 접이식 테이블을 실지했다. 탈부착이 되고 출입문 쪽은 하나의 알루미늄 다리로 고정했다. 좌석을 떼어 내는 방법도 생각했지만 노후 디젤 차량이라 6개월마다 검사를 받아야 해서 좌석을 그대로 두기로 했다. 천장에 묻은 때도 장난이 아니어서 친환경 페인트칠을 했다. 바닥도 매트를 깔고…. 그다음에 철물점에서 합판을 사서 제단을 한 후 동네의 쇼파 천갈이 집에 가서 스폰지와 천을 덮어 3개의 침대 매트를 만들었다. 평소 응접실 모드로 이용하다가 잠을 잘 때는 침실로 전환된다. 여름밤에 사용할 소형 에어컨도 중고로 샀다(없는 것 보단 나았다.). 차 뒤 쪽에는 캠핑카용 휴대식 용변기를 두었는데 유사시에 사용하기에 편리했다.

〈사용 후기〉

당일 치기 여행도 간다. 가까운 국립공원이나 경치 좋은 강변에 주차하고 가던 길에 산 분식점 음식을 테이블에 앉아 먹는 것도 괜찮았다. 순천/여수도 갔었고 지난 여름에는 강원도 삼척을 들러서 평창의 오토 캠핑장에서 일박을 했다. 딸아이가 캠핑카에서 더 자자고 조른다. 새벽에 비가 왔는데 텐트에서 자는 것보다 훨씬 좋았다. 최근에는 차의 외관도 페인트칠했다. 세 식구의 의견이 달라서, 나는 분홍색, 아이 엄마는 보라색을 원했다. "그럼 차의 왼쪽은 내가 칠하고 오른쪽은 당신이 칠하자."로 결론이 났다가 딸아이가 오랜지색으로 하자고 하여…. 아무튼 현재 차의 겉모양도 전혀 평범하지 않은 상태다. 이 차의 또 다른 장점은 평소에는 12인승 승합차이다. 전에 학생들을 태울 일이 있었는데 대학생 11명을 한 번에 학교에 태워 준 적도 있다. 출퇴근용으로 타도 된다.

난류와 확산 이야기

두 단어 모두 어려운 개념이다. 난류는 영어의 터뷸런스를 이야기하는데 이 난류는 공학적으로 많은 분야에서 이용된다. 골프공의 표면에 홈을 만들어 더 멀리 날아가게 하는 것 같은 마찰력의 조절 외에도 자동차 엔진의 연료와 공기의 혼합에 있어 난류는 공해 물질을 적게 만들면서 효율을 높이는 기능이 있다. 최근 B사는 엔진의 터보 장치에 있는 프로펠러를 하나에서 두 개로 분리 장착하여 효율을 높였는데 내가 보기에 난류의 효과를 최적화하는 데 도움을 준 것 같다. 이 엔진을 장착한 차를 시운전해 보고 아내에게 허락받기 위해 전화했을 때 내가 처음 한 말은 "이 차는 120년 자동차 공학의 승리야."였다. 아내의 반응은 여전히 '그런데 왜 그렇게 비싼 차를 사야 하냐고?'였다. 그래서 "이 차를 타 보니 자기를 처음 만났을 때의 느낌이 났어."라고 했다. 이 말은 효과가 있어서 아내는 나중에 조수석에 타고 한 바퀴 돈 후 "이 차의 어디가 그렇게 좋았어?"라고 할 때까지 차 구매에 대한 반대가 전혀 없었다.

난류 이야기로 돌아와서, 한마디로 난류가 잘 섞이게 하는 역할을 한다는 것인데 이를 확산의 개념으로 설명할 수 있다. 자동차 엔진처럼 잘 섞이는 현상이 바람직한 경우도 있지만 반대로 피해야 하는 경우도 있다. 데이비드 봄이라는 물리학자가 있었다. 파인만보다 한 살 위였던 그는 지도교수였던 오펜하이머의 부름으로 맨해튼 프로젝트에 참여하여 자기장에 가두어진 아크 플라즈마의 확산식을 발견하게 된다. 〈어벤져스〉에서 토니 스타크의 아버지 하워드 스타크를 보고 봄이 떠올랐지만 사실 두 캐

릭터가 1917년 미국 동부에서 태어나 맨해튼 프로젝트에 참가했다는 것을 제외하고 유사한 것은 별로 없다. 플라즈마의 확산은 온도에 비례하고 가두기 위해 가해 준 자속 밀도에 반비례한다는 것이 봄 확산식이다. 이 확산식이 전기 책도 나올 만큼 유명한 이론 물리학자의 평생의 업적 중 가장 중요하다고 여겨지는 이유는 고전 물리학에 의한 해석보다 100배 이상 더 많이 확산이 일어나는 실험 결과들과 잘 일치했기 때문이었다. 그런데 첫째, 이 식은 이론적으로 유추된 것이 아니라 실험적으로 발견된 식이라 왜 그렇게 되는지에 대한 의문이 남았었고, 둘째는 핵융합 장치는 플라즈마를 자기장으로 가두는 장치인데 이렇게 100배나 많이 확산되어 버리면 핵융합을 성공하기가 어렵게 된다.

봄의 확산식이 발표된 지 6년 후에 사이먼이라는 학자가 봄이 했던 실험을 재현한 후 봄의 확산식에 대한 반론을 제기했다. 하나는 플라즈마를 구성하는 전자가 플라즈마를 담은 용기의 벽을 통해 확산된다는 현상을 발견했으며 둘째는 확산이 자속 밀도의 제곱에 반비례한다는 주장이었다. 그렇다면 자기장을 세게 걸어 주면 확산을 줄일 수 있으므로 당시 걸음마 단계였던 핵융합 연구에 사이먼의 주장은 희망을 주었으나 그 후 만들어진 핵융합 장치들에서 대부분 봄 확산식과 일치하는 실험 결과가 나왔다. 이렇게 해서 봄 대 사이먼의 논쟁은 봄의 완승으로 판정 나고 핵융합 연구는 그 후로 60년이 넘도록 플라즈마가 가두어지지 않고 빠져나오는 비정상적인 수송 현상에 대한 해결책을 찾고 있었다.

이야기가 이렇게 끝나면 실망스러울 것이다. 실제로 최후의 반전이 일어났다. 2015년 Lee라는 성을 가진 학자가 새로운 해석을 발표했다. 실린더 모양 용기를 사용했던 봄과 사이먼의 실험에서 전자의 확산에 대한 해석은 사이먼이 옳았고 도넛 모양을 한 핵융합 장치에서의 확산은 난류에 의한 것이라는 내용을 분석적으로 명확히 밝힌 것이다. 즉 봄과 사이먼의 실험과 같은 저온 아크 플라즈마에서 발생한 확산과 핵융합 장치에서의 확산은 전혀 다른 물리 현상이었으며(우연히 비례 상수와 크기가 유사했음.) 아크 플라즈마에 대한 해석도 봄보다는 사이먼이 더 진실에 가까웠었다는 것이다. 핵융합 장치에서 발생하는 난류에 의한 확산은 난류의 제곱에 비례하므로 난류를 줄이거나 억제하는 방법으로 핵융합 플라즈마를 가둘 수 있다는 사실을 확인한 것이다.

〈이 이야기는 낙서장과 같은 영문 위키피디아에서 확인해 볼 수 있다. 'Bohm Diffusion'으로 검색한 뒤에 중간에 복잡한 수식은 건너뛰고 further research의 아랫부분 In 2015, 이후 설명을 보기를 추천한다.〉

모든 미스터리는 해결될 것인가?

2016년 영화 〈브레인 온 파이어〉에는 한 희소병 환자의 실화를 바탕으로 한 이야기가 그려진다. 이 질병은 정신병의 일종인데 2007년 이후에 그 실체가 밝혀지기 시작했고 치료가 가능해졌다 주로 젊은 여성 환자가 많아서 갑자기 몸과 정신에 이상이 생겨 발작하는데 과거에는 귀신이 들렸다는 잘못된 판단을 하기가 쉬웠다. 이 현상이 과거에 어떻게 다루어졌는지를 보여 주는 예가 〈엑소시스트〉(1973) 같은 영화의 소재가 되었었다. 이 케이스는 과거에는 미스터리에 속하여 비과학적인 생각을 했던 대상이었으나 이제는 과학적인 해석이 가능해진 사례 중 하나이다. 이와 유사한 사례는 무수히 많을 테지만 현대인의 가장 대표적인 미스터리는 아마도 UFO가 아닌가 생각된다.

UFO에 대한 과학적인 설명은 아직 알려지지 않았지만 가능성 있는 한 가지 후보는 지구 대기에서 이루어지는 플라즈마 현상들이다. 플라즈마는 원자나 분자가 전자와 이온으로 분리된 상태이므로 플라즈마가 만들어지는 환경에는 전기적인 현상, 즉 공간적으로 플러스 전하와 마이너스 전하가 분리되어 집중되는 현상이 있다. 번개가 대표적이라고 할 수 있다. 수증기를 비롯하여 지구 표면에서 대기로 올라간 분자들로 하여금 전기를 띠게 만드는 현상은 최근 연구를 통해 우주에서 오는 입자들에 의해 이루어진다는 결론을 얻었다. 구름 속의 전하 분리 외에도 약 100km 상공의 이온층에는 태양풍에 의해 만들어진 전기를 띤 공간이 존재한다. 이에 의해 만들어지는 플라즈마 중에 Sprite라는 현상이 있는데 최근 고속 카메라의 보급으로 인해 새로운 관측이 많이 이루어지고 있다. 한국어로는 메가 번개로 알려졌다. 물론 아직 이 현상과 UFO를 연관 짓는 학설은 없지만 미래에는 등장할 수도 있다.

알파 앤솔로지

아일랜드 포크 뮤직,
싱글 몰트 위스키, 740d

이들의 공통점은 영화 〈Arther & Claire〉(2017)에서 소개되는 내용들이다. 10점 만점에 7점 정도인 이 영화에 대해 특별하다고 느낀 순간은 청소 소음을 끔찍하게 싫어하는 괴팍한 성격의 주인공이 꼭 타야 한다고 고집하는 차종이 내 취향과 유사하다는 사실을 발견한 순간이었다. 미국에서 중고로 산 스포츠 쿠페를 15년 정도 타고 있었으니 주위에서 차를 바꾸라고 권유하는데 끌리는 차가 없었다. 딜레마였다 지구와 환경을 걱정한다는 사람이 온실가스와 매연을 펑펑 뿜어내는 자동차를 살 수는 없는데 그러면서도 다이나믹한 운전이 가능한 차를 원했던 것이다. 그렇게 5년 정도를 고민하다가 이 엔진을 발견했다. 연비가 상당히 좋으면서 놀라운 토크를 발생시키는 놈이었다. 평소 이 엔진이 좋다는 사실을 아는 사람이 주위에 없다는 점을 아쉬워했는데 이와 연관된 이야기가 나오는 영화를 만난 것이다. (내 차는 740d와 엔진이 같다.)

영화를 보고 나서 생각해 보니 아일랜드 포크 뮤직을 뿌리로 하여 탄생한 컨트리 뮤직을 좋아하는 나로서는 위에 열거한 세 가지 중 전혀 경험하지 못한 싱글 몰트 위스키를 시도해 보기로 했다. 어제 택배로 도착한 싱글 몰트를 마셨다. 그냥 위스키 맛이었다. 계속 음미하면서 마셔 보니 향이 더 강하기는 했다. 이 정도의 차이를 위해 2~3배의 돈을 지불하고 싶지는 않은 그런 차이였는데 호기심이 생겨 평소 버번으로 마시던 미국산 위스키와 비교해 보니 싱글 몰트에 비해 확연히 한 등급 떨어지는 느낌이 났다. 괜히 싱글 몰트를 마셨다는 생각이 들었다. 이전까지 난 버번에 100%

만족하고 있었다. 위 세 가지의 공통점이 있다. 소수의 사람들만 열광한다
는 것….

자발적 회전

   핵융합 실험 장치에서 일어나는 일 중에 과학자들이 아무리 연구해도 설명이 안되는 현상들이 여럿 있다. 그중에 하나는 도넛처럼 생긴 장치 안에 자기장에 의해 가두어진 플라즈마 입자들이 외부에서 강제로 돌리지 않아도 스스로 한쪽 방향으로 회전하는 현상이다. 시계 방향으로 돌기도 하고 반시계 방향으로 돌기도 하는데 이에 관한 논문이 수백 편은 나왔다. 수년 전에 동료 학자들이 이 문제에 대해 나에게 자문을 구했었고 이틀 정도 고민하다가 '간단하지 않구나.'라고 생각하고 포기했었는데 최근에 다시 의뢰를 받았다. 5년 동안 철두철미하게 분석한 측정값에 대한 실험 결과를 출판하는데 왜 그런 결과가 나오는지에 대한 설명을 붙이고 싶어 하는 동료 학자의 부탁이었다.

   이번에는 끝까지 가 보자 하고 분석해 보니 답이 나왔다. 워낙 시간이 없어서 간략하게 정리하여 제출했더니 심사 위원 중 한 명이 나의 간단한 풀이에서 전제한 가정에 관해 물어왔다. 내가 사용한 가정은 '전기적 충돌을 무시하면….'이었는데 이 한 줄은 마치 로렌츠가 상대성 이론을 풀면서 '광속을 불변으로 놓으면….'이라고 한 것과 유사한 수준이라는 것을 상기시켜 준 것이었다. 로렌츠가 특수 상대성 이론의 핵심이라고 할 로렌츠 변환식을 유도하고도 공을 아인슈타인에게 빼앗긴 것은 빛의 속도가 불변이라는 어마무시한 사실의 의미에 대해 논한 것이 아인슈타인이었기 때문이었다.

   1억 도에 달하는 핵융합 플라즈마 내에서 일어나는 충돌의 99%는 전기적인 쿨롱 충돌인데 이것이 운동량 전달에 효과가 없다는 것은 사실 놀라운 현상이다. 그러나 그렇게 가정을 하면 계산 값이 신기하게도 측정값과 잘 맞는다. 플랑크가 에너지를 띄엄띄엄 떨어진 상태에서 적분하여 흑체 복사 곡선과 맞아떨어지는 계산을 하고 느꼈을 것 같은 그런 신기함이다. 핵융합 장치의 자발적 회전이 상대론이나 양자역학처럼 중대한 사안은 아니지만 핵융합의 성공을 향해 나아가는 작은 진전이 될 수는 있다.

〈이 현상을 SF 스타일로 이야기하면 다음과 같다. 플러스맨은 동쪽으로 마이너스맨은 서쪽으로 달려가고 있는데 이 둘은 서로 전기적 인력이 작용하여 맞부딪치게 되었다. 서로 밀어내려고 양손을 내밀었는데 신기하게도 손이 상대방의 몸속으로 투과되어 들어가는 것이다. 이때 전기를 띠지 않는 나비 떼가 날아왔다. 마이너스맨은 이 나비 떼가 손바닥에 닿는 느낌이 느껴졌다 플러스맨도 마찬가지였다. 그리고 나비 떼가 이 두 사람의 손바닥 사이를 지나갈 때 서로 밀어내는 힘이 작용하기 시작했다. 그리하여 이제는 각자 자유롭게 달려가는 것이 아니라 한 덩어리가 되어 마이너스맨의 힘이 더 강할 때는 서쪽으로, 플러스맨이 더 강할 때는 동쪽으로 움직이게 되었다. 그리고 이 나비 떼는 정지해 있는 것이 아니라 불규칙한 방향으로 날아다니고 있었다.〉

- 윗글을 작성하고 나서 다시 계산하다 보니 자발적 회전은 양 전하 입자와 음전하 입자의 상호작용에서 존재하는 불균형에 의해 발생한다는 것을 알게 되었음. 그러므로 위의 SF적 묘사도 수정이 필요한데 손이 상대방 몸으로 스며들어 가는 것이 아니라 정확히 같은 힘으로 서로 밀고 있어 움직이지 않았던 것이고

나비 떼가 두 사람의 손바닥 사이로 들어왔을 때 나비에 작용하는 힘은 두 사람의 조건에 의해 균형이 깨지면서 한 방향으로 움직이는 상황이 된 것임.

결론: 굉장히 특이한 가정을 하지 않고도 자발적 회전은 설명이 됨.

경제적 이득과 안전이 충돌할 때

　영화 〈커런트 워〉(2017)는 에디슨과 웨스팅하우스 사이에 벌어졌던 전기의 직류 대 교류 경쟁을 다루고 있다. 영화를 보기 전에는 단순히 테슬라 같은 실력파에겐 너무나 명백하게 파악되었던 교류의 장점을 에디슨이 못 알아보고 고집을 부렸었던 현상이라고 생각했지만 이 일화는 상당히 중요한 기술 발전의 전형을 보여 준 케이스였다. 에디슨이 직류를 고집한 이유는 감전 사고를 일으키는 고전압 전기를 만들기 싫어서였고 교류가 비용이 적게 드는 이유는 고전압 송전을 할 수 있기 때문이었다. 직류와 교류 사이의 경쟁은 안전이 더 중요한가, 경제적 이득이 더 중요한가의 대립이었다. 이 경쟁은 경제적 이득의 완승이었다. 그 이후로 상용 전기는 고압 송전이 기본이 되었다. 에디슨이 예측한 대로 고압 송전으로 인해 수많은 엔지니어가 감전 사고로 사망하였는데도 그렇게 된 것이다.

　여기서 기술 발전의 두 가지 중요한 특성을 생각할 필요가 있다. 첫째는 인류의 산업 발전은 절대적인 안전보다는 경제적 이득을 더 추구한다는 것이다. 우리가 일상적으로 사용하는 전기의 대부분은 50볼트 미만의 직류이고 감전 사고는 400볼트 이상에서 잘 일어나고 낮은 전압에서는 잘 일어나지 않으므로 에디슨의 생각대로 직류로 송전했다면 감전 사고를 원천적으로 줄이는 일이었다. 그러나 인류는 저압 송전의 막대한 전력 손실로 인해 발생하는 비용 상승을 감당할 수 없었고 감전 사고의 위험을 택한 것이다. 둘째는 기술의 발전으로 사고의 위험은 계속 줄어들었다는 것이다. 이 과정은 정치적으로 민주주의가 발달하고 인권의 중요성이 인정받아 그

가치가 상승했기 때문이기도 하지만 기업의 입장에서는 안전 사고가 발생할 때마다 비용 상승으로 이어졌으므로 여전히 경제적 이득을 위해 더 안전한 방법을 추구한 결과였다. 트럭이나 택시가 자율 주행하게 된다면 분명 경제적 이득이 있을 것이다. 그러므로 아직은 자율 주행이 안전 측면에서 위험 요소가 있지만 위의 특성들을 생각해 보면 미래는 결국 자율 주행이 발달한 세상이 될 것이다.

마지막으로(요즘 나의 이야기가 '기승전-탈원전' 형식을 취하므로), 원전 유지냐 탈원전이냐의 대립은 위의 안전이냐 경제적 이득이냐의 대립으로 분류조차 되지 않는 현상이다. 탈원전은 명백하게 경제적 손실을 야기하고 더 위험한 정책이다. 노심 용융이라는 최악의 원전 사고가 나더라도 2~3미터 두께의 격납고로 인해 방사능 외부 노출이 없었던 트리마일 사고 수준이 될 한국의 원전인데다 두꺼운 격납고가 없었던 후쿠시마 사고에서 조차 방사능으로 인한 사망자가 제로라는 사실로 볼 때 한국이 원전을 유지함에 따라 발생하는 위험보다는 탈원전 정책 때문에 추가로 발생하는 미세먼지로 인한 사망자 증가가 비교도 안 될 정도로 더 위험하기 때문이다. 독일의 탈원전으로 인해 발생한 미세먼지 사망자가 매년 1100명이라는 평가(전미경제연구소 NBER 2019년 보고서)가 있는데 한국은 이보다 더 심각하여 매년 1만 2천 명이 미세 먼지에 의해 조기 사망하고 있다는 평가가 대한의사협회에 의해 보고되었다.

에너지-경제(인류의 미래)

2005년경 어느 모임에서 피크오일에 관해 이야기했던 기억이 있다. 그 자리에서 나는 피크오일이 2007년쯤 올 것이라고 내다봤다. 그 자리에 있던 한 분은 어떻게 2007년이라고 단언할 수 있냐고 물으셨다. 2004년 말에 쓴 글에도 2006년에서 2007년 사이라고 했었다. 실제로 석유 가격의 급상승(그 후 급하락)은 2007년 말에 나타났고 2008년부터 세계 경제는 위기에 빠지기 시작했다. 2009년 봄에 프린스턴대의 경제학 교수로부터 최근의 세계적 경제난의 원인에 대한 강의를 들을 기회가 있었다. 그 내용은 그 이후 제작된 다큐멘터리 영화 〈Inside Job〉(2010)의 내용과 유사했다. 당시 세미나가 끝난 후 석유 고갈과 경제와의 상관관계에 대한 경제학계의 연구는 없냐고 질문을 했는데 내 질문을 들은 그의 대답은 "그 점에 대해 연구를 해 봐야겠군요."였다.

물론 나는 그의 분석이나 〈Inside Job〉의 내용에 대해 100% 공감한다. 짧게 요약하면 80년대 이후 세계 경제는 정부 규제가 풀어지면서 금융계가 '탐욕스러워'졌고, 파생 상품, 높은 leverage 비율, 부실 주택 담보 대출 채권에 대한 땅 짚고 헤엄치기식 거래 등으로 부도덕, 부실, 위험이 증가하였기에 이미 곧 붕괴할 수밖에 없는 시한폭탄과 같은 상황이었다는 것이다. 그러나 석유 생산이 증가에서 감소로 돌아서면서 발생한 임팩트에 대한 영향은 잘 거론되지 않는다. 나는 이 현상을 다음과 같이 비유적으로 설명할 수 있다고 본다. 즉 세계 경제라는 사람은 탐욕적 금융 시스템이라는 나쁜 습관으로 운동 부족/음주/흡연과 같은 상태로 오랫동안 건강이 악화

되어 혈압이 높았는데 그나마 고혈압 약을 먹으며 버텨 왔다. 여기서 고혈압 약은 바로 '석유'였고 2007년 말 피크오일(석유 생산량이 증가에서 감소로 바뀌는 현상)으로 혈압약 투입이 줄자 곧바로 뇌졸중이 왔다는 것이다.

〈그럼 해결책은 무엇인가? 정의의 편에 선 일부 경제학자들은 당연히 술/담배 끊고 운동을 열심히 해야 한다는 즉 금융 시스템을 개선해야 한다고 주장한다. 옳은 말이다. 그런데 건강을 위해서는 운동/금주/금연과 같은 적절한 생활 습관 외에 중요한 요인이 있는데 적절한 음식물 섭취이고 세계 경제의 식량에 해당하는 것이 바로 에너지이다.〉

2007년 이후에 세계 석유 생산이 감소되지는 않았다. 특히 셰일 가스/오일이 등장하여 석유 생산량 증가를 이끌기도 했다. 그러나 셰일 오일은 점점 더 깊은 곳에서 파내야 하므로 생산 단가가 점차 증가하는데 최근 코로나19로 석유 수요가 줄어 가격이 하락하자 대부분 파산하였다. 2007년 이후 석유 생산이 감소로 돌아서지는 않았으나 석유 생산량 증가 추세가 한풀 꺾였고 더 이상 값싼 석유는 존재하지 않는다. 세계 경제는 비정상적으로 석유 수요를 줄이거나 아니면 비싼 석유를 사용해야 한다. 비싼 석유를 사용하면 경제가 어려워진다. 피크오일은 2008년 세계 경제 위기를 촉발했으며 그 후의 세계 경제는 이렇듯 위태로운 상태가 되었다.

의료 제도 개선에 관하여

1. 공공 의대
2. 의사 정원 증대
3. 원격 진료
4. 첩약 보험화

이들 중 1, 2안에 대해서는 반대하지는 않지만 찬성도 하지 않는 입장이다. 이유는 이 방법이 그 의도대로 의료 제도를 개선하는 방향으로 간다는 확신이 들지 않기 때문이다. 즉 이 문제는 더 많은 검토와 토론을 하여 구체적인 향후 전개와 청사진의 확보가 필요한 안건이다. 과거 20년 동안 교육 제도도 이처럼 좋은 의도로 개선하기 시작했지만 현재 사교육에 점령당한 최악의 교육 시스템으로 몰락하고 말았다. 그 과정을 보면 대전에서 서울로 가기 위해 북쪽으로 갈라지는 길로 빠져나가자는 정책이었다 그러나 갈라질 때는 북쪽이지만 그 길은 크게 유턴하거나 아니면 그 후 여러 번의 잘못 추가된 방향 전환으로 10여 년 후에 도착한 곳은 서울이 아니라 부산이 된 것이다. 이렇게 망가진 현재 한국의 교육 시스템이 어떻게 이번 의료 분쟁과 연관되는지는 글 후반부에 다시 언급된다.

나는 교육 제도에 관해 '사교육 걱정 없는 세상'과 문제를 인식하는 관점은 같으나 해결 방법에 대해서 일치하지는 않는다. 이렇게 복잡한 문제에 대한 옳은 개선책은 방향만 맞다고 핸들을 돌리는 것이 아니라 전체 도로 지도를 확보하고 갈 길을 정해야 하는 것이다. 이런 징후는 이미 나타났다

애초에는 6년제 공공 의대 설립이었으나 방향이 틀어져서 공공의전원 설립으로 바뀌었다. 의전원은 실패한 정책이다. 이렇게 원래 의도가 희석되다 원래 의도의 역할을 전혀 못 하게 된 사례는 이국종 교수가 오랫동안 추구해 온 광역 외상센터이다. 한국은 이러한 센터가 3개에서 4개만 있어도 충분한데 7개로 늘어나더니 정치인들이 자기 구역의 표를 얻기 위해 17개로 늘려 버렸다. 센터 하나가 성립하기 위해서는 전문적인 팀이 필요한데 이렇게 하면 설립 자체가 안 된다. 광역 센터가 아니라 협역 분소가 된 것이다.

교육 제도 문제에 대하여 서울대 교수들을 포함해 많은 관계자들과 토론한 후 겨우 나온 결론이 90년대 학력고사 시절로 돌아가는 것이었다. 나는 이런 일이 의료 제도에서 재현되기를 바라지 않는다. 원격 진료를 시행하는 3안은 찬성이다. 물론 지금 당장 하기에 어려운 여건은 있겠지만 이 정책이 미래로 가는 길이라는 확신이 있기 때문이다.

이제 본론으로 들어와서 이 글을 쓰는 가장 큰 이유는 첩약을 국민건강보험에 포함하겠다는 4안만은 절대로 일어나서는 안 되는 일이기 때문이다. 나는 소위 선진국이라는 외국에서 12년을 살다가 한국에 돌아와서 살펴보니 한국의 의료 시스템에 대해 100점 만점에 95점이라는 평가를 내린다. 그렇다면 지금 시도하려는 개선은 부족한 5%를 바로잡고 95%에 해당하는 측면은 악화시키지 말아야 하는데 이 첩약의 보험화는 정확히 5퍼센트를 더 크게 만들면서 95퍼센트를 줄어들게 하는 정책인 것이다. 3번 안이 미래로 가는 정책인데 4번 안은 과거로 가는 정책이다. 4번 안이 왜 그런가에 대한 토론은 2000년대 중반에 이미 결론이 났었는데도 불구하고 전 국민적인 인식의 전파가 일어나지 않았다. OECD에서 한국의 비과학적 의료를 줄이라는 권고는 이미 오래전에 나왔으며 한의학의 폐해로 얼마나 많은 환자가 추가로 발생하고 있는지를 매일 보는 의사들의 입장을 못 들어 봤다면 인터넷에서 찾아 한 번 읽어 보기 바란다. 대표적으로 BRIC 커뮤니티에 있는 글 '의사가 본 한의학의 현주소(2)'가 있다. 이 글은 2006년에 쓰인 글이다.

그 후로 이러한 폐해는 줄어들었다고 여겨지지만 한편으로는 회원 수가 6만 명에 달하는 안아키(약 안 쓰고 아이 키우기의 줄임말) 카페가 나타났다. 한의사에 의해 아동 학대라 할 정도의 만행이 벌어진 이 현상을 지켜본 젊은 세대가 그나마 한의학이 틀렸다는 것을 인지하고 있으나 국민 전체로는 여전히 15년 전의 인식에서 나아지지 않았다 내 주위를 봐도 40대 중반에 한의사한테 간 후 먹던 혈압약을 끊고 뇌졸중이 온 경우나 오랫동안 한약 복용 후 간암이나 간경화가 온 경우를 흔히 볼 수 있다. 술이나 담배를 오랫동안 즐기다 간암이나 폐암에 걸려도 본인의 책임인 이유는 이들에는 그렇게 될 수 있다는 경고 문구가 있다. 70년대 담배 회사들이 왜곡된 근거로 담배가 폐암과 관계없다는 주장을 끝까지 굽히지 않았었는데 한국의 한약은 그 단계에 머물러 있다.

한 달 후부터 시행하려 하는 첩약 시범 사업은 신약의 유해성과 유효성을 검사하는 미국의 식약처 (FDA)의 임상 1상, 2상, 3상에 해당하는 실험을 한 번에 전 국민을 대상으로 국민의 보험료로 실시하겠다는 것이다. 더군다나 이 첩약은 정의에 의해 어떤 분자식을 가진 물질이 몇 밀리그램 들어 있는지 통제가 전혀 안 되어 플라세보인지 가려내는 이중 맹검 무작위 대조군 시험 자체가 성립이 안 된다. 전 세계의 제약 회사들이 심혈을 기울여 만들어 낸 신약도 1~3상 평균 통과율이 10퍼센트 정도다. 첩약의 보험화는 너무나 비과학적이고 의료 개선으로 가는 길에서 곧바로 역주행하는 정책이다.

얼마 전까지 왜 의사들이 의사 수 증가에만 반대하고 첩약 보험화를 거론하지 않는지 의심이 생겨서 의사와 한의사가 마치 타이어 수리점과 그 앞에서 못을 뿌리는 사람처럼 공생관계에 도달한 것인가? 라는 음모론적 생각까지 들었으나 찾아보니 양심 있는 의사들은 이 4안을 막기 위해 부단히 노력해 왔었다. 그런데 왜 알려지지 않는가? 한국은 언론이 기레기들에 점령당하여 제 구실을 못한다는 것과 보건복지부에 한방을 위한 한의사들의 정책 부서까지 확보할 정도로 한의사 집단의 단결에 의한 파워로 본다. 이분들은 댓글을 통한 활동도 활발하다.

마지막으로 나 같은 좌파 성향의 사람이 보기에 대책 없는 극단 보수인 의협 회장도 동의한 이번 협상안에 대해 끝까지 반대한 젊은 의사들에 대해 생각해 본다. 처음에는 한술 더 뜨는 집단이라 여겨 괘씸하게 생각했으나 왜 이들이 이런 행동을 하는지 생각해 보니 이 현상은 세대 갈등과 몰락한 교육 제도의 산물이었다. 다음과 같은 딸이 엄마에게 하는 이야기를 들어봤을 것이다. "엄마 세대는 부동산 투기로 많이 버셨잖아요 그렇게 땅값, 아파트 값 다 올려놔서 저희는 가난에서 벗어날 방법이 없잖아요." 젊은 세대는 586을 비롯한 올드 세대가 기득권을 다 차지해 버려 아무리 애를 써도 가망이 없다는 것이다.

지난 20년 동안 잘못된 유턴으로 몰락한 한국의 교육 제도를 살펴보자. 의사라는 직업은 의사들도 다 인정하듯이 평균적으로 상위 10퍼센트 이상의 지적 능력만 있으면 가능한 직업이다. 지적 능력만이 다는 아니고 의사는 상당히 많은 분량의 의학적 지식의 확보가 필요한데 이는 주어진 내용을 굉장히 성실하게 외워서 터득해야 한다. 현재 한국의 교육은 극단적인 주입식 암기 교육이다. 한마디로 한국의 입시제도는 의대 입학에 최적화된 것이다. 내가 의사가 아니면서 의사 쪽에 유리한 논리도 펴는 이유 중 하나는 배아파즘에서 자유롭다는 점인데 연봉이 높아서가 아니라(철학자 김형석 교수님의 가르침인 '40의 인격에는 39의 재산만 필요하다.'와 법정 스님의 '무소유'에 감명받은 나는 돈에 대한 욕심이 과하지 않다.) 의사가 될 수 있어도 의사가 될 생각이 전혀 없다. 내가 대학에 들어가기 전 받은 점수는 어떤 과도 합격할 수 있는 점수였다. 그런데 나는 고교 때 락 밴드 활동도 할 정도로 놀 땐 놀면서 벼락치기 위주로 공부했는데 그러고도 소위 상위 1퍼센트 안에 드는 것이 가능했다. 현재의 교육 제도하에서는 벼락치기로 상위 5퍼센트에 드는 것도 불가능하다 6년 동안 사교육을 포함하여 주어진 학습 내용을 쉴 틈 없이 꾸준히 공부해야 상위권을 유지할 수 있다. 이렇게 되니 분석력이나 독창성과 같은 암기력을 제외한 지적 능력은 뛰어나지만 성실성은 좀 부족한 인재들은 여기서 다 떨어져 나간다. 그렇지만 이 교육 제도에서 살아남은 학생들은 평균적인 의사가 되는 데는 아무 문제가 없다. 최근 서울대 입학 과정을 현장에서 관찰한 서울대 교수들이 이구동성으로 하는 말은 자기가 지금 고등학생이 되면 절대로 서울대에 입학할 수 없다는 것이다.

젊은 의사 집단은 이렇게 중고등학교 6년 동안 남들 다 하는 게임도 참아 가며 성실히 꾸준히 노력하여 높은 등수를 얻어 냈다. 그리고 이 방법만이 유일하게 젊은 세대로서 가난을 벗어나는 수단이었는데 이 방법마저 깨져 버릴 수 있는 상황을 맞은 것이다.

〈그렇다면 해결책은 무엇인가? 의료 제도 개선은 원점에서 다시 깊이 있고 장기적인 안목으로 토론을 해야 한다. 여기에는 바이탈이라고 하는 생명 구조에 밀접한 부분에 관한 수가에 대해 최소한 경제 논리에 맞을 정도의 증대를 포함해야 한다. 지금 진행되는 논쟁에서 배아파즘과 밥그릇 지키기 대립에다 거기에 진영 논리까지 더해졌는데 여기에서 자유로운 경우가 얼마나 많은지 생각해 봐야 한다. 진짜 국민의 건강과 의료 부담 개선에 초점을 맞춘 논의를 위주로 더 많이 토론해야 한다. 교육 제도 또한 바로잡아야 한다. 개선의 첫걸음은 항상 문제를 제대로 파악하는 것이다. 문제의 파악부터 시작해야 할 일이다.〉

커피와 두통에 관하여

커피를 규칙적으로 마신 지 한 5년쯤 된 것 같았다. 그러다가 두통이 찾아왔다. 시야가 흐려지는 전조 현상도 가끔 있었다. 어느 날 더 이상 업무를 볼수 없는 징도가 되있을 때 대학병원의 신경과에 가서 MRI를 찍고 정상이라는 것을 확인했지만 두통의 원인이나 개선 방법에 대한 아무런 해답을 모른채 1~2년이 더 흘러갔다. 이제는 커피를 안 마시면 견디기 어려운 두통이 왔다. 그러다가 복통까지 찾아왔다. 그래서 자가 진단으로 커피를 끊기로 했다. 2주 동안의 금단 현상을 이겨 내자 두통과 복통이 모두 사라졌다. 어제, 나른한 오후, 유명 커피 체인점 앞에서 커피가 당겼다. '두 달이나 안 마셨으니 한 잔쯤은 괜찮겠지…' 하고 한 잔을 마셨는데…. 이젠 두통뿐 아니라 메스꺼움과 토할 것 같은 상황이 닥쳐왔다. 겨우 소파에 누워 핸드폰을 볼 수있을 뿐이었다. 커피와 두통을 검색하여 삼성병원 정진상 교수님의 편두통 강연을 보았다. 그동안 가지고 있던 두통에 관한 모든 의문이 다 풀렸다.

〈세상은 참으로 상업주의에 점령당해 있다는 생각이 든다. 진짜 정확하고 중요한 정보가 어떤 회사나 집단의 수입과 상충하게 되면 이런 중요한정보가 전파되지 않는 것이다. 한국인의 12퍼센트가 편두통으로 고생하고있으며 이런 사람은 커피를 마시면 절대로 안 된다가 정 교수님 같은 최고전문가의 조언이다. 매스컴에는 커피가 건강에 좋다는 편파적인 정보들이흘러넘친다.〉

초능력자의 고독

슈퍼 영웅들이 나오는 이야기의 주인공들은 대개 고독하다. 물론 영화나 만화 슈퍼능력자들의 이야기는 과학적으로 비현실적인 허구이다. 그러나 현실적으로도 능력이 뛰어난 사람들은 고독하게 되어 있다. 그들이 고독한 이유는 그들의 상황을 이해해 주는 사람이 주변에 거의 없기 때문이다. 어떤 분야에서 세계 최고의 능력을 가진 사람이나 100번째의 능력을 가진 사람이나 대중에게는 그냥 능력자일 뿐이다.

최고 능력자가 얼마나 뛰어난가를 깊이 있게 알아보기 위해서는 그에 버금가는 능력을 소유해야만 한다. 그런데 이렇게 최고 능력의 가치를 알아볼 수 있는 사람들의 반응은 종종 질투심에 점령당한다. 영화 〈아마데우스〉(1984)에서 이야기되었던 일화가 이 현상을 잘 표현하고 있다. 살리에리는 당시 부와 권력을 다 누리던 작곡가였으나 왜 자신에게 모차르트와 같은 능력은 주지 않고 모차르트의 능력을 알아볼 만큼의 능력만 주었냐고 신을 원망하는 장면이 나온다. 최근 밝혀진 바에 의하면 실제로 살리에리가 모차르트를 질투하거나 살해하진 않았던 것으로 보인다. 확실한 것은 모차르트는 고독했다는 것이다. 실제로 그의 최후는 불행했다.

과학자의 사례에서는 대표적으로 테슬라가 있다. 테슬라는 한때 큰 명예도 얻었었지만 노벨상도 받지 못했으며 대체로 고독한 삶을 살았고 말년은 불행했다. 모차르트와 테슬라가 불행했던 이유는 그들 자신의 가치를 누구보다 더 잘 알고 있었기 때문이었다. 그들 주변의 사람들 입장에서는 충분하게 대우해 주었다고 볼 수 있지만 아무도 그들의 진짜 가치를 그들 자신처럼 잘 이해하고 있진 못했다.

일주일 전에 두 개의 이메일을 받았다. 둘 다 학술지에서 논문 게재를 거절하는 내용이다. 이 두 논문에 대한 나의 생각은 앞으로 30~50년 후에는 인류의 에너지와 건강을 위해 이 논문들의 내용에 나오는 현상들을 일상적으로 활용하게 될 것이라고 예상한다. 한 편은 편집자가 판단하여 거절하였다. 편집자의 거절 사유는 보통 모두 출판하기에 너무 많이 제출되므로 다른 데에 출판하라고 한다. 물론 이 편집자는 논문의 내용이 충분히 중요하지 않다고 판단을 한 것이다. 다른 한 편은 심사위원들의 출판 반대 의견들이 있었다. 세 명의 심사위원들 중에 논문을 제대로 읽은 사람은 한 명도 없었다. 이런 이메일을 받으면 기분이 심하게 안 좋아 지지만 그래도 인내심을 가지고 내가 모르는 오류라도 지적하는지 꼼꼼히 읽어 본다. 종종 그런 오류를 지적하는 경우도 있는데 이를 바탕으로 더 나은 논문이 탄생하기도 한다. 이 점은 동료 학자에 의한 심사 제도의 장점이다. 그런데 이런 참신한 오류 지적도 없이 비논리적으로 거절되는 경우에는 참으로 울화통이 터질 노릇이다.

모차르트와 테슬라가 불행했던 이유는 결국 그들이 죽은 후에 사람들이 그들의 가치를 알게 된다는 것을 몰랐기 때문이다. 짐작은 할 수 있었겠지만 죽은 후 70년이 되었을 때 세상 사람들이 그의 이름을 가진 차와 주식에 열광하게 될 것을 확신 하진 못했을 것이다. 그들은 불행해 할 필요가 없었다. 10여 년 전 미국의 연구소에서 번개에 대한 연구를 전문으로 한 학자의 강연을 들은 적이 있다. 물리학이 여러 방면으로 발전하였지만 안타깝게도 번개에 관하여는 과학적으로 밝혀진 것이 별로 없었다. 최근에서야 번개에 관한 과학적인 발견 중 가장 중요한 것은 바로 테슬라가 120년 전에 발견한 번개 안에 존재하는 정상파라는 사실을 깨닫게 되었다. 이처럼 테슬라의 가치는 앞으로도 새롭게 더 발견될 것이다.

〈결론은 사람들이 자신의 가치를 인정해 주지 않는다고 불행해할 필요가 없다는 것이다. 오히려 다른 사람에게 없는 능력을 부여받은 사실에 대해 감사하는 마음으로 행복해야 할 일이다.〉

네 개의 과학적 발견과 코로나19

1. 구름은 은하 우주선에 의해 만들어진다

구름이 만들어지는 과정에 관한 이 중요한 발견에 대한 논문이 출판된 것은 비교적 최근인 2016~2017년 무렵이다. 연구 결론이 쉽게 나온 것이 아니다. 유럽 입자물리 연구소(CERN)의 과학자들이 10년 넘게 연구 프로젝트를 진행한 결과 얻어 낸 최종 결론이었다. 초신성 폭발과 같은 현상에 의해 발생한 고에너지의 양성자로 구성된 우주선이 지구 대기의 유기물 수증기 덩어리와 충돌하여 전기를 띠게 만들면 이 수증기 입자가 구름의 씨앗으로 자라나는 속도가 10배에서 100배 더 빨라지게 된다는 것이다. 이 논문은 60여 명의 저자가 입자 물리학을 비롯하여 화학, 생물학, 기상학 등 다양한 과학 분야를 포괄하는 내용을 다루고 있으며 네이처의 본 저널에 출판되었으나 대중적으로는 그다지 알려지지 않았다.

2. 우주선과 태양풍은 서로 반대 관계가 있다

넓은 의미의 우주선은 태양에서 오는 하전 입자도 포함하지만 태양풍의 양성자는 비교적 낮은 에너지인 경우가 대부분이다. 이 둘 즉 태양에서 오는 하전 입자와 우주에서 오는 하전 입자를 구분하여 지구에 도달한 양의 변화를 관측하였더니 이 둘은 주기적으로 변하는데 하나가 커지면 다른 하나는 줄어드는 관계를 보여 준다는 것이다. 이 관측 결과에 관해 정리한 논문은 2004년도에 출판되었다. 이 둘이 반대 관계인 이유는 태양풍이 강한 경우 우주선이 태양풍 입자들과 산란하여 지구에 도달하는 양이 줄어들고 태양풍이 약한 경우 더 많은 우주선이 지구에 입사되게 된다는 것이다.

3. 비타민 D의 혈중 농도가 낮을수록 코로나19와 같은 호흡기 질환의 피해가 크다

인류는 약 80%의 비타민 D를 태양에서 오는 자외선을 받아 피부에서 만들고 약 20%는 음식물을 통해 섭취한다. 비타민 D와 면역 체계와의 관계에 관한 연구는 1990년 이전으로 거슬러 올라가지만 과연 겨울에 감기에 잘 걸리는 것이 자외선이 줄어들어 비타민 D의 혈중 농도가 낮아지는 것에 기인한 것인가에 관한 논쟁은 2000년대 초부터 일부 학자들에 의해 활발히 진행되었다. 여러 번의 반전이 있었으나 최종 결론은 2016년 영국 퀸즈 대학의 포괄적인 연구 결과로서 비타민 D 혈중 농도가 높으면 일차적으로 바이러스 감염을 낮추어서 감염을 줄이고 감염되었을 경우에도 이차적으로 사이토카인 폭풍의 발생을 줄여서 치명적인 피해를 줄인다는 것이다. 이 주제에 관한 연구는 코로나19가 발생한 2020년 이후에 굉장히 활발히 이루어졌다. 2년 동안 1천여 편의 논문이 나왔는데 대부분 이러한 상관관계가 실제로 있다는 결론이다. 미국에서 19만 명에 대한 코로나19 발생 이전 검사한 비타민 D 혈중 농도와 코로나19 감염 여부를 추적한 결과 코로나19의 감염률은 비타민 D 혈중 농도에 반비례한다는 결과가 나왔다. 그러니까 비타민 D가 낮으면 낮을수록 코로나19에 더 잘 걸린다는 것이다. 비타민 D의 혈중 농도는 30ng/mL 이상이면 충분이고 20~30ng/mL이면 부족이고 20ng/mL 이하이면 결핍 수준으로 분류된다. 이태리에서 중

환자실의 코로나19 환자들을 검사한 결과 10ng/mL 이하인 환자의 사망률 (50%)은 10ng/mL 이상의 환자 사망률(5%)의 10배였다.

4. 팬데믹은 11년의 태양 흑점 주기의 고점과 저점에서 주로 발생한다

태양 흑점 주기와 전염병과의 상관관계는 영국의 의사인 존스-홉스가 1979년도에 처음 제기한 이후 많은 학자들에 의해 꾸준히 연구되어 왔다. 처음에는 태양 흑점 주기의 고점에서 발생만 다루어졌지만 나중에는 고점 뿐 아니라 저점에서도 발생한다는 사실을 알게 되었고 전염병과 태양의 상관관계도 처음에는 태양풍의 감마선에 의한 돌연변이에 관심을 가졌으나 나중에는 태양에서 오는 자외선의 변화에 의한 인류의 비타민 D 부족 현상에 집중하게 된다.

5. 결론: 코로나19는 왜 2019~2020년에 발생하였고 언제 끝날 것인가?

2019~2020년은 11년의 태양 흑점 주기에서 최저점에 해당하며 최근 100년 동안의 저점 중에서도 가장 낮은 편에 속할 만큼 유난히 태양풍의 세기가 적은 해였다. 태양풍이 약해지면 지구의 성층권에 있는 오존층의 두께가 얇아지고 오존층이 얇아지면 태양에서 오는 자외선 차단이 약해져서 더 많은 양의 자외선이 성층권을 투과한다. 그러나 성층권을 투과한 자외선이 지구 표면에 도달하기 전에 두 번째 차단을 당하는데 바로 구름이다. 태양풍이 약해지는 흑점 주기의 저점에는 상기한 대로 우주선이 강해지고 우주선은 구름의 생성을 10~100배 빠르게 만들어 자외선을 차단하게 된다. 지구의 대기는 이처럼 오존층이 얇을 때는 구름이 두꺼워지고 오존

층이 두꺼울 때는 구름이 얇아져서 지표에 입사하는 자외선의 양을 일정하게 유지하였다. 그러나 이러한 자연적인 보호 시스템이 완벽하지는 않다. 태양 흑점 주기의 고점에서 오존층이 너무 두꺼워지면 구름의 양이 이를 보상할 만큼 충분히 줄어들지 못한다.

태양 흑점의 저점에서도 구름의 양이 극단적으로 많아지면 이를 보상할 만큼 오존층이 더 얇아지지 못한다. 이렇게 태양 흑점 주기의 고점과 저점에서는 과도한 자외선의 차단이 이루어지고 인류의 비타민 D 혈중 농도가 낮아져서 병균과 바이러스에 대한 저항력이 약해지고 팬데믹의 발생 가능성이 높아진 것이다. 2019~2020년은 그렇게 구름의 양은 극단적으로 많았지만 오존층은 더 이상 얇아지지 못한 시기였다. 오존의 두께가 얇아지다 못해 아예 없어져서 NASA는 2020년 3월 관측 이래 처음으로 북극에 오존홀이 발생했다고 발표했다. 2020년 구름의 양이 극단적으로 많았다는 증거는 여기저기서 나타났다.

월드 오도미터 코로나19 발생 데이터에서 백만 명당 사망자 수가 최상위권인 벨기에는 평소에도 유럽에서 날씨가 흐린 것으로 유명한 나라인데 코로나 환자가 가장 많이 발생한 2020년 10월의 경우 한 달 내내 일조 시간이 56시간밖에 안 되어 벨기에 관측 역사상 두 번째로 구름이 많은 달이었다. 벨기에의 코로나 사망자 수 계산 방법이 달라서 그렇다는 주장이 있으니 초과 사망자 수로 따져 보면 벨기에를 능가하는 나라가 나타나는데 바로 페루다. 페루와 같이 적도에 근접한 나라는 태양의 입사각이 높아서 자외선 흡수에 유리한데 왜 코로나19 환자가 많은가 의아했었는데 이유는 구름이었다. 페루의 수도 리마는 평소 비도 오지 않으면서 항상 구름이 낀 날씨로 악명이 높으며 일조량을 비교해 보면 벨기에보다도 햇볕이 더 적은 지역이다. 일반적으로 구름이 많으면 비가 올 확률도 높아진다. 2020

년 여름 한국은 관측 이래 가장 긴 장마를 경험했고 일본에는 역대급 홍수 피해가 있었고 중국에도 22년 만의 최악의 홍수가 나는 등 홍수 피해는 세계적으로 일어났다. 한국의 경우 단기간에 가장 많은 코로나19 환자가 발생한 경우는 2020년 1월의 대구였는데 1월의 대구 구름양 관측 기록을 보니 2020년은 관측 이래 두 번째로 구름이 많은 해였는데 가장 많았던 해는 1919년이고 이때는 스페인 독감이 있었던 시기로 세계적으로 5천만 명이 사망하였고 한국에서도 30만 명 정도가 사망했다는 기록이 있다.

코로나 바이러스 발생 자체가 태양의 흑점 주기에 의한 것인가라는 질문에 대하여는 아직 그렇다는 증거는 없는 것으로 보인다. 이 글의 주장은 전염병의 발생이 흑점 주기의 저점이나 고점과 일치할 경우 그 피해가 더 커진다는 것이다. 이러한 주장을 뒷받침하는 비교적 최근의 대표적인 예는 2003년도의 사스라고 할 수 있다. 2003년은 흑점 주기에서 고점도 아니고 저점도 아니었다. 그러나 이 강력한 바이러스는 발생하였고 아시아의 여러 나라를 공포에 떨게 하였다. 면역학적으로 사스와 2009년 발생했던 신종플루(H1N1, 인플루엔자)를 비교하면 바이러스 자체로는 사스가 신종플루에 비해 전파력도 강하고 사망률도 더 높은데 실제로 인체 감염은 신종플루가 더 많아서 800명 정도인 사스에 비해 수십만 명의 사망자가 나온 이유에 대한 의문이 있었다. 이 의문의 대답이 바로 신종플루가 발생한 2009년도는 2020년의 11년 전으로서 태양 흑점 주기의 저점에 해당하였다는 것이다. 만약 사스가 2003년이 아니라 흑점 주기의 저점이나 고점에서 발생했었다면 그 피해가 훨씬 더 클 것이라는 가정을 할 수 있으며 그 실제 예가 바로 코로나19이다. 코로나19의 전파력과 사망률은 신종플루보다 훨씬 위험하여 사스와 유사하다.

이 글의 가장 중요한 결론은 현재의 코로나19에 의한 피해를 비타민

D(3000IU 정도)를 매일 복용함으로써 줄일 수 있다는 것이다. 햇볕이 없어도 비타민 D를 복용함으로써 혈중 농도를 30ng/mL 이상으로 유지할 수 있으며 그렇게 하면 코로나19에 걸릴 확률도 줄어들고 감염이 되어도 사이토카인 폭풍을 막아 주어 치명적인 증상을 방지하게 된다. 이 방법이 방역 대응에 혼란을 줄 수 있다는 생각에 대해서는 동의하지 않는다. 우리는 코로나19라는 적과 전쟁을 치르고 있으며 가능한 모든 자원과 방법을 동원해야 한다. 방역이 육군이고 백신이 공군에 해당한다. 비타민 D 복용은 해군에 해당하는 것이다. 해군을 동원한다고 하여 육군과 공군의 작전이 영향을 받기보단 전체적으로 전쟁에서 이길 확률이 증가하는 것이다.

마지막으로 현재의 힘든 코로나19 상황이 도대체 언제까지 지속될 것인가에 대해 희망을 주는 과학적인 근거를 제시한다. 팬데믹을 연구하는 학자들에게 미스터리 중 하나는 팬데믹은 왜 갑자기 종식되는가였다. 팬데믹은 대부분 2년 정도 창궐하다가 세계적으로 한꺼번에 없어지곤 하였다. 그 이유 중 하나가 오존층이 존재하는 지구의 성층권에는 29개월마다 방향이 바뀌는 대류 현상이 있으며 오존층의 두께도 이에 따라 약 2년의 주기를 가지고 변하고 있다는 것이다. 이 유사 2년 주기성(Quasi Biannual Oscillation 약자로 QBO)는 대기 과학자들에게 잘 알려져 있다. 관측에 의하면 14개월 정도는 오존층이 두꺼울 수 있지만 그다음 14개월 동안은 오존층의 두께가 얇아지며 그 변화량은 태양 흑점의 11년 주기에 의한 변화량보다도 더 크다는 것이다. 인구가 집중된 북반구의 위도 지역은 성층권의 대류에 의해 오존이 집중되어 2020~2021년 사이에 두꺼웠으나 2022년부터는 얇아지게 될 것이라는 예측이 가능하다. 오존이 더 얇아지면 자외선이 많아지고 비타민 D가 풍부해져서 코로나 바이러스에 의한 피해가 줄어들 것이다.

〈뒷이야기 1〉

비타민 D와 감기와의 관계 연구에서 드라마 같은 반전이 일어났던 스토리는 2012년에 발표된 뉴질랜드의 연구 결과다. 2년에 걸쳐 300여 명에게 비타민 D 투여 그룹과 위약 투여 그룹에 대한 조사 결과 비타민 D 복용은 감기를 전혀 예방하지 않는다는 결과가 나온 것, 수십 년 동안 이 둘의 관계를 주장해 온 학자들을 허탈하게 만드는 결과였는데 그러나 4년 후 영국에서 1만 천명에 대해 50가지의 경우로 분류하여 철저하게 조사한 결과 비타민 D와 호흡기 질환의 상관관계는 확실하게 밝혀진다.

뉴질랜드의 연구가 부정적으로 나온 이유는 두 가지 있었다. 첫째는 뉴질랜드는 기후적으로 1년 내내 자외선이 많이 입사되어 가장 낮은 남반구의 겨울에도 주민들의 평균 비타민 D 농도가 30ng/ml 이하로 떨어지지 않는다는 것이고 이미 농도가 높아서 추가로 복용한 비타민 D의 효과는 미약하다는 것과 두 번째는 그래도 비타민 D 결핍인 사람이 있을 텐데 연구에서 사용한 비타민 D 투여 방법이 잘못되었다는 것이다. 즉 4년 후 영국의 연구에서 밝혀진 것은 비타민 D의 투여는 한 번에 많은 양을 투여하는 것은 효과가 없었고 소량(800~2000IU)를 매일 복용할 때 효과가 가장 좋다는 것인데 뉴질랜드 연구에서는 10만 IU를 한 달에 한 번 주사로 투여하는 방법을 사용했기 때문이다. 여기서 알 수 있는 것은 비타민 D를 주사로 투여하는 것은 코로나 예방에 효과가 없다는 것이다.

〈뒷이야기 2〉

팬데믹과 태양 흑점 주기와의 상관관계도 40년 이상의 연구 역사가 있는데 여기에도 재미있는 반전이 있다. 망원경이 발명된 후 약 400년 동안의 태양 흑점 관측 기록이 있고 주로 유럽에서의 전염병 발생 기록을 비교하여 상관관계가 있다는 연구였는데 2016년에 한 통계학자가 순수한 통계적 관점에서 분석해 본 결과 관계가 있다는 근거가 미약하다는 결론이 났다. 그 이유는 첫째 전염병은 흑점의 저점이나 고점이 아닌 해에도 발생했으며 태양 흑점의 고점과 저점이지만 전염병이 발생하지 않은 경우도 많기 때문이다.

이 논문이 최종적으로 채택한 인플루엔자 팬데믹은 총 20번인데 그중 15번이 흑점 주기의 저점과 고점 부근이었고 이 정도로는 미약하다는 것이다. 11년 주기에서 고점과 저점의 플러스와 마이너스 1년 사이에 우연히 들어갈 확률도 거의 50%이기 때문에 동전을 20번 던져서 15번 앞면이 나왔다고 이 동전은 앞면이 더 잘 나오는 동전이라고 판단할 수 없다는 것. 확률 계산을 해 보면 우연히 20개의 경우에서 15번이 해당할 확률은 약 3% 정도다. 그런데 그 논문은 코로나19를 포함하지 않았으니 이를 포함하면 21번 중 16번이 해당인데 확률은 2%로 떨어진다. 그리고 재미있는 것은 서양 기록뿐 아니라 동양의 기록인 조선왕조실록(세계 최장 단일 왕조 기록)의 전염병 발생 기록까지 추가하면 확률은 1% 정도로 낮아진다.

태양 흑점 주기에 관한 기록 또한 1825년 이전의 기록은 부드러운 사인 곡선이 아니라 들쑥날쑥하여 전염병 발생 연도와 어긋나는 경우가 많은데 흑점 수를 측정하는 방법이 규격화 되기 전이라 정확하지 못하다는 연구 논문이 있다. 이렇게 동서양을 통틀어 1825년 이후 현재까지의 기록으로 검토해 보면 총 34번의 전염병 발생이 있었고 그중 27번이 흑점 주기의 저점과 고점에서 발생했다. 우연히 이렇게 될 확률은 0.16%밖에 안 되니 둘 사이의 연관성이 있다는 것이 최종 결론이다.

〈700년 전 노르웨이 원주민 역사에서 찾는

비타민 D 복용이 전염병 대응에 효과가 있다는 증거〉

2020년 100년 만에 최저의 태양 흑점 활동이 일어났고 전지구적 비타민 D 결핍이 발생한 상황에서 코로나가 발생한 것인데, 과거에도 태양 활동이 장기간에 걸쳐 저조했던 시기가 있었다. 중세의 미니 빙하기라고 불리는 시기이며 당시의 태양 흑점 수를 추적하면 1350년부터 1800년대 사이에 네 번의 저점 시기가 있었다. 이 시기에는 흑점 수의 11년 주기성이 없어질 정도로 태양 활동이 저조했다. 그리고 이때마다 유럽 인구의 절반을 죽음으로 몰아간 흑사병을 비롯한 전염병이 창궐하였다.

1350년 경 흑사병이 노르웨이에 퍼졌을 때 그 지역의 노르웨이인은 70% 이상이 사망했으나 살아남은 사람들이 있었으니 사미라고 불리는 원주민이었다. 그들 중 특히 고기잡이를 하는 바다 사미족은 알래스카의 이누이트처럼 생선과 생선 기름(비타민 D)을 주요 식량으로 먹는 사람들이었다. 그렇게 1350년 이후 노르웨이인이 전멸한 비교적 남쪽 지역에 사미족이 대신 거주했던 역사는 지금도 노르웨이와 스웨덴에서 원주민 권리 회복 운동의 중요한 논점으로 인식되고 있다. 그리고 사슴 사냥을 주업으로 하는 산 사미족이 그 지역에 정착하여 사슴 양식을 하고 정부에 세금을 내었으나 1800년대까지 그들의 인구는 점차 감소하였고 노르웨이인의 인구는 흑사병 이전으로 회복되었다.

이 현상에 대한 기존 학계의 설명은 흑사병은 매개체인 쥐벼룩이 곡식 저장 도구를 통해 전달되는데 사미족이 곡식을 안 먹었다는 점과 산 사미족의 감소는 노르웨이인의 원주민에 대한 적대적 정책 때문이라고 되어 있다. 그러나 사미족과 노르웨이인의 교류는 흑사병 발발 100년 전부터 북아메리카 원주민과 유럽인의 교류보다 더 활발했었다. 전염병으로 인해 아메리카에서는 95%의 원주민이 사망하고 노르웨이에서는 75%의 노르웨이인이 사망했는데 이 두 케이스에서 감염 접촉의 차이가 있었다기 보다는 공통적으로 면역 능력이 약한 쪽에 피해가 있었다고 보아야 하지 않을까? 또한 1350년 이후 1800년대까지 산 사미족 인구가 감소한 이유는 여러 가지가 있겠지만 같은 사미족이라도 내륙으로 이동하여 생선 기름 섭취가 적어지면 전염병의 피해가 발생한다는 증거가 아니겠는가?

충고 받아들이기

요즘 딸아이와 어린이 버전의 그리스 신화를 같이 읽고 있다. 호메로스가 묘사하는 중요한 인간의 특성이 하나 있다. 헥토르, 아킬레스를 비롯한 수많은 등장 인물들이 그렇게 하면 죽게 된다는 충고 혹은 예언을 듣고도 말을 듣지 않는다. 그렇다 충고를 듣지 않는다는 것은 인간의 특성이다. 위대한 사람만이 충고를 할 수 있으며 진짜로 더 위대한 사람만이 그런 충고를 받아들일 수 있다는 말이 생겨나는 이유이다. 그 충고가 맞는지 틀리는지 불확실할 때 그를 거부하는 것은 합리적이지만 지금 이야기하는 경우는 본인도 그 충고가 맞다는 것을 잘 알면서도 받아들이지 않는 경우이다. 사람들은 자신이 틀렸다는 것을 인지하면서도 충고를 받아들이지 않는다.

그 이유는 내가 보기에 한 마디로 자존심이다. 자신이 틀렸다는 것을 인정하고 타인의 충고를 받아들이는 일은 그토록 어려운 일이며 가장 훌륭한 사람들에게만 가능한 현상이다. 영화 〈쉰들러 리스트〉(1993)에는 유대인을 가둘 수용소 건물을 짓는데 이렇게 지으면 건물이 무너진다고 이야기하는 여성 포로가 수용소장과 대면하는 장면이 나온다. 이 여성은 건축을 전공한 유대인이었다. 나치 수용소장에게는 유대인의 충고를 받아들이기는 자존심이 상하는 일이었다. 수용소장은 그녀의 머리를 권총으로 쏘아 살해한 후에 부하들에게 그녀의 말대로 하라고 명령한다.

과학자들에게도 유사한 현상이 있다. 기존의 중요한 이론을 개발한 소위 대가들은 그 이론을 수정한 새 이론이 나왔을 때 이를 받아들이지 않는다. 새 이론이 맞다는 것을 인지해도 그렇다. 이 현상은 막스 플랑크가

"새 이론은 논리적인 판단에 의해 가려진 옳고 그름을 통해 받아들여지지 못하고 이전 학자들이 사망한 후에야 받아들여진다."라고 처음 언급했으며 '패러다임 전환'이라는 말을 만들어 낸 토머스 쿤이 이를 인용하였다. 현재 한국에서 이 현상이 나타나고 있는데 바로 탈원전 정책이다. 탈원전 정책이 오류라는 것은 많은 과학적 근거를 통해 밝혀졌다. 원전에서 발생하는 방사능은 후쿠시마와 같은 최악의 사고가 발생하여도 단 한 사람의 사망자도 발생시키지 못할 정도로 극히 미약하다는 사실이 후쿠시마 사고를 통해 역설적으로 밝혀지면서 방사능에 대한 새로운 해석이 필요해졌다.

후쿠시마 사고 직후 많은 국가가 탈원전을 선언했으나 이처럼 방사능 물질의 피해가 예상과는 달리 적다는 사실은 후쿠시마 사고 약 2년 후부터 밝혀지기 시작했다. 한때 탈원전이 옳다고 생각했다는 것은 부끄러운 일이 아니다. 나 또한 후쿠시마 사고 직후인 2011년으로 돌아가면 탈원전 정책을 받아들였을 것이다. 그러나 지난 9년 동안 밝혀진 사실들은 탈원전 정책이 인류의 생명을 살리고 지구를 구하자는 취지와 정반대로 역주행하는 정책이라는 것을 알려 주었다. 유럽에서 온실가스를 가장 많이 만들어 내는 나라 중 하나가 탈원전 정책을 가장 적극적으로 진행했던 독일이다. 원전 강국인 프랑스의 5배 수준이다. 네덜란드도 원전 재개로 돌아서고 있으며 최근 영국 또한 프랑스로부터 새 원전을 구입하기로 했다. 한국은 500조 수준의 원전 수출 시장도 잃어 가고 있다. 탈원전 정책의 피해는 이런 경제적인 수준도 있으나 OECD의 보고서에도 나오듯이 한국은 이대로 가면 수만 명에 달하는 OECD 최대 미세 먼지 사망 국가가 될 것이다.

온실가스를 발생시키고 지구의 기후가 바뀌는 것은 뭔가 간접적이고 치명적이지 않다고 생각할 수 있다. 최근 천문 연구원의 도움을 받아 NASA에서 측정한 지구 대기의 데이터를 분석해 본 결과 2020년 코로나19가 발생한 이유는 인간이 만들어 낸 온실가스와 공해 물질의 영향이 추가되어 일어난 현상이라는 결론을 얻었다. 현재까지 코로나19로 사망한 사람은 세계 3차 대전으로 인한 피해와 비견될 정도이다.

〈내가 생각하는 바람직한 에너지 전환 정책은 1단계에서 원자력 발전 비율을 35%까지 끌어 올리고 그 후 궁극적으로는 70%까지 증가시켜야 한다. 그래야 나머지를 태양광과 풍력 등 재생 에너지로 채울 수 있다. 1단계에서 미세 먼지 주범인 석탄 발전을 퇴출시키고, 그다음 단계에서는 온난화와 에너지 안보 문제를 일으키는 천연가스 발전을 퇴출시킬 수 있다. 이렇게 되기까지 30~60년의 시간이 걸릴 것이다. 그 후에 핵융합 에너지로 원자력을 대체하기 시작하면 된다. 원자력은 앞으로 긴 시간 동안 유용하게 쓰일 것이다.〉

가장 강력한 이데올로기

유대인을 포함 600만 명을 살해한 히틀러의 나치도, 모택동과 스탈린에 의해 수천만 명이 살해되게 한 공산주의보다도 더 강력한 이데올로기가 있으니 결론부터 이야기하면 바로 '밥그릇'이다. 스페인 내전을 목격했던 헤밍웨이도 다음과 같이 이야기했었다.

> "종교는 사람들을 빠져들게 만드는 마약이다. 음악도 그렇고, 이제 경제학이 마약이 되었다(마르크스 경제학). 이태리와 독일에서의 애국심도 마찬가지다. 섹스는 어떤가. 어떤 이들에게는 마약이다. 그리고 괜찮은 사람들에게 술은 아주 훌륭한 독립적인 마약이다. 어떤 이들은 가볍게 라디오를 선호하고 도박을 한다. 야망 또한 마약이다. 어떤 새로운 형태의 정부를 원하는 것도…. 그렇다면 진짜 사람들의 마약은 무엇인가? 인간은 오래전부터 알고 있었다. 그것은 빵이다. 빵이야말로 그 무엇보다도 더 심한 사람들의 마약인 것이다."

이데올로기 개념을 통해 이야기하려 하는 것은 인간의 마음을 조정하는 원동력에 관한 고찰이다. 인류는 20세기 100년 동안 공산주의라는 강력한 이데올로기를 실험하느라 험난한 역경을 감내하였는데 21세기가 되어 보니 헤밍웨이의 안목이 예언처럼 되었다. 많은 사람에게 밥그릇보다 더 중요한 것은 없는 것 같다. 일단 젊은이들이 공무원이 되려고 올인하는 일은 한국에서만 일어나는 현상이 아니다. 문제는 있으나 여기까지는 나쁘다고 말할 수 없다. 그러나 이 밥그릇 이데올로기는 심해지면 비틀림이 일어난다.

약 10년 전쯤 생물학의 한 분야에서 발생한 분쟁은 진리를 추구해야 할 과학자들조차 밥그릇에 지배당한다는 사실을 보여 주었다. 진화의 과정을 논하는 사회생물학의 가장 저명한 학자가 그 분야의 가장 중요한 이론이 맞지 않는다는 논문을 네이처에 출판한 것이다. 그 저명한 학자인 윌슨 자신도 그 이론을 개발히는 과정에서 유명해진 터였지만 순수한 학문적 관점에서 면밀히 검토한 결과를 출판한 것이다. 그러자 이 분야의 전문가 144명이 서명한 항의 편지가 네이처에 전달되었다. 144명의 학자가 공동 서명하여 편지를 쓴다는 것 자체는 문제가 없다. 그러나 그 내용에는 왜 윌슨의 주장이 틀렸는지 학술적인 근거가 있어야 했는데 그런 부분이 없었다. 당시 윌슨은 그 항의 편지에 대해 '아인슈타인을 반대하는 100명의 과학자' 사례를 들어 아인슈타인이 '왜 100명이 필요한가? 내 이론이 틀렸다면 단 1명이면 충분하다.'라고 한 말을 인용하였다. 이 사태를 지켜본 언론에서는 학자들이 연구비가 삭감될 것이 두려워 이런 편지를 썼다는 비판이 나왔다.

이런 현상은 과학의 모든 분야에서 벌어지고 있다. 박사 과정에 있는 대학원생들은 진리 추구보다 다음번에 받아야 할 연구비가 더 중요하다는 사실을 깨닫고 좌절하기도 한다. 이렇게 학자들에게 틈이 생기면 악의 세력이 손을 뻗친다. 40년 전 담배 회사들은 담배의 유해성을 전혀 인정하지 않았으나 과학이 발달하여 유해성이 밝혀지고 암을 유발한다는 경고 문자가 담배 포장 지에 붙게 되었다. 그러자 이들은 전략을 바꾸었다. 그들은 유령 연구 지원 단체를 만들어 학자들을 지원하고 있다. 이 단체의 지원을 받는 학자들은 담배의 유해성을 희석하는 주제를 다루거나 담배의 장점을 강조하는 논문을 출판한다. 이런 학자 중엔 자신이 받은 연구비가 담배 회사로부터 나왔다는 사실을 모르는 경우도 있다.

마지막으로 이야기하고 싶은 분야는 환경 운동이다. 이들에게도 악의 세력이 손을 뻗쳤는데 벌목 회사가 알게 모르게 환경 단체를 지원하고 있었다. 환경운동가를 지칭하는 영어 표현에 tree hugger가 있다. 자연과 지구를 살리자는 운동인데 자본가들이 막대한 돈을 대기 시작하자 나무를 베어서 땔감으로 사용하는 세력까지 가담하였으며 최근 20년 동안 미국 내 바이오매스 발전 시설이 증가하여 석탄 발전량과 비교될 수준에 도달했다. 바이오매스와 바이오디젤은 재생 에너지에 포함될 수 있지만 클린 에너지에는 포함되지 않는다. 즉 사용할수록 지구와 생명은 더 많이 파괴된다. 이러한 현실은 인간의 욕구로 인해 지구는 계속해서 파괴되고 있다는 사실을 잘 말해 주고 있다.

〈밥그릇 이데올로기를 당장 버리자는 주장은 아니다. 그러나 이런 현상에 대한 경각심은 가져야 한다.〉

유럽의 신석기인은
왜 한국으로 이동했는가?

나는 직업상 가설을 많이 만든다. 물리학의 발달은 가설을 세우고 검증하는 과정에 의해 이루어졌다. 내가 만든 가설 중 끝까지 살아남아서 논문으로 출판되는 경우는 100개 중 한두 개 정도밖에 안 되니 이 가설이 맞을 확률도 높지 않지만 내 전공과 무관한 고고학 분야이니 이 정도에서 정리해 본다. 결론부터 이야기하면 마지막 빙하기가 끝난 후 유럽에 살던 신석기인들 중 일부가 특정 식량(아마도 식물)의 공급 가능 지역을 추적하면서 대륙을 건너 만주까지 이동하게 되고 그 이후 홀로세의 기후 변화로 점차 기온이 낮아짐에 따라 특정 식량의 공급 가능 지역의 위도가 점점 낮아지면서 이들은 한반도의 최남단인 가덕도까지 오게 된 것이다.

2011년에 가덕도 공항 건설을 준비하다가 기원전 4천년에서 5천년 시기 신석기인들의 주거 시설과 뼈가 발견되었다 약 50명인데 과거 한국에서 발견된 신석기인 유골 전체 수보다 많은 중대한 발굴이었고 그들의 DNA를 분석해 보니 유럽인의 특정 유전자를 지닌 사람들이었다. 이를 취재한 KBS의 〈역사 스페셜〉은 독일의 한 도시를 찾아가 가덕도의 유골에서 나온 것과 같은 유전자를 가진 신석기인들이 그 지역에 살았으며 그들은 비옥한 지역만 골라서 거주했다는 이야기를 듣는다. 마지막 빙하기의 유럽은 살기에 척박한 곳이었으나 빙하기가 끝나고 지구 온도가 급격히 상승하자 중앙아시아와 만주 부근에 덮여 있던 눈과 얼음이 녹아 생긴 비옥한 땅으로 이동하였던 것이다. 세계 지도에서 독일과 부산 사이의 거리가 멀게 보이지만 실제로는 지구가 구형이기 때문에 아프리카 대륙의 동서를 잇는 거리 정도로 가깝다. 그렇게 이 유럽인들은 기원전 1만 년 경에 만주 지역까지 왔을 것으로 추측된다.

그 이후 지구의 온도는 내려가기 시작한다. 기원전 9천 년에서 5천 년 사이 한반도의 기온이 점차 내려간 증거는 활엽수와 침엽수의 화석이 발견되는 지역의 변화에서도 나타난다. 따듯한 지역에 서식하는 식량을 쫓아 그렇게 그들은 한국의 남해안까지 내려와서 살게 된 것이다. 현생 한국인들에게 그들이 가졌던 유럽인의 유전자는 발견되지 않으니 우리 조상과 직접 연결은 적어 보이지만 수천 년 전에 유럽과 동아시아가 연결되어 있었다는 또 하나의 사례라고 생각한다. 이와 유사한 시기에 유럽과 동아시아에 고인돌이 만들어졌으며 전 세계 고인돌의 절반 이상이 한반도 부근에 있다.

간혹 지구 온난화를 부정하는 사람들이 1만 3천 년 전 마지막 빙하기 직후에 지구 온도가 상당히 상승한 사례를 놓고 지구 온도는 자연적으로 그렇게 올라가기도 한다고 평한다. 그러나 당시의 지구 온난화가 덜 치명적인 이유는 그 이전에 많은 양의 빙하가 지구를 덮고 있었기 때문에 그 추가적인 빙하가 녹으면서 발생한 것이고 그렇게 생긴 녹지의 식물들로 인해 대기의 탄소는 점점 줄어들었기 때문에 온실 효과가 약해지고 결국 기원전 1만 년 후부터 지구의 온도는 다시 하강하게 되고 평형 상태가 된 것이다. 반면 현재 우리가 직면하는 지구 온난화는 땅속에 있던 탄소를 꺼내 대기로 보냄으로써 온도가 상승하고 빙하가 녹고 산불이 발생하여 더 많은 탄소가 발생하고 온도가 계속 올라가는 악순환적 온난화이다.

알래스카 여행-into the wild

비행기가 앵커리지 공항에 착륙하자마자 딸아이는 펑펑 울기 시작했다. 왜 그러냐고 묻자 눈이 없다고 그런다. 얼마 전 옐로우스톤에서 눈을 보지 못한 것에 대한 아쉬움을 알래스카에서는 보상받을 줄 알았는데 도착해 보니 눈이 보이지 않았던 것이다. 공항 도착 시간이 밤 11시였는데 어둡지 않은 것도 신기했다. 11년 전 6월 20일 옐로우스톤에 방문했을 때 우리는 눈 덮인 캠프 그라운드에 텐트를 치고 잠을 잤으며 거울 같은 호수 건너편으로 보이는 눈 덮인 산맥의 장관을 보여 주는 그랜드 티톤의 매력에 빠질 수 있었다. 딸아이에게도 그 아름다움을 보여 주기 위해 같은 6월 20일 경에 다시 방문했는데도 산 위 만년설의 양은 초라할 정도로 줄어들어 있었다. 국립공원 관리자에게 물어보니 지구 온난화의 영향이 맞다고 한다. 대신 폭염으로 인해 눈 녹은 물이 흘러 들어간 호수에서 수영을 할 수 있었다. 11년 전 전에는 생각할 수 없는 일이었다. 나는 딸아이에게 지구 온난화라고 설명을 한 후 그렇지만 반드시 눈과 얼음을 보여 주겠다고 약속했다. 딸아이는 나중에 과학자가 돼서 지구를 다시 얼려 버리겠다고 다짐한다.

8월 초의 알래스카 관광은 여름 휴가로서 최상급이라 할 수 있다. 길들여지지 않은 대자연을 감상할 수 있다. 8일 동안 알래스카 곳곳의 관광 명소를 두루 살펴보았다. 그중 호프라는 곳의 오두막은 한마디로 그림 같았다. 오두막 자체도, 오두막 안에서 창 밖을 보아도 인상파 화가의 그림처럼 보인다. 그리고 그 그림 속에 딸아이와 아내가 살아 움직이고 있다. 온라인 숙박 예약 사이트를 많이 이용했지만 리뷰까지 쓰기는 처음이다. 이 오두막에서 5분 떨어진 강 하구에 가면 초보자도 4분 동안 5마리를 잡는 연어 낚시를 할 수 있다.

데날리 국립공원에서는 공원 내부로 들어가는 버스 투어를 했는데 하루 동안 그리즐리(회색곰)를 8마리나 보았다. 가이드는 비가 내리는 시원한 날씨 때문에 동물들이 많이 활동했기 때문이라고 설명했다. 대신 구름 속에 가려서 데날리(맥컬린) 산의 경치는 볼 수 없었다. 마지막 날 비행기가 한밤중에 출발하여 4시간 정도의 여유가 생겼다. 원래는 유명 식당에 가서 연어 요리를 먹으려 했지만 아내의 제안으로 알래스카의 중앙을 가로지르는 8번 도로 횡단에 도전하기로 했다.

인터넷에 들어가 이 8번 도로를 횡단한 사람의 후기를 보았는데 서울-대전 거리 정도인 120마일이나 되는 비포장도로를 통과하는 것은 '미친 짓'이라고 생각했다는 표현이 나온다. 결국 모험을 하기로 하고 잔자갈이 깔린 도로에 진입하여 4륜 모드로 놓고 저속으로 달리기 시작하니 오프로드의 재미가 느껴진다. 후기에 120마일 동안 휴게소가 전혀 없으니 연료나 음식을 공급받을 수 없다는 정보가 있었다. 만약 도중에 사고라도 나면 휴대폰 신호도 없고 도움을 받을 데도 없으니 위급한 상황이 될 수 있겠다고 생각했는데 달려 보니 이 도로를 횡단하는 사람들이 예상 외로 많았다. 도로 진입 초기에 맞은 편에서 20대 정도의 바이크족이 지나갔다. 캠핑카를 몰고 지나가는 노부부도 있었고 한 일곱 대쯤 되는 짚랭글러들이 단체로 지나갔는데 같은 차종에 차 색이 빨간색, 노란색, 파란색 등 모두 달랐다. 그리고 운전자들은 웃는 표정으로 손을 흔들어 인사를 한다. 나중에 그들이 왜 그렇게 밝은 표정이었는지 알게 되었다. 3시간 반 동안 숨 막히는 대자연의 전경을 볼 수 있었다. 나의 제한된 능력으로는 도저히 사진으로 실제 모습을 담을 수 없었다. 그냥 눈으로 감상하고 기억 속에 남기는 수밖에….

명문대를 갓 졸업한 한 청년이 몰던 차를 버리고 돈을 태워 버린 뒤 홀로 자연 속으로 떠났던 실화를 다룬 영화 〈Into the wild〉(2007)가 있었다. 자연을 사랑한 청년의 최종 목적지는 알래스카였다. 그리고 그는 이곳에서 자연의 일부가 되었다. 8번 도로 가까운 곳에 버려진 낡은 카라반과 눈 덮인 배경을 찍은 사진은 인터넷에서도 볼 수 있는데 그 영화를 연상케 하는 장면은 여러 번 나타났다. 끝없이 펼쳐진 초원이 있고 그 너머로 멀리 하얀 빙하가 보이는 도저히 그냥 지나칠 수 없는 지점에서 우리는 차를 세웠다. 딸아이는 야생 딸기를 따기 위해 덤불 속으로 뛰어 들어가는데 옆에서 "하우디."라는 인사가 들린다. 나도 인사를 하며 돌아보니 한 손에 사냥 총을 들고 접이식 의자에 앉아 광활한 대자연을 주시하고 있는 청년이 보인다. 아내는 고독한 사냥꾼이라고 표현했는데 사연이 궁금했지만 눈앞의 아름다움과 연결된 그 청년의 고독을 깰 수가 없었다. 알래스카는 주 전체가 국립공원 수준이었다. 이번 여행에서 다른 관광 포인트들도 모두 인상적이었지만 8번 도로 횡단은 최고의 선물이었다.

지구가 태양으로부터 멀어지는 비율

어제 아침에 오래전부터 알고 싶어 하던 태양과 지구와 달 사이 거리에 관한 문제를 풀어 보았다. 기존 연구 결과를 검색하면 알 수 있지만 검색하는 시간에 직접 풀어 보는 것이라 2시간을 넘기지 않는 수준에서 끝내고 나니. 달이 지구로부터 멀어지는 속도의 5배 정도로 지구가 태양으로부터 멀어진다는 결론이 나왔다. 그 후 학계의 정설을 찾아보니 5배가 아니라 절반 정도이다. 나의 결론과 10배 정도 차이가 있다. 나 같은 비전문가가 2시간 만에 만든 이론이 학계의 정설을 능가할 가능성은 객관적으로 거의 없지만 달의 공전 궤도 증가율이 3.8 cm/년이라고 정확히 측정되는 데 비해 지구 공전 궤도 증가 비율은 정확한 측정이 어려운가 보다. 누가 알겠는가? 앞으로 예상보다 빠르게 멀어진다는 측정 결과가 나올지….

참고로 나의 이론은 바닷물의 조수 간만에 의한 작용을 바탕으로 대충 계산한 결과이다. 그리고 이 호기심의 원동력은 왜 태양과 달의 겉보기 크기가 같은가?에 대한 기존 학계의 답인 '우연의 일치'가 마음에 들지 않아서였는데. 나의 대충 계산에 의해서도 겉보기 크기가 같아야 하는 이유는 아직 발견하지 못했다. (아마도 달 생성 초기 조건에 숨어 있을 수는 있겠다.) 먼 미래에는 둘의 겉보기 크기는 지금보다 달라진다는 예측이 나온다. 그런데 만에 하나 나의 이론이 맞아서 지구가 태양으로부터 더 빨리 멀어진다고 해도 걱정할 수준은 아니다. 10억 년이 지나도 변하는 정도는 1%밖에 안 된다.

지구 온도는 태양 흑점과
일치하여 변하는가?

2009년 경 영국의 학자들이 태양을 관측한 내용과 지구 기온을 측정한 두 변수를 비교한 내용을 네이처에 발표한 일이 있었고 그 6개월쯤 후에 기후 관련 연구로 저명한 학자가 내가 있던 연구소를 방문하여 강연을 한 적이 있었다. 지구 온난화가 과연 인간이 만든 것이냐, 아니냐로 논란이 심하던 시기였다. 그 자리에 있었던 나는 강연이 끝나고 질문 시간에 나의 호기심에 이끌린 질문을 하나 던졌다. 중세 미니 빙하기 당시 태양 흑점 활동이 저조했다는 연구가 있고 태양은 11년 주기로 활동이 변하므로 지구 온도와 태양 주기 사이의 연관성이 있냐는 질문이었다. 나는 그와 같은 전문가라면 쉽게 yes 혹은 no라고 대답할 줄 알았는데 나의 질문을 받은 그는 매우 곤란한 표정을 지으며 "이 질문에 어떻게 답을 해야 할지 모르겠습니다."로 시작하여 굉장히 장황하게 답변했다.

답변 중에 그는 6개월 전 발표된 논문의 데이터를 언급하였다. 그 데이터를 보면 태양 흑점 활동과 지구 온도가 일치하여 변화하는 것처럼 보인다는 것이다. 그런데도 단순히 yes라고 대답하지 않은 것은 지구의 온도는 태양의 영향을 받을 수 있지만 다른 여러 가지 요인에 의해 복잡하기 때문이었다. 재미있는 것은 정작 질문을 했던 나는 네이처의 그 논문을 강연을 듣고 나서야 알게 되었다는 사실이다.

그 후로 12년의 세월이 흘렀다.

과연 지구 온도는 태양 흑점과 일치하여 변하는가? 여전히 이에 대한 답은 단순하지 않다. 2000년대 초까지는 대략 연관되어 보였던 지구 온도가 그 후로는 그다지 태양 활동을 따라가지 않고 자꾸만 위로 올라가고 있다. 이는 인류가 사용하는 화석 연료에 의해 땅속의 탄소가 공기 중의 이산화탄소로 전환되어 발생한 기후 변화 현상이다. 한편 태양을 비롯하여 우주에서 오는 입자와 플라즈마, 자기장에 의해 지구의 날씨와 기후가 영향을 받는다는 사실이 지난 12년 동안 더욱 자세히 밝혀지게 되었고 우주 기상학이라는 분야가 발전하게 되었다. 최근에 한국 우주 기상학 분야의 훌륭하신 박사님과 공동 저자로 논문을 한 편 쓰게 되었다. 이 논문에는 태양의 활동 변화가 어떻게 지구의 기후와 인류의 건강에 영향을 주는지에 대한 토론이 포함되어 있는데 지금 세계 곳곳에서 폭염이 염려되는 상황이 생기는 현상을 보니 지금 한국에서 시급하게 바로잡아야 할 정책의 오류가 보인다.

2020년은 태양의 주기적 활동에서 최근 100년 동안에 최저점을 기록한 시기였다. 11년의 주기상에서도 최저점이었는데 이 평균 11년의 주기에서 빠르게 변하는 경우에는 3년 만에 최저점에서 최고점에 도달하기도 하지만 2021년은 아직 최고점에서 멀리 떨어진 시기이다. 그런데 벌써 폭염이 시작된다면 앞으로 수년 동안은 매년 여름이 점점 더 더워질 가능성이 높다는 것이다. 이 예측이 무서운 것은 앞으로 올 폭염은 아직 인류가 경험하지 못한 강도로 나타난다는 것. 정부가 탈원전으로 인해 중단되었던 원전을 임시 가동하여 이번 여름을 넘기려 하고 있지만 문제는 앞으로 수년 후에 더 고온의 폭염이 온다면 이러한 비상 조치로는 해결이 안 된다.

〈사용 후 핵연료 처리 방법은 무엇인가?에 대한 짧은 댓글 답변〉

사용 후 핵연료에는 방사성 동위 원소가 포함되어 있으며 이들 중 반감기가 수만 년인 것들도 있으니 안전하게 다루기가 쉽지 않다는 것은 사실이지만 불가능한 것은 아닙니다. 원자력 기술의 발전으로 여러 가지 처리 방법이 개발되고 있습니다. 땅속 깊이 500미터 정도에 순수한 구리로 밀봉하여 묻는 방법은 핀란드와 스웨덴, 그리고 프랑스와 스위스에서 오랫동안 추진되어 오다 최근 정부의 승인을 받아 건설되고 있습니다. 한국도 관악산 동굴에 보관하는 방법도 가능하다고 생각합니다.

반감기가 수만 년 되는 원소들은 반감기가 긴 것에 반비례하여 방사능의 세기가 약하기 때문에 오히려 문제가 적으므로 위험한 것은 반감기가 짧은 원소들이고 이들은 수백 년 후에는 소멸할 것입니다. 수백 년이 지나면 우라늄 광산에서 발생하는 자연 방사능과 유사한 수준으로 감소한다는 것이지요. 최근 방사능에 대한 새로운 연구는 히로시마와 체르노빌의 경우에서 방사능에 오염되었던 지역의 회복이 예상보다 빠르다는 것과 다음 세대로 전파되는 유전적 피해는 존재하지 않는다는 것입니다.

지구 온난화는 사기가 아니다
(반식자의 오류)

파스칼의 팡세에는 과학자로서 조심해야 할 반식자의 오류에 대한 설명이 나온다. 본인이 무지를 자각하면 전문가의 의견을 들어 문제가 없지만 사실은 절반밖에 모르면서 다 안다고 착각하는 사람이 오류에 빠진다는 것이다. 2010년 여름에 내가 있던 연구소에 프린스턴대의 물리학과 교수가 와서 지구 온난화는 사실이 아니라는 내용의 발표를 했었다. 두 가지가 기억난다. 그날 따라 폭염으로 기온이 높아서 그의 주장에 신빙성이 떨어졌다는 것(현재까지 지구 온도가 기록적으로 높았던 해는 2016년과 2020~21년인데 그 바로 밑에 2010년과 2005년이 있다.), 두번째는 그가 이산화탄소의 증가에 의한 온실가스 효과는 차이가 없다고 강하게 주장하는 것으로 보아 지구 온난화라는 현상이 그렇게 간단하지 않구나라고 생각했었다.

최근 유튜브에 지구 온난화는 사기라고 주장하는 내용들이 있어서 살펴보니 그 프린스턴 대학 하퍼(Happer) 교수의 주장을 그대로 따르고 있다. 그가 왜 지구의 온실 효과가 이산화탄소의 농도와 무관하다고 생각하는지 근거를 보니 지구 표면에서 우주로 나가는 복사의 파장 중 이산화탄소가 흡수하는 14~16마이크로미터 대역은 현재 농도에서도 이미 포화되어 모두 차단되었으므로 2배가 되어도 추가로 차단되는 양이 없다는 사실에 바탕을 두고 있다. 내가 보기에 이는 반식자의 오류이다.

온실가스 효과가 나타나는 구간은 지구 대기권에서 최하층인 대류권이다. 이 구간에서는 고도가 올라감에 따라 온도가 내려간다. 지구 표면에서 출발한 지구 복사가 수증기와 이산화탄소와 같은 온실가스에 점차 흡수되어 올라갈수록 에너지가 감소하기 때문이다. (참고로 대류권 위에는 오존이 존재하는 성층권이 있다. 여기에는 태양에서 출발하여 지구로 향하는 태양 복사 중 자외선이 오존층에 의해 점차 흡수되어 아래로 내려갈수록 에너지가 줄어들기 때문에 반대로 고도가 높아짐에 따라 온도가 상승한다.) 이산화탄소가 온실 효과를 나타내는 대류권의 밖에서 보면 농도가 낮은 경우나 높은 경우나 모두 차단되어 같아 보이지만 대류권 내부에서는 두 경우에 대해 에너지의 고도에 따른 분포가 달라진다. 농도가 낮은 경우 14~16마이크로미터의 적외선 복사는 대류권의 상층부까지 올라와서 차단되지만 이산화탄소의 농도가 더 높아지면 대류권의 하층부에서 일찍 차단되고 그로 인해 당연히 지표와 가까운 공기의 온도가 올라가게 된다. 이렇게 이산화탄소의 농도가 높을수록 지표의 온도는 더 올라가게 된다.

비유적으로 설명하면, 이산화탄소의 농도가 낮은 경우와 높은 경우는 단열이 부실한 집과 단열이 좋은 집이 겨울에 같은 용량의 보일러를 작동했을 때 차이와 같다. 집 밖에서 보면 에너지 보존에 의해 두 집이 최종적으로 발생시키는 열량은 같다. 그러나 단열이 좋은 집의 내부 온도가 더 높다. 하퍼 교수의 주장이 틀렸다는 증거는 여기저기 많이 있다. 관측에 의해 확인된 사실은 첫째 과거에서 현재까지 지구의 온도와 이산화탄소의 양은 같이 변해 왔다는 것과, 둘째 최근 인류의 산업화 이후 이 둘이 급속도로 증가했다는 것이다. 이산화탄소가 온도 변화의 원인이 아니면서 이 두 사실을 설명하려면 온도를 상승시키는 다른 원인이 있어야 하고 유력한 후보는 태양 활동의 변화이다. 그러나 나사의 관측 결과에 의하면 최근 지구 온도 증가는 태양 에너지의 변화를 초과하는 현상이다. 오히려 최근 20년 동안의 태양 활동은 줄어들고 있으며 심지어 중세의 미니 빙하기와 유사하게 약화된 태양 활동 시기가 곧 오고 있다고 예측하는 태양 연구자들도 있다. 그럼에도 불구하고 지구의 온도는 자꾸만 올라가고 있다.

하퍼 교수는 지구온난화 연구자들의 컴퓨터 모델이 실제보다 과장된 계산을 한다고 주장하지만 위와 같이 고도에 따른 변화를 포함한 계산 모델은 현재 실제 지구 온도 변화와 상당히 일치하는 결과를 내고 있다. 이를 포함하여 주류 기후 학자가 하퍼 교수 주장의 오류를 조목조목 반박한 내용은 인터넷에서 찾을 수 있는 ResponseToHapper.pdf 파일에 잘 나와 있다.

〈북반구에서 여름이 일찍 오는 지역이 인도인데 2022년 5월에 인도는 120년 만에 나타난 기록적인 폭염을 경험하고 있다. 화석 연료를 펑펑 써도 된다는 오류를 퍼뜨리는 행위는 막아야 한다.〉

RE100과 텍소노미에 대해
알아야 할 내용들

첫째, 재생 에너지를 100%로 하겠다는 RE100은 속임수에서 비롯됐다는 것이다. 1년 전쯤 미국의 재생 에너지 사용량이 석탄 사용량을 능가했다는 보도가 있었다. 얼핏 보면 좋은 현상이라고 착각하겠지만 그 내용을 보면 재생 에너지 중 태양광과 풍력의 비중은 약하고 최근 급격히 증가한 것은 나무를 베어 태우는 바이오매스였다. 바이오매스는 재생 에너지에는 포함되지만 클린 에너지는 아니다 석탄과 같이 매연과 온실가스를 뿜어내어 사용할수록 지구와 생명을 파괴한다.

미국에서 코로나로 인한 사망자가 가장 많이 발생한 요인은 여러 가지가 있으나 그중 분명히 이 바이오매스 증가에 의한 공기 오염이 하나를 차지하고 있다. 바이오매스 발전소 인근 주민이 호흡기 질환과 검댕이 피해를 호소하니 오히려 집에 땔 나무가 있으면 좀 가져오라는 답변을 받았다는 이야기가 진보 다큐 감독인 마이클 무어의 다큐멘터리에 나온다. 지구의 날 행사에 공급된 전기는 바이오디젤로 만들어지는데 이들을 후원하는 주체는 벌목 회사다. 지구를 살리자는 환경운동가들이 실제로는 지구를 파괴하는 거대 자본의 꼭두각시 노릇을 한 것이다. 이 다큐멘터리 〈Planet Of The Humans〉(2019)는 유튜브에서 볼 수 있으며 대량의 폐기물을 만들어 낸 태양광이나 풍력 또한 지구를 살릴 수 없다는 현실을 잘 표현하고 있다.

둘째, '분류 체계'라는 의미의 텍소노미가 대두된 이유는 이처럼 실제로 그린 에너지가 아니면서 그린 에너지인 것처럼 대중을 속이는 에너지와 산업 주체를 잘 구별하여 분류 체계를 만들자는 활동에서 비롯된 것이다.

이를 위해 많은 토론을 하여야 하는데 확실한 것은 위 내용처럼 바이오매스를 제거해야 하고 원자력을 그린 에너지에 포함해야 한다는 것이다. 이유는 원자력은 발전량당 가장 적은 온실가스를 발생시키고(태양광과 유사한 수준), 미세 먼지를 발생시키지 않으며, 발전량당 가장 적은 인명 피해를 만든다(태양광과 풍력보다 더 적다.). 지구와 생명을 살리기를 원한다면 원자력을 복귀시켜야 한다. 이는 과학과 통계가 알려 주는 팩트이다.

〈탈원전 정책이 잘못된 중요한 이유 중에 '에너지 안보'가 있다 최근 러시아의 우크라이나에 대한 군사적 침공에 대해 유럽의 경제 대국인 독일이 초기에 왜 그렇게 소극적으로 대처할 수밖에 없는지에 대한 답은 바로 독일은 탈원전 정책으로 인해 부족해진 에너지 생산을 천연가스로 대체하다 보니 러시아에서 오는 가스 파이프 라인에 더욱 의존하게 되었다는 데 있다. 탈원전 정책으로 독일은 미세 먼지에 의한 조기 사망자를 더 많이 발생시켰을 뿐 아니라 정의를 세울 힘도 잃은 것이다.〉

진보의 가치는 과거에 머무르지 않고 새로운 지식과 과학의 발전을 이용하여 앞으로 나아가는 데 있다. 2011년 후쿠시마 사고 직후 프랑스도 탈원전 정책을 했으나 그 후 10년 동안 밝혀진 놀라운 사실은 사고로 누출된 후쿠시마의 방사능은 잠복기를 포함하여도 한 명의 사망자도 만들어 내지 않는 미미한 수준이라는 것이다. 진정한 진보 세력이라면 이 새로운 지식을 바탕으로 과감히 탈원전 정책을 중단하고 원전 복귀를 실행해야 한다. 프랑스 대통령의 원전 복귀 결단은 근대 민주주의를 시작한 국가다운 행보이다.

다시 정의란 무엇인가

마이클 샌델의 토론 강의에서 전달하는 중요한 논점은 우리가 함부로 이렇게 하는 것이 더 정의롭다고 단정해서는 안 되며 다른 관점에서 보면 정의리고 생각했던 것이 오류로 판정 날 수 있다는 것이다. 그러므로 정의를 추구할 때는 끊임없는 연구와 토론이 있어야 한다는 것이다. 샌델의 책에 그런 의도는 없지만 많은 경우에서 정의 불가지론에 빠진 사람들의 예를 보게 된다. 잘못 판단된 정의로 인한 오류의 반대편에는 정의 불가지론에 의해 잘못 판단하는 오류가 있으며 나는 두 경우가 동등하게 나쁘다고 본다. 간단히 이야기하면 무엇이 옳은 선택인지를 규정하는 정의란 어차피 우리가 알 수 없으므로 너무 쉽게 둘 다 옳거나 둘 다 틀렸다고 판단하는 오류이다.

A와 B의 갈림길이 나타났을 때 한 사람은 A로 가야 한다고 주장하고 다른 사람은 B로 가야 한다고 주장하며 각기 나름 그 주장의 근거를 가지고 있다. 이때 마이클 샌델이 나타나서 두 주장의 근거들에 대해 모두 왜 틀렸는지를 설명해 주었다고 하자 여기까지는 매우 훌륭한 일이다. 그러나 여기에서 멈추어 버리면 안 된다는 것이다. 나의 해결책은 이렇게 밝혀낸 새로운 논거를 바탕으로 A와 B 중 무엇이 더 좋은 선택인지 가려내거나 그때까지 몰랐던 새로운 길 C로 가는 방법이 더 좋은지 판단해야 한다는 것이다. 그렇다 나는 대부분의 선택의 기로에서 항상 보다 바람직한 답이 있다고 생각하며 그런 최선의 결론을 얻기 위해 부단히 조사하고 토론해야 한다고 생각한다. 이렇게 항상 더 좋은 정답이 있다고 생각하는 경향은 내가

과학 분야에 있기 때문에 그렇다고 볼 수 있지만 과학자 중에서도 이런 철학을 가진 경우는 아인슈타인이나 마흐의 예에서 찾을 수 있고 주류라고 할 수는 없다. 오히려 현대 물리학은 절대적인 하나의 정답이 존재하지 않는 양자역학을 통해 발전하였다.

더 진리에 가까운 답을 추구하는 나의 경향은 과학의 토대인 수학에서의 경험에서 영향을 받았으나 여기에는 근본적인 철학적 배경이 포함되어 있다. 내가 정의 불가지론의 오류를 경계하는 이유 중엔 이것이 곡학아세의 기초가 된다는 것이다. 어차피 A도 B도 모두 옳지 않다면 편의에 따라 선택하여 옳다고 주장해도 상관없다는 생각이다. 이런 경우의 예는 그리스의 소피스트들이 항상 의뢰인이 유리한 쪽으로 궤변을 만들어 내는 것에서부터 시작하여 오늘날 자신의 이념이나 '밥그릇'을 지키기 위하여 진실을 왜곡하는 수많은 가짜 뉴스와 잘못된 주장들이 인터넷에 넘쳐나는 현상의 일부에서 볼 수 있다.

A와 B의 선택에서 정의가 불확실한 경우는 보통 장단점이 모두 존재하여 이들 중 무엇이 더 중요한가는 관점에 따라 달라지기 때문이다. 그러므로 더 진리에 가까운 답을 추구하기 위해서는 가치 판단의 기준이 절실히 필요하다. 나의 경우 현재 내 손에 들고 있는 기준은 '민주주의와 인권'이다. 민주주의는 가치의 기준은 아니고 가치 판단의 방법이며 이 방법을 통하여 오류를 수정하고 더 나은 답을 찾아야 한다는 것이다. 그렇다면 더 옳다고 판단하는 데 사용되는 유일한 기준은 '인권'이 된다.

〈어떤 사상이나 논리도 사람의 목숨과 인간답게 살 권리 위에 존재할 수 없다는 것.〉

그러므로 자신이나 집단의 이익을 위해 다른 사람의 인권을 침해하는 것은 옳지 않은 일이다. 다시 정의란 무엇인가?에 대해 답하기 위해서 우리는 더 근본적인 질문의 답을 생각해 보아야 한다. 인권이란 무엇인가? 인류 역사에서 기본적 인권이 보장되는 사회를 이룬 사례는 많지 않으나 이 과제가 어느 정도 이루어진 후에는 무엇이 공평한가에 대한 문제가 남는다. 대표적인 것이 능력주의는 공정한가이다. 능력을 사용함에 있어 공의로운 능력과 공의롭지 못한 능력을 구분하여야 할 일이다.

이미 포화 상태로 많은 어부가 어업을 하여 레드오션에 해당하는 어장이 있다고 하자. 여기에 새로운 능력자가 나타나 다른 어부의 10배의 수확을 올린다고 하면 공의로운 능력 발휘가 아니다. 그가 능력을 사용한 만큼 빈손으로 돌아오는 어부들이 늘어난다. 한편 어떤 어부가 능력이 뛰어나서 기존 어군 탐지기 성능의 10배에 해당하는 새로운 장치를 개발하고 보급하여 블루오션인 새 어장을 찾아 본인뿐 아니라 다른 어부들의 어획량을 증가시켰다면 공의로운 능력의 사용이라고 할 수 있다. 현대 사회의 모든 현상에서 이 둘을 구분하는 일은 위의 비유처럼 간단하지는 않지만 자본주의 시스템은 분명 이에 대한 보완이 필요하다.

과학과 종교

　과학과 신앙은 인류의 활동 분야 중에서도 가장 동떨어져 있는 두 개의 분야라고 할 수 있다. 두 분야에서 사용하는 방법이나 원칙이 매우 대조적이다. 신앙에서는 당연히 믿음을 중요시 하지만 과학에서는 근거 없이 믿는 일은 해서는 안 되는 행위다. 과학에서는 현재 최선의 답이라고 여겨지는 원리도 새로운 발견과 발전에 의해 더 나은 답으로 대체될 수 있지만 신앙에서는 절대적 존재인 신에 대한 진리는 영원불변하다. 그러므로 과학자이면서 기독교인이 되는 경우는 매우 드문 일이다.

　교회에 가면 목사님들로부터 이러한 갈등을 어떻게 받아들이고 있는지 질문을 받을 때가 있다. 주위에 종교인의 길을 가려던 중 과학적으로 설명되지 않는 성경의 내용 때문에 신앙을 포기하는 경우도 보았다. 이 글은 종교와 신앙에 대해 과학자로서 어떻게 생각하느냐는 질문에 대한 극히 개인적인 답이다. 내가 범신론적 세계관을 가지고 있다는 것은 전에 언급한 적이 있지만 어떻게 어설프게 하나님을 믿으며 크리스천이라고 할 수 있는가? 묻는다면 루터가 종교 개혁을 할 때 부패한 천주교의 회복을 위해 외쳤던 구호 "오직 예수, 오직 성경"에서 나는 예수님의 가르침을 따르는 사람이라는 의미로서 크리스천이라고 생각한다고 답한다. 성경도 신약은 예수님의 가르침을 다루고 있으니 기독교에서 나는 많이 떨어져 있지 않다.

　독실한 기독교 신자와 다른 점은 절대적인 하나님의 존재에 대한 부분인데 이 부분은 현재 과학의 한계와 그 너머에 대한 해석으로 인식하고 있다.

과학은 자연 현상을 상당히 잘 설명하고 있다. 그러나 여전히 현재의 과학으로 설명할 수 없는 부분이 많이 있다. 과학자는 그 한계의 최전선에서 영역을 넓히는 사람들이다. 우리가 1만 년 전에 태어났다고 생각하면 세상을 바라보는 관점이 얼마나 부족할까. 허나 과거에 설명할 수 없던 현상을 과학의 발전으로 이제는 설명할 수 있다는 현대인이나 동굴 속에서만 살다가 동굴 밖 세상에 눈을 뜬 원시인이나 모든 진리를 알고 있는 존재가 보기에 차이가 없을 것이다.

현대 과학이 아직 이해하지 못한 부분은 우주의 시초와 종말을 포함하여 지구의 최초 생명체가 어떻게 생겨났는가까지, 어쩌면 가장 심오하고 근본적인 문제들이다. 만약 이러한 진리를 다 아는 존재가 있다면 아직 이해할 능력이 부족한 인간에게 어떻게 설명할 것인가? "하늘은 왜 파란가요?"라고 묻는 초등학생에게 양자역학의 방정식을 보여 주며 이래서 하늘이 파랗단다라고 답할 수는 없는 것이다. 설명을 받는 대상의 눈높이에 맞는 이야기가 필요하다. 이렇게 나는 창세기의 내용을 받아들이고 있다.

나는 인류가 이룩한 문화적 활동 전체에 대해 관심이 많다. 종교 외에도 철학, 문학, 역사, 예술, 스포츠, 과학과 심지어 오류 투성인 정치 현상에도 관심을 가지고 있다. 화성학에 대한 지식이나 절대 음감이 없어도 공연장에 참석하여 음악을 감상할 수 있는 것처럼 종교 활동에 참여하고 있다. 과학과 신앙을 통합하는 방법에 있어 나처럼 과학적 토대를 모두 지키면서 성경을 해석하는 경우의 대척점에 반대로 성경의 내용을 문자 그대로 모두 지키면서 과학을 곡해하는 경우가 있는데 '창조과학회'라는 현상이다.

나는 이 현상을 오류라고 생각한다. 이러한 관점은 창조과학회의 주장을 반대하는 건실한 신앙인과 신학자에 의해서도 발견된다. 신학자와 생물학자가 함께 저술한 책 『하나님과 진화를 동시에 믿을 수 있는가?』(천사

뮤엘 번역)은 좋은 예이다. 신앙은 인류가 이룩한 중요한 문화 현상이며 잘못 남용되는 사례도 많아 경계하여야 하지만 감동적이고 바람직한 사례를 많이 만들어 내었다.

전쟁과 평화 그리고 통일

　사람들은 대체적으로 진보적인 성향을 가진 경우와 보수적인 성향을 가진 경우로 나누어 지는데 이들에게 서로 다른 한 가지는 인류의 역사가 발전하였는가?라는 질문의 대답이 Yes인 경우와 No인 경우이다. 인류의 역사가 발전했다고 생각하는 사람들은 앞으로 더 발전하기를 원하므로 과거에서 미래로 진보하기를 추구한다. 내가 평소 주장하는 북한 인권 문제 제기, 탈원전 반대, 러시아와 중국의 군사 행위나 위협에 대한 반대 같은 사항을 보면 보수적인 사상을 가진 사람이라고 오해받을 수 있으나 적어도 나 스스로는 내가 진보적인 사상을 가졌다고 생각한다.

　전쟁이 왜 나쁜가를 생각해 보자. 전쟁을 일으키는 일이 나쁜 이유는 전쟁이야말로 모든 형태의 인권 유린이 조직적이고 계획적으로 그것도 대량으로 발생하게 된다는 점에 있다. 최근 우크라이나를 침공한 푸틴이 자신의 생각을 서술한 장문의 글을 읽은 적이 있다. 장황하게 늘어놓았으나 요점은 우크라이나는 러시아와 뿌리가 같다는 것과 나토가 끊임없이 동진하여 과거 나치에게 당한 것처럼 되지 않기 위한 자구책이었다고 변명하고 있었다. 나는 그가 피해 망상에 빠져 있다는 생각을 한다. 그렇다. 전쟁은 여러 가지 원인으로 발생하지만 전쟁 발생 메커니즘에서 피해망상은 흔하게 등장한다.

　일본인 친구들과 이야기하다가 한일 관계에서 서로 적대감을 유발하는 오해에 있어서도 이 피해망상적 요인이 있다는 것을 발견하게 된다. 한국을 비롯한 아시아의 많은 나라들은 일본 제국주의에 의해 침략당했던 역사를 상세하게 가르치고 있다. 그러나 일본을 포함하여 거의 모든 나라에서 자국이 가해자가 되어 침략한 역사를 상세히 가르치는 사례가 극히 드물다. 나는 교포 한인 2세들을 위한 자원 봉사로 역사 교사를 한 경험도 있고 나름 역사에 대해 관심이 많은 편이라고 자처했으나 일본인을 만나기 전에는 과거 몽골제국이 일본을 침략할 때 한국인들이 동행했으며 그들이 일본의 양민들을 살해하고 약탈했다는 이야기를 들어 본 적이 없었다. 일본으로 향하던 몽골제국의 전함들이 때마침 발생한 태풍에 의해 침몰하여 일본 침략은 실패했다는 이야기는 알고 있었지만 본토에 상륙한 침략군이 있었다는 이야기는 몰랐던 것이다.

당시 일본인이 당한 피해의 규모가 이후 일본의 침략으로 발생한 임진왜란이나 일제강점기의 피해와 비교될 수 없다고 하여도 일본인들이 왜 몽골제국의 침략 사건을 중요시 하는가는 이해할 필요가 있다. 한국이야 수천 년 동안 약 900번의 침략을 당했지만 일본인들은 2차 대전 이전에 본국이 침략당한 것은 이 몽골제국의 침략이 가장 대표적인 사례이기 때문이다. 그렇게 한 번 당한 사례는 잘 기억하면서 자신들이 가해자가 되어 무수히 침략한 역사는 가르치지 않는다면 이 또한 피해망상이라고 해야 할 일이다. 왜냐하면 피해 의식이 너무 과장되어 침략 행위에 대한 양심의 가책이 희석되기 때문이다. 한국 또한 몽골제국의 일본 침략 부분이나 베트남전에서 가해자편으로 참전한 역사에 대하여 가르치지 않는 것은 잘못이지만 과거에 받은 역사적 피해 의식으로 인해 다른 나라를 침략하는 과오는 범하지 않았다.

전쟁을 반대하고 평화를 추구하지만 한편으로 그 평화를 지키기 위해선 강한 군대를 유지해야 한다고 생각한다. 2천 년 이상의 역사를 통해 민주주의와 인권을 세우고 UN을 창설한 지 70여 년이 흘렀으나 아직도 인류는 전쟁을 막지 못하고 있다. 나는 앞으로 UN이 제 기능을 해야 하고 모든 나라의 군인들은 UN에 의해 침략 전쟁으로 판명된 전쟁에 대해 침략군으로 파병되는 것에 대한 거부권을 행사할 수 있음을 법적으로 보장해야 한다고 생각한다. 나는 이라크 전쟁을 일으킨 부시와 체르니를 전범 재판에 회부해야 한다고 당시에 생각했고 지금도 그 생각에는 변함이 없다. 우크라이나에서 러시아군에 의한 양민 학살의 증거들이 나온다고 한다. 미국의 이라크 침공이 범죄 행위었다고 생각한다면 푸틴 또한 전범으로 재판해야 한다고 여겨야 일관성이 성립된다.

푸틴이 우크라이나가 러시아와 뿌리가 같다고 하는 논리와 유사한 경우를 대표적인 진보 사상가인 촘스키가 김일성이 일으킨 6·25 동란에 대해 '통일 전쟁으로 보는 시각도 있다.'라고 평한 대목에서 발견할 수 있다. 나는 이 두 경우 모두 절대로 면죄부를 줄 수 없다고 생각한다. 민족이라는 개념이 뭐 대단하다고 타인의 인간답게 살 권리를 송두리째 앗아 가는 전쟁을 일으킨단 말인가? 그러므로 나는 남한과 북한이 한 민족이기 때문에 군사적인 행위도 불사하며 통일해야 한다는 생각에 반대한다. 남한과 북한이 자유롭게 서로 오갈 수 있게만 되어도 우리가 그토록 염원하는 소원인 통일을 절반 이상 달성하게 될 것이다.

젊음의 비결

　지난여름 비타민 D가 중요하다는 내용을 발표하러 평창에서 열린 지구 과학 학회에 사비로 휴가를 내어 참가했다가 강원도 삼척의 바닷가에서 1박을 하였는데 그곳에서 펜션을 운영하는 옛 친구 부부를 만났다. 30여 년 지기를 10년 만에 만난 것이다. 나는 아직도 바닷물에서 다이빙을 즐기고 있는 데 비해 옛날에 나에게 스노클링을 가르쳐 주었던 그 친구는 더 이상 다이빙을 하지 않는다고 하며 내가 같은 나이 또래에 비해 젊음을 유지하는 비결이 뭐냐고 집요하게 물어 왔다.

　비슷한 질문을 지난 주 조기 축구회에서도 들었다. 3년 전만 해도 해마다 나의 경기력이 계속 저하되는 것을 느꼈는데 올해는 해트트릭을 두 번이나 했다. 해트트릭하고 밥을 사면 모두 기분이 좋다. 그날 라이트윙으로 전력 질주 후 센터링을 올리는 나의 경기를 본 조기축구회에서 유일하게 나보다 연배가 높은 회원이 요즘 경기력이 향상된 비결이 뭐냐고 묻는다.

　나의 답은 일단 하버드대학 노화연구소 소장이 쓴 책 『노화의 종말』을 읽어 보라고 권하는 것이다. 노화에 대한 첨단 지식과 함께 현재 노화를 방지하는 최선책에 대한 내용이 있다. 물론 '운동과 소식'이라는 두 가지 방법은 2천 년 전부터 인류가 알고 있는 상식이지만 여기에는 이를 뛰어넘는 새로운 제3의 방법에 대한 정보가 있다. FDA에서 승인되어 안전하면서도 노화 방지 효과가 있다는 연구 결과가 나타난 건강 보조 식품(이하 건식) 알약들이 있다. 인터넷에 보면 건강에 좋다는 건식은 너무나 종류가 많아서 그중에 무엇을 골라야 할지 도대체 알 수 없지만 한 가지 방법은 전문가를 따라하는 것이다.

그 책 『노화의 종말』에서 가장 가치 있는 정보는 그 책의 저자 자신이 매일 복용하는 알약에 관한 정보다. 그 저자는 매일 5개의 알약을 복용한다. 나도 그와 유사하게 매일 6개의 알약을 먹고 있다. 비타민 C, 비타민 D, 비타민 K2, 마그네슘, NMN, 레스베라트롤이다. 이 비결은 무엇을 먹느냐에 해당하는 방법인데 아마도 더 중요한 것은 무엇을 먹지 말아야 하는가에 관한 것일지 모른다. 나는 담배는 원래 안 했고 최근 술과 커피와 글루텐(밀가루 음식)을 끊었다. 50살이 넘어 가면서 몸에 이상이 생길 때마다 하나씩 끊은 것들이다. 통풍을 경험하고 술을 끊었고 편두통을 경험하고 커피를 끊었으며 관절염을 극복하고자 글루텐을 끊었다. 100% 완전히 끊은 것은 아니고 가능한 한 적게 먹고 있다.

〈물론 이러한 비결들이 모든 사람에게 적용되지는 않을 것이다. 커피는 편두통이 있는 12%의 사람들에게만 문제이고 노화와는 무관할 수 있다.〉

여전사의 최후

나는 운구 행렬에서 영정사진을 들고 있는 고인의 어린 조카 손자 뒤에서 있었다. 문이 열리고 운구가 성당 내부로 들어서자 장례 미사에 참석한 조문객들이 뒤돌아 선 채로 운구 행렬을 바라보고 있고 중앙 통로에는 좌우로 정렬된 깃발들이 우리를 맞이하고 있었다. 이 깃발들은 나중에 알게 되었지만 마리아의 군단을 뜻하는 천주교 신도 단체 레지오 마리애를 상징하는 깃발이었다. 고인은 살아 계셨을 때 이 마리아의 군단에서 단장을 맡아 활발한 활동을 하셨다.

운구가 예배당의 한 가운데서 십자가가 있는 제단을 향해 앞으로 나아가자 나도 모르게 관 속에 계시는 고인의 입장이 되는 느낌이 몰려왔다. 병마와의 마지막 전투에서 혼신을 다해 싸웠으나 끝내 처참히 패배하고 이제 알 수 없는 사후 세계로 진입하는 순간인데 여기서 모든 무거운 짐이 차분히 가라앉는 위안을 만나게 되는 것이다. 자신이 이끌던 단원들이 모두 나와 깃발을 들고 서서 마치 '당신의 투쟁은 참으로 훌륭했습니다.'라고 이야기하듯이 마지막 길을 함께하고 있었다. 운구가 제단 앞에 멈추고 장례 미사가 진행되었다.

미사가 진행되는 내내 성가가 울려 퍼졌는데 마이크를 통해 인도하는 여신도의 목소리는 마치 에밀루 해리스의 노래를 듣는 듯 애잔하면서도 아름다웠다. 고개를 들면 고인의 시신을 내려다보는 인제동 성당의 내부 모습이 보인다. 수난을 당하시는 예수님의 십자가를 주위로 돔 모양의 석굴형 구조인데 어둠을 밝히는 별 형상이 포함되어 있어 독특하면서도 성스러운 분위기를 연출하고 있었다. 레지오 마리애의 모토는 세계 평화를 위해 투쟁하며 전 인류의 완전한 구원을 목표로 한다는 내용의 낭독이 이어졌다.

〈현대를 살아가는 우리의 삶은 너무나 이기적이고 물질적이지 않은가?〉

레지오 단원들이 한 분씩 나와서 고인의 관 위에 꽃송이를 올려놓았다. 그들의 뺨 위로는 비통함의 눈물이 흐르고 있었다.

이렇게 장모님의 장례식을 모두 마치게 되었다.
그것은 여전사의 장렬한 최후였다.

알파 앤솔로지

저자 해설

젊은 시절 나에게 많은 영향을 주었던 파스칼의『팡세』는 비밀 일기장과 같은 기록이었다. 천재 사상가의 위대한 정신세계를 그의 글을 통해 경험하게 하였으나 구체적으로는 도대체 무슨 배경으로 그런 글이 쓰이게 되었는지 알 수 없는 부분이 허다했다. 만약『팡세』에 파스칼이 직접 해설을 달아 놓은 부분이 있었다면 독자들에게 얼마나 좋았을까 하는 생각으로 해설을 붙이기로 했다. 게다가 이 해설이 빠지면 책의 두께가 약간 빈약한 수준이 된다. 그러므로 앞으로 해설이라며 주절주절 늘어놓을 군소리가 길어질 것임을 경고하는 바이다.

BBC가 21세기 최고의 영화로 선정한 〈멀홀란드 드라이브〉(2001)를 감상하는 옳은 방법은 일단 영화에 대한 아무런 정보 없이 그대로 한 번 보는 것이다. 그런데 대부분 첫 번째 감상 후에는 '내가 대체 뭘 본 거지?' 하는 생각을 하게 된다. 그 후에 데이비드 린치 감독이 직접 제시한 10가지 힌트를 읽어 본 후 다시 봐야 한다. (아직 이 영화를 안 본 독자를 위해 영화에 대한 힌트는 해설의 끝부분에 있다.) 물론 2번으로도 충분하지 않으므로 다시 볼 때마다 신기한 재미를 맛볼 수 있다. 이『알파 앤솔로지』가 린치감독의 영화처럼 난해하지는 않으므로 그냥 자세한 뒷이야기를 알고 싶어하는 독자들을 위한 서비스 차원으로 보아도 되고 안 보아도 되는 주석이라고 생각하면 될 것이다.

1. 〈4〉: 〈4〉는 4페이지라는 뜻임. '세계를 제패하기 위해 글을 쓴다.'고 한 사람은 소설가 이청준이다. 남편에게 그 이유가 죽음에 대한 공포라고 알려 주는 대사는 영화 〈문스트럭〉(1987)에 나온다.

2. 〈5〉: 인간이 우주보다 더 고귀한 이유는 파스칼이 『팡세』에서 인간이 갈대처럼 연약하지만 모든 것을 자각할 수 있는 생각하는 존재이기 때문이라고 한 말에서 인용한 것임.

3. 〈9〉: '교양 있는 허무주의자'는 당시 나의 노트 표지에 적어 놓곤 했던 영문 'Sophisticated Nihilist'를 번역한 것이다. Sophisticated라는 단어는 부드럽게 '교양 있는'이라고 해석해도 되지만 나는 '세파에 시달려 비틀어진'이라는 의미로 보아 주면 더 좋아했을 것이다. Nihilist는 니힐리즘에서 왔으며 당연히 니체로부터 받은 영향이었다. 당시 나는 틈나는 대로 니체의 저서들을 찾아 읽었는데 그 과정은 혹독한 철학적 사고의 단련이었다. 나 스스로를 초인이나 자유 정신과 같은 완성체로 표현할 자신은 결코 없었지만 모든 가치에 대하여 심연의 밑바닥을 헤매는 비판을 가할 수 있는 상태였다. 여담으로, 당시 내가 어찌나 만나는 사람마다 니체 이야기를 하였는지 당시 절친 중 한 명은 니체에 대해 알아본 후 그의 사상이 인간을 뛰어넘는 더 나은 존재로 거듭나는 의지를 강조하는 것은 좋은데 구체적으로 어느 방향으로 가야 하는지 모르겠다고 내게 물어왔다. 당시 나도 이 질문에 대한 답을 알 턱이 없었으나 니체가 살았을 때 사람들은 그가 고전 문헌학자라고 알고 있었고 그가 죽은 후에 사람들은 그를 철학자라 칭했지만 그가 살았을 때 본인은 자신을 심리학자라고 생각했다는 이야기를 해 주었다. 그 친구는 지금 한국의 심리학을 대표하는 훌륭한 학자가 되었다.

4. 〈28〉: 시에 대해 주석을 다는 것은 몰지각한 행위다. 이런 관점을 처음 발견한 것은 영화 〈죽은 시인의 사회〉(1989)에서 수업 중에 선생님이 학생들에게 교과서에 있는 시의 해설 페이지를 찢으라고 지시하는 장면이었는데 동의하는 바이다. 그렇지만 단재가 신채호 선생의 아호였다는 사실은 밝혀야 한다. 사족을 붙이자면 한길사에서 출판한 『한국근대사상가선집 2 신채호』(1979)를 읽은 후에 쓰인 시이다.

5. 〈35〉: 도입부의 인용구는 장 그르니에의 책 『섬』에서 발췌한 것이다. 카뮈가 이 책의 서문을 쓸 때 그는 진심이었으며 정말로 아직 이 책을 한 번도 안 읽은 독자들을 부러워한 것이었다. 나도 동감한다. 서점에서 이런 책을 발견하면 단숨에 아무도 없는 골방으로 달려가서 마지막 한 글자까지 달콤하게 읽는 경험을 할 수 있는 새로운 독자들이 얼마나 부러운가?

6. 〈36〉: 니체나 프로이트와 같은 인문학 분야의 학자들보다 독자들에게 더 생소한 인물은 파인만 박사일 것이다. 이 이름은 이 문집을 통해 여러 차례 등장하고 있으므로 그에 대해 해설을 할 필요가 있다. 대중적으로도 가장 유명한 물리학자는 아인슈타인이 맞지만 물리학자들 사이에서 가장 많이 이야기되는 물리학자 중 한 명을 뽑으면 리처드 파인만이라고 할 수 있다. 그는 일단 물리학에서 상당히 뛰어난 학자였다. 파인만식 문제 풀이법이라는 농담도 생겨났다. 이 방법은 3단계로 되어 있는데 1. 문제를 적는다, 2. 문제에 대해 열심히 고민한다, 3. 답을 적는다이다. 그러나 이 방법은 파인만에게는 가능했지만 다른 학자들에게는 통하지 않았으므로 그의 동료들은 다음과 같은 변형된 방법을 이용해야 했다. 1. 문제를 적는다, 2. 파인만에게 물어본다, 3. 그의 해답을 받아 적는다.

파인만 박사는 프로급 봉고 드럼 연주자였고 그의 음악으로 구성된 발레가 프랑스에서 공연되기도 했다. 파티에서 음악을 연주하다 만난 미대 교수와 친해져서 미술 교습을 받았는데 그 후 여러 차례의 개인 전시회를 열 정도로 화가로서의 경력도 있었다. 그는 양자 전자기학 분야의 업적으로 노벨상을 받았고 그 외에도 여러 물리학 분야의 문제들을 풀어냈었다. 맨해튼 프로젝트에 참여했으며 우주 왕복선 챌린저호 사고의 원인을 밝히는 데 결정적 역할을 했다. 그의 물리학 강의를 기록한 교과서는 필자를 포함하여 물리학도들 사이에서 인기가 높았다. 그가 삶을 통해 경험했던 흥미로운 일화들은 두 편의 수필집을 통해 물리학자들 사이에서 회자되곤 했다.

7. 〈43〉: 1993년 8월 네덜란드 헤이그에서 열린 국제 학회 참가를 포함하여 군 복무를 마치고 복학하기 전 18일 동안 유럽을 여행한 기록이다.

8. 〈65〉: 이 영화 감상문은 당시 창간된 지 얼마 안 되었던 영화 잡지 씨네21에 투고되어 많은 사람에게 반향을 일으켰던 것 같다. 세상의 거의 모든 영화에 대한 데이터를 다루는 IMDb(Internet Movie Data Base)에 가 보면 역대 최고의 감동을 준 영화로서 쇼생크 탈출은 항상 최상위권을 지키고 있다. 2위가 코폴라 감독의 대부 시리즈다. 이렇게 많은 사람에게 감동을 전해 준 명작의 문제점만 지적하며 '나쁜 영화'로 몰아붙였으니 이 감상문에 대해 이견을 가진 사람들이 많이 존재하는 것은 당연한 일이다. 우연의 일치였는지는 몰라도 1997년도 정선우 감독의 영화는 제목이 〈나쁜 영화〉였다.

9. 〈68〉: 뛰어난 음악가 반젤리스는 대중적인 앨범으로 돈을 번 후에는 진짜 자기가 하고 싶었던 예술성 있는 음악 앨범을 내놓아 망하는 일을 반복하였었는데 영화의 역사에서 이와 같은 대표적인 사례는 〈디

어헌터〉(1978)로 아카데미 감독상과 작품상을 거머쥐었던 마이클 치미노가 제작한 이 영화였다. 당시 영화 제작사는 감독이 요구하는 대로 전폭적인 지지를 했던 모양이다. 고집스러운 감독의 완벽주의가 영화 제작 과정을 어떻게 광적으로 몰아갔는지에 대한 여러 가지 에피소드를 남겼으며 할리우드 역사상 대표적인 흥행 폭망 영화가 되었다. 제작비는 530억 원이 들어갔는데 상영 수입은 40억 원이었다. 할리우드는 이 영화 이후로 감독의 영화 제작 비용에 대한 권한을 대폭 축소했다고 한다. 그러나 영화의 첫 장면부터 이 광적인 노력에 의한 결실을 볼 수 있다. 최근에는 컴퓨터 그래픽이 많이 커버하기도 하지만 당시에는 그렇게 영화의 배경에서 자세한 부분까지 살아 있는 영화는 본 적이 없었다.

이 영화의 줄거리는 실제 일어났던 존슨 카운티 전쟁을 바탕으로 하였으나 디테일한 내용은 실제 일어났던 일보다 더 감동적이다. 아니 문학적인 용어로 표현하여 더 전형적이다. 미술의 역사에서 나에게 가장 큰 감동을 주는 그림은 모네와 고흐에 의해 꽃을 피운 인상파 화가들의 그림이듯이 문학의 이론에서 나는 리얼리즘을 가장 중요시한다. 리얼리즘 문학 이론을 한마디로 축약하면 "가장 전형적인 상황에서 발생하는 가장 전형적인 스토리를 찾아야 한다."이다. 작은 마을에서 400여 명이 전투를 벌여서 70여 명의 사망자가 발생했던 이 사건은 짧은 미국의 역사에서 계급 간의 충돌이 나타난 가장 전형적인 사례였으며 치미노 감독은 최대한의 자원을 활용하여 가장 전형적인 스토리를 영상으로 만들어 내었다.

사실 나는 실제 일어났던 일의 내용을 바꾸어서 스토리로 만드는 현상을 보통 매우 싫어하는 편이다. 왜냐하면 대부분의 경우 리얼리즘의 측면에서 보았을 때 반대 방향으로 가기 때문이다. 안타깝게도 이 영화에 대한 평가는 아직도 미국 내의 정치적 구도인 가난한 계층을 지지하는 민주당과 부유한 계층을 지지하는 공화당으로 나누어져 논란의 대상으로 여겨지고 있으며 정치를 떠나 영화 자체에 대한 평가에서도 상당히 저평가되고 있다. BBC가 선정한 미국이 만든 볼 만한 영화 100편 중에서 98위를 했을 뿐이다.

10. 〈85〉: 2000년대 초에 J-일보에서 디지털 국회라는 것을 만들있다. 어기저기 흩어져서 활동하던 인터넷 논객들이 모여 토론할 수 있는 장이 마련된 것이다. 여기에도 진보와 보수로 나누어져 논쟁하였고 나는 진보의 편에 있었으나 때때로 보수보다도 진보 측의 오류를 더 호되게 비판하는 경우가 많았다. 생각해 보면 그 당시에 있었던 진보와 보수의 대립은 그 15년 후와 비교해 볼 때 양호한 편이었다. 최근의 대립은 중재가 불가능한 수준에 도달했다.

나는 과학 분야의 디지털 국회의원이라는 타이틀로 등장했지만 한의학의 과학화에 관한 글을 몇 번 쓴 것을 제외하면 주로 정치에 관한 토론을 했다. 인권을 바탕으로 한 민주주의의 실현이 중요한 목표였음으로 남한에서 과거에 벌어졌던 군부 독재에 의한 인권 유린과 당시 현재 진행형이던 북한 인권 문제를 많이 거론하였다. 당시 북한의 정치범 수용소에서 벌어진 혹독한 인권 유린에 대한 증언이 소수의 탈북자를 통해 이루어지고 있었으나 대중의 반응은 도저히 믿을 수 없다는 태도였다.

북한 인권 상황에 대한 진실에 가까워지면서 과거 학생 운동 출신이면서 북한 인권 개선을 위한 활동을 하는 인물들이 상당수 존재함을 깨달았다. 수천 명의 탈북자들을 직접 만나 인터뷰를 한 북한 민주화 운동가의 증언과 강철환 씨의 책 『평양의 수족관』의 내용과 같은 북한 인권 유린의 진실을 대중에게 알리는 글을 주로 썼다. 그 후 15년의 시간이 흐른 지금 북한의 상황은 어떤가? 적어도 김정은은 김정일과 다른 측면이 있어서 북한에 시장 경제가 도입되었고 그로 인해 1990년대 김일성 사망 후 발생했던 인구의 10%가 아사하는 최악의 상황을 벗어났다. 그러나 북한이 정상적인 민주 국가로 거듭나기 위하여 갈 길은 멀다. 북한은 아직도 인구의 1%를 교화소에 가두는 공포 정치로 주민들을 통제하고 있다. 2000년대 이후 북한에서 일어난 중요한 현상은 중국과 제3국을 경우하여 한국으로 입국한 새터민(탈북 북한 주민)의 수가 3만 3천 명을 넘었다는 것과 최근 이분들이 공중파 TV와 유튜버로 활동하며 소설이나 영화에나 나올 것 같은 각자의 체험을 소개하고 있다. 나는 이러한 탈북민의 진솔한 체험 이야기가 남한 사람들뿐 아니라 위성 인터넷과 같은 다양한 방법으로 북한 주민들에게도 폭넓게 알려지기를 바란다.

11. 〈88〉: 1986년 봄의 어느 날 부평에 위치한 경찰서 지하 취조실에서 취조하던 한 형사는 현재 경찰이 사용하는 고문 기술은 일제 시대 독립운동가에게 했던 방법을 그대로 전수받은 것이라고 이야기했다. 그의 어투는 자랑 삼아 하는 것처럼 보일 수 있었지만 자세히 보니 그 스스로 이러한 역사의 아이러니에 대해 고민한 흔적이 보였다. 그 형사의 외침은 누군가 이러한 모순을 좀 고쳐 달라는 절규였다. 나는 그의 취조 대상자로서 이를 현장에서 목격하였고 당시 옆자리에서 의연한 자세로 취조를 받았던 언어학과 학생의 얼굴을 10달 뒤 장례식의 영정 사진에서 발견하게 되었다. 해방이 되고 32년이 지났으나 일제의 잔재에 의한 잔인한 물고문으로 죽음을 당한 것이다. 박종철

열사의 희생은 1987년 6월 항쟁을 끌어낸 중요한 사건이었다.

12. 〈97〉: 2004년 당시 피크오일을 연구하는 그룹에서 내놓은 예측은 2006~2007년이었고 실제 석유 가격의 급속한 상승과 하락은 2007년 말에 발생했다. 프린스턴 대학의 석유 학자 디페이스 교수가 계산한 2005년과도 맞아떨어진다. 그렇게 피크오일의 존재를 인식했던 일부 학자들이 15개월 후에 세계 경제의 목이 단두대로 결딴날 것이라고 예언했으나 아무도 그 말에 귀를 기울이지 않았다. 실제로 2008년부터 세계 경제 위기가 발생했다. 2004년에서 18년이 흐른 지금 돌아보면 당시의 예상이 상당히 맞아떨어지고 있다는 것을 알 수 있다.

영국이 유럽 연합을 탈퇴하고 트럼프 같은 인물이 대통령이 되는 정치의 우경화도 여러 나라에서 일어났다. 단지 세계적으로 가장 가난한 사람들의 삶의 지표는 다소 좋아지는 현상이 발생했지만 중산층의 삶은 무너져 가고 있으며 영화 〈기생충〉(2021)에서 묘사되는 양극화가 벌어지고 있다.

화석 연료의 고갈 현상도 여전히 유효하다. 2007년 경부터 석유 생산량은 과거처럼 계속 증가하지 못하게 되었고 지속적으로 고유가의 행진이 이어지고 있다. 그 이후에 중국과 인도 등에서 산업화가 계속 진행되며 발생한 에너지 수요의 증가를 해결한 것은 천연가스였다. 천연가스는 석유와 달리 아직 피크가 오지 않아 생산량 증가가 가능했으며 러시아가 가장 큰 특혜를 누리고 전쟁까지 일으킨 것이다. 그러나 석유와 천연가스의 고갈 시점은 약 20년의 간격이 있을 뿐이다. 불과 5~10년 후부터 석유에서 나타났던 현상인 수요가 증가해도 거기에 맞추어 생산량을 더 증가시킬 수 없는 시점이 올 수 있다는 것이다. 이 시점이 온다면 2008년 보다 더 심각한 경제 위기가 올 것이다.

2004년에는 일부 과학자들만 지구 온난화의 심각성을 예측하고 경고하였었지만 지구 곳곳에서 온난화와 기후 변화에 의한 피해가 속출하고 있는 지금은 대부분의 과학자가 온실가스에 의한 지구 온난화가 사실이라는 것을 파악하고 있으며 이에 따라 선택이 아니라 생존의 문제임을 깨달은 많은 나라의 정부가 탄소 중립을 추구하고 있다. 이 글을 쓸 때는 20년 후 태양의 활동이 약해질 것을 몰랐으나 태양의 활동은 저점에 있는데도 지구의 온도가 계속 상승하는 것은 온실가스에 의한 현상이며 이 현상을 막지 못한다면 지구는 인간을 포함하여 많은 생물들이 살기 어려운 상태로 전락할 것이다.

13. 〈121〉: 포코노산에는 뉴저지 사람들이 즐겨 가는 스키장이 많이 있다. 그날의 대화는 이랬다. "스키장이 가까이 있는데 가 볼까?" 그러자 아내는 한국에서 탔던 스키장의 기억을 떠올리는 듯 생각을 하다가 "거기 어묵탕 팔아?" 하고 물었다. 미국 스키장에서 파는 것이라고는 치킨과 햄버거 종류뿐이라는 것을 떠올리고 "아니."라고 대답했고 그럼 가지 말자고 한 것이다.

14. 〈124〉: 니체가 서점에서 발견하고는 "이것은 책 중의 책이다."라고 평했던 쇼펜하우어의 『의지와 표상으로서의 세계』를 보면 예술이 인간의 영혼에 영향을 주는데 그중에서도 음악은 직접적으로 영향을 준다는 이야기가 나온다.

15. 〈128〉: 경매 통지서를 처음 받았던 IMF 때의 일화는 기록해 둘 가치가 있는 특이하고도 흥미로운 경험이었다.

오피스텔 경매 사건

　반지하와 옥탑방을 전전하던 나의 대학원 시절의 자취방은 박사 학위를 받을 때쯤 되자 유용할 수 있는 전세금이 꽤 불어나서 학교 앞에 있는 고층 건물의 오피스텔을 계약할 수 있었다. 부근의 고시촌에 있는 전세방과 비교하여 당시 기준으로 상당히 세련된 구조였다. 10층 건물에 총 75개의 오피스텔 룸들이 있었고 지하에는 회의실이나 운동실과 같은 공용 시설도 있었다. 당연히 전세금이 높았으므로 이곳에 사는 사람들은 고시 준비를 하는 학생 중에서 금수저로 태어났거나 고액 과외 알바 등 생활력이 뛰어난 경우 아니면 사회생활을 갓 시작한 아직 젊은 졸업생들이었다

　보통 아파트가 그러하듯이 평소에 이곳에 거주하는 다른 입주자들과의 소통은 전혀 없었는데 어느 날 현관의 게시판에 충격적인 게시글이 붙었다. 한 명의 똑똑한 세입자가 뭔가 수상하다는 낌새를 느끼고 관리인을 추궁하여 알아낸 것은 건물주의 부도로 건물이 이미 경매에 들어갔는데 건물주가 경매 통지서를 50일 가량 숨겨 놓아 세입자들로 하여금 전혀 모르게 하였다. 경매로 낙찰될 경우 대항력을 가진 일부 세입자를 제외하고 대부분의 세입자는 전세 보증금의 일부 혹은 전부를 돌려받지 못하게 된다. 만일 아주 낮은 금액으로 낙찰될 경우 피해액은 더욱 커진다. 그날부터 오피스텔의 분위기는 180도 바뀌었다. 만나는 세입자마다 서로 인사를 하며 정보를 교환하기 시작했다. 밤마다 지하 휴게실에 세입자들이 모여 대화를 나누게 되었는데 나를 포함, 그 자리에 모인 사람들이 하는 이야기는 사회생활을 한 후 모았던 자신의 전 재산이 날아갈 판이라 밤에 도저히 잠이 오지 않는다

는 것이었다. 75명의 세입자는 그렇게 각각 청천벽력을 맞았고 자기와 같은 처지를 당하고 있는 사람들을 만나니 금세 친해지며 뭉치게 되었다.

낮에는 각자 이 사태를 어떻게 극복할지 나름대로 알아보고 다녔는데 나는 당시 대형 로펌에서 변호사로 활동하던 고교 동창을 찾아갔었다. 그로부터 받은 첫 번째 대답은 "그거 대부분 못 돌려받아."였다. 그렇게 날이 저물고 밤이 되면 지하 휴게실에 모여 대책을 의논하는데 이렇게 아무 잘못도 없는 대부분이 학생인 75명의 세입자가 총액 20억이 훌쩍 넘는 전세 보증금을 한 번에 날려 버린다는 상황은 사회 정의 차원에서도 절대 용납될수 없다고 토로하였다. 일부는 지역구 국회의원을 찾아가 구제해 달라고해야 한다 하고 일부는 신문이나 방송에 알려 사회 이슈화해서 해결하자는 의견도 나왔다.

나는 당시 박사 학위를 받기 위한 최종 발표를 비롯하여 첫 직장을 준비하는 일 등 온갖 문제들로 인해 상당히 바빴는데도 불구하고 끄나풀이라도 잡자는 심정으로 강남에 있던 법률 구제 공단이라는 곳에 갔다. 거기서들은 이야기는 동창 변호사 친구와 유사했는데 경매에 의해 보증금을 떼이는 현상은 상가나 사무실이 더 심해서 심지어 변호사 사무실도 보증금을 떼이는 경우를 보았다고 했다. 그곳에서 도움을 받을 가능성이 없다는것을 깨닫고 나는 방송국의 PD에게 연락하였다. 이 문제를 꾸준히 사회 이슈로 고발해 오던 그 PD는 상당한 관심을 표명하며 입주자들을 인터뷰하겠다고 했었다.

밤마다 모여 이야기하다 보니 세입자들에 대한 흥미로운 사실을 알게 되었다. 고시촌의 한가운데 있는 오피스텔이라 여기에도 고시 준비생이 많았으며 그중엔 당시 사법고시를 이미 합격하고 사법연수원에서 연수받는입주자들이 여러 명 있다는 사실과 심지어 입주자 중에 변호사가 있다는 소문도 있었다. 여러 차례의 입주자 회의를 열게 되는데 가장 많은 사람이 모였던 것은 건물주가 나타나 해명을 하는 날이었다. IMF 당시 부도가 나서 청문회의 대상이 되었던 대기업의 총수가 연상되는 장면이었다. 건물주는 나름 노력했으나 건축업자로서 부도가 나고 은행의 채무를 이행할 능력이 없다고 했다. 그의 한 가닥 희망은 그의 측근에 의해 경매의 낙찰을 받는 방법이었다. 그러나 그렇게 될 가능성도 낮은 데다가 그렇게 된다고 하더라도 세입자의 전세금을 돌려준다는 보장도 없었다.

그렇게 건물주의 해명이 끝나자 입주자들은 절망과 허탈감에 빠져 있었는데 입주자의 아버지라는 중년의 신사 한 분이 나타났다. 그리고는 아주 자세하게 해결책을 알려 주었다. 그것은 어둠 속에 비추기 시작한 한 줄기 빛이었다. 나중에 알게 되었지만 그분은 시중 한 은행의 지점장이었다. 그분이 알려 준 해결책은 아래 서한에서 제3안이라고 소개하는 방법으로서 넘어야 할 산이 많았으나 가장 바람직한 해결책이었다. 아래 인용한 글은 당시 입주자들에게 상황을 설명하고 해결책을 소개하는 편지다.

입주자 및 부모님 여러분께

지금 이 지면을 통해 알려드리는 내용은 입주자와 부모님께 알려드리는 내용이니 꼭 빠른 시일 내로 전해 주시기 바라며 외부로의 유출을 막아 주시기 바랍니다.

1. 경과 요약

본 빌딩의 등기부 등본 내용에 의하면 건물주 A씨는 토지와 건물을 사들인 후 5년 전 10월에 토지에 대하여 B 은행에 최고액 10억의 근저당권이 설정되었습니다(1). 그 이후 당시 여관 건물을 허물고 현재의 10층 건물을 신축하여 이전 건물에 대한 (1)의 공동담보가 소멸되고 현재의 새 건물에 대한 B 은행의 최고액 10억의 근저당권이 설정된 시기가 2년 전 4월입니다. 현재의 입주자 중 일부는 이 시기 이전에 전입한 경우도 있지만 대부분 이 시기 이후 입주하셨습니다. 그 이후 같은 해 5월 보증보험에서 최고액 5억의 근저당권을 설정하였고 그 이후 가압류와 압류가 있다가 급기야는 지난해 10월 B 은행에 의해 토지와 건물이 경매에 들어가게 되었습니다 건물주 A씨와 관리소장 C씨는·이러한 사실을 전혀 알려 주지 않았을 뿐 아니라 법원에서 입주자에게 보낸 경매 통지서와 입찰, 낙찰 기일 통지서를 50일 가량 숨겨 둠으로써 모든 입주자가 배당 신청도 하지 않은 상태에서 1차 경매가 진행되었으며 약 20명의 입주자들은 최소한의 보상인 소액우선변제권도 상실하여 전체적으로 거의 모든 입주자들이 상당한 피해를 입을 수밖에 없는 상황에 처하게 되었습니다. 금년 2월 23일 이 사실이 처음 알려지게 되고 입주자들이 모여 임시 회의를 하게 되었고 2월 26일에는 건물주 A씨와 관리소장 C씨와 입주자들 간의 면담이 있었으나 건물주의 자력으로 이 문제를 해결할 능력이 없다며 몇 가지 대안에 대해 협조하겠다는 각서만 써 주었을 뿐이었습니다.

현재 입주자들의 임시 동의를 얻어 활동 중인 입주자 대표들은 다음과 같습니다.

저자 해설

7명의 입주자 대표 명단, 2명의 총무 명단

건물주는 건축업자로서 사업이 2년 전 부도가 나면서 그의 이름으로 된 재산들이 경매가 들어가 있거나 이미 많은 채권자들에게 압류되었다고 합니다. 가능한 모든 방법으로 그의 숨겨 놓은 재산을 찾고 있으나 현재 큰 진전이 없으며 부도 이후 입주하도록 한 점과 통지서를 숨겨 놓도록 하는 행위 등에 대해 형사고소를 하고 있습니다. 건물주가 자력으로 채무를 이행하도록 하는 방법 이외에 대안들을 정리하면 다음과 같습니다.

(제 1안)
입주자들이 자금을 마련하여 경매 입찰, 낙찰받음으로써 경락금으로 B은행의 빚을 갚고 소유권을 이전받는다.

(제 2안)
C 씨에 의해 경락되고 임차인의 지위를 보장받는 방법.

(제 3안)
입주자들이 자금을 마련하여 B은행과 협상 타결하여 경매를 취하하고 A씨는 소유권을 입주자에게 이전하고 B은행의 근저당권은 소멸됨으로써 입주자들에게 소유권이 돌아오는 방법.

(3안의 장점) 외부 요인에 의한 영향보다는 입주자들의 노력(단결과 자금 마련)에 따라 해결될 가능성이 높아지며, 입주자 한 세대당 약 1,000만 원+알파의 자금을 더 투입하여 상황에 따라서는

전세금 모두를 보장받고 입주자가 소유권을 얻게 되거나 이를 매매하여 전세금과 투입자금 이상의 금액을 회수할 수 있다.

여기서 알파의 금액은 5백만 원 이하로 예상되며

1. 총 75세대 입주자 중 얼마나 많은 수의 입주자들이 동참하느냐에 따라 줄어들 수 있다.

2. B은행과의 협상에서 협의금을 얼마로 낮추냐에 따라 줄어들 수 있다.

(단점) 협상이 타결된 후에도 동시에 혹은 순차적으로 해결해야 할 절차들이 있으며 각 절차마다 문제점을 미리 파악하여 해결해 나가야 된다.

처리해야 할 절차들: * 협상 타결, * 소유권 이전, * B은행 근저당권 소멸, * 소유권 이전 가등기 처리, * 2순위 근저당권 처리, * 기타 압류된 금액 처리, * 분할 등기

상기 내용 중 제1안과 2안에서 최악의 상황은 제3의 경락자가 나타나는 경우로서 이 경우 새로운 소유주는 자신의 전세금을 돌려받기 전에는 쉽게(혹은 절대로) 물러나지 않으려 하는 복잡한 이해 관계를 가진 75세대를 개별적으로 상대하여야 하며 오랜 시간 동안 양측 모두 정신적으로나 금전적으로나 상당한 피해를 볼 수밖에 없다.

3. 결론

이상과 같이 현재로서는 제 3안을 최선책이라 판단하여 입주자들의 의견을 수렴하고 있습니다. 이에 많은 입주자들께서 찬성 의사를 밝히셨습니다. 그러나 일부 근저당권 설정 이전 입주하여 대항력을 갖춘 분들은 상황이 다를 수 있으며 다른 견해가 있을 수 있으니 저희 대표들에게 의견을 알려 주시기 바랍니다.

또한 필요한 금액에 대한 정확한 계산은 진행 중이며 별도로 알려 드릴 예정입니다.

입주자 대표 7명은 사법연수원을 갓 졸업한 초보 법조인 3명, 어느 정도 경험이 있는 회계사 한 명, 유명 일간지의 기자 한 명, 최초 문제를 발견하고 게시글을 올렸던 대학원생과 필자였다. 학부생이었던 총무 2명을 포함 이들은 모두 20대 초반부터 30대 초반의 젊은이들이었으나 고시에 실패하고 언론사에 갓 입사한 신문기자까지 포함된 일종의 드림팀이었다. 신문기자를 영입한 이유는 그가 이 이야기로 기사를 써 줄 것을 기대한 것이었지만 끝내 그 신문사에서는 기사화되지 않았다.

그 후 진행된 우여곡절들을 여기에 모두 기술할 수는 없지만 우선 첫 번째로 우리가 두려워한 것은 계속되는 경매에서 누군가에게 낙찰되는 불상사를 어떻게 막을 것인가였다. 그 건물을 함부로 낙찰받아서는 안 된다는 경고를 입찰자들에게 알려야 했다. 그래서 건물에 현수막을 붙이기로 했는데 어린 여학생이었던 총무의 제안은 "관을 짜기 전에는 못 나간다!"였다. 다들 '그거 괜찮네.'라는 반응을 보였지만 실제로 제작한 현수막은 좀 더 완곡한 문구였다. 대표단이 초기에 착수한 일은 건물주를 형사 고소하는 일이었다. 그 이후로 진행할 절차들은 건물주의 적극적인 협조가 있어야만 가능했고 형사 고소는 그가 딴생각을 할 수 없게 만드는 수단이었다.

우리는 변호사를 따로 선임할 필요가 없었다. 초보 법조인들은 고소장을 직접 훌륭하게 써 왔다. 나의 첫 임무는 그 고소장을 경찰서에 접수하는 일이었는데 수십 명의 고소인 명부가 포함된 고소장을 받은 담당자는 깜짝 놀라며 이 사건을 접수해서 사건을 수사하게 되면 경찰서의 업무가 마비될 수 있다고 하며 거절하는 것이었다. 법률 지식이 미천했던 나는 머리를 긁적이다 돌아올 수밖에 없었다.

이 임무는 법대 출신인 대표단의 신문 기자에게 넘어갔다. 그는 건물주의 주소지 경찰서로 가서 한바탕 소란을 피우며 생쇼를 하고 접수시키는데 성공하였다. 그 이후 고소 취하를 원하는 건물주는 우리의 요구를 100 퍼센트 수용하였다. 입주자 중에 변호사가 있다는 소문과 연관성 있는 사실은 두 가지가 있었다. 하나는 입주자 중에 변호사 출신 국회의원의 자녀가 2명 있었다. 그 국회의원에게도 2채의 보증금은 적은 돈이 아니었으므로 보좌관을 통해 이러저러한 일들을 해야 한다고 하며 적극적으로 도움을 주었지만 대부분은 뒷북이었다. 또 하나는 입주자 중에 스위스 국적의 국제변호사가 있었다. 이분은 어렸을 때 입양되어 성장한 후 모국을 찾아와 우리말을 배우려고 어학원에 다니고 있다가 우리와 같은 처지가 되었다. 나는 그가 관공서에서 말이 안 통해 어려운 상황에 처했을 때 도와주게 되었는데 나뿐만 아니라 주변에서 그를 도와주려는 움직임이 많았다. 그 중에 하나는 그 부근 지역 신문의 편집장이었다.

우리는 협상단을 꾸려서 B은행으로 향했다. IMF로 통폐합된 거대 은행의 본관 빌딩에 있는 회의실에서 은행 측 협상단과 마주 앉았다. 테이블에 앉자마자 우리는 바로 전날 출판된 국제변호사의 사연을 포함 그 오피스텔의 상황이 실린 지역 신문을 던져 주었다. 은행 측은 그 기사를 읽으며 놀라는 눈치였다. 협상의 시작은 좋은 편이었고 은행 측도 우리가 추구하는 해결 방안에 동의하고 있었다. 문제는 금액이었다. 거기서 은행 측은 그 건물의 채권을 외국계 자본에 팔려는 딜이 있다고 이야기하는데 금액은 우리가 예상한 것보다 훨씬 높았다. 금액이 높아지면 자금 조달이 안 되어 계획이 실패할 수 있는 위험한 순간이었다. 이때 우리 협상단의 회계사가 "딜은 항상 깨질 수 있죠."라고 받아쳤다. 이렇게 말 한마디에 수억 원이 왔다 갔다 하는 협상을 무사히 체결하고 우리는 악수를 하고 나왔다. 그다음에도 세입자들이 대출을 받아 자금을 마련하는 일을 비롯하여 수없이 많은 난관을 모두 극복하고 마침내 소유권이 입주자에게 넘어왔다.

당시 이러한 난관을 극복하는 과정이 얼마나 치열했는지 나의 핸드폰은 아침부터 밤에 잠이 들 때까지 계속 울려 대며 작동했는데 착탈식 밧데리를 하루 네 번 교환해야 했고 그 달 핸드폰 사용료가 36만 원이 나왔다. 이 사건을 지켜본 주위 사람들은 이렇게 이상적으로 해결된 경우는 본 적이 없다고 하며 신기해하였는데 아무래도 비범한 입주자들이 많았다는 점도 있었지만 입주자들이 한마음으로 똘똘 뭉쳤다는 것이 가장 중요했다고 회고된다. 나는 학위를 받고 첫 직장이 있는 곳으로 가야 했기에 소유권이 넘어오자마자 원가에 매매하여 아무런 추가 이득은 없었지만 그 오피스텔은 다른 부동산과 같이 그 후로 상당한 가격 상승이 있었다. 그 후 때때로 이 경험을 회상할 때마다 그렇게 다양한 전공과 배경을 가진 젊은 남녀들이 만나서 하나의 목표를 위해 아등바등 좌충우돌하는 스토리는 드라마의 소재로 삼아도 될 것 같다는 생각이 들었다. 제목은 '오피스텔'.

16. 〈133〉: 온라인 중고차 사이트의 매물 소개란에 매매가 2백만 원으로 이 글과 차의 사진을 올리자 상당히 많은 사람들이 연락을 해 왔다. 대부분 기혼자들이었는데 비슷한 현상이 벌어졌다. 오전에는 금방이라도 살 것처럼 곧 차를 보러 오겠다고 했다가 오후쯤 되면 포기하는 경우가 많았다. 짐작에 아마도 안주인들께서 허락을 안 했던 모양이다. 차의 상태에 대해 구체적으로 따져 묻는 전화도 있었는데 이런 경우도 결국 구매를 포기하였다. 그러다가 차 상태에 대해 전혀 묻지도 않고 번개처럼 나타난 젊은이가 있었다. 만나서 인사를 나누는데 나에 대해 어느 정도 알고 있는 눈치였다. 혹시 인터넷에 떠돌아다니는 나의 다른 글을 읽었는가 하고 추측하였지만 자세한 것은 알 수 없었다. 시운전으로 기차역 주변을 한 바퀴 돈 후 매매가 이루어졌다. 매수자의 직장은 자동차 부품 연구소였고 차에 대한 지식도 상당히 깊은 데다 자동차 수리가 취미인 사람이었다. 그 차는 다음 주인을 제대로 만났다.

17. 〈137〉: 사막의 한복판에서 다리를 살짝 저는 사람이란 시인 바이런을 떠올린 것이다. 2차 대전이 끝날 무렵 생텍쥐페리는 마지막 비행 도중 행방불명되었지만 우리의 상상 속에서 그는 사막 어딘가에 불시착하여 아직도 어린 왕자에게 그림을 그려 주고 있을 것 같다.

18. 〈158〉: 자기장에 가둬진 플라즈마의 확산에 관한 사이먼과 봄의 논쟁에서 봄의 수식만 기억되고 사이먼의 주장이 묻혀 버린 것은 물리학의 발전에서 안타까운 현상이었다. 사이먼의 주장이 옳았었다는 내용이 포함된 나의 논문이 준비되었을 때 나는 당시 로체스터 대학의 명예교수였던 사이먼에게 사본을 보냈었다. 그는 60년이 지나서야 자신이 옳았다는 새로운 해석을 발견하게 된 것이다. 그는 나의

이메일에 짧지만 분명하게 동의한다는 답장을 보내 주었다.

19. 〈163〉: 이 글에는 상대성이론과 양자역학의 특성을 비유적으로 이야기하는 대목이 있는데 물리학에 익숙지 않은 독자들에게 민폐를 끼치는 부분이기 때문에 막스 플랑크가 양자역학의 시초가 된 흑체 복사 문제를 푼 과정을 먼저 설명하고 아인슈타인의 상대성 이론의 핵심 부분을 대략 설명하는 글을 인용한다. 아래의 설명들은 1994년에 『동쪽으로 간 달마』라는 단행본으로 쓰여졌으나 출판은 되지 않았던 과학 에세이에서 발췌 정리한 내용이다. 나는 이 설명을 바탕으로 평소 상대성 이론을 일반 독자에게도 1시간 정도면 이해할 수 있도록 설명할 수 있다는 자신감을 드러내기도 했었지만 이 말을 듣고 결혼한 후 오랜 세월이 가도록 시도조차 하지 못하는 케이스도 있으므로 항상 성립하지는 않는다는 것을 인정하고 있다.

양자역학의 기원과 상대성 이론 해설

⟨양자역학의 기원(에너지는 띄엄띄엄 떨어져 분포한다)⟩

우리 눈에 보이는 사물을 비추는 빛의 근원은 주로 전등이나 창문으로 들어오는 태양빛이고 우리는 그 빛이 각 색깔로 반사된 모습을 보고 있지만 사실 우리 주의의 모든 물질은 스스로 빛을 발하기도 한다. 단지 세기가 너무 약하고 파장이 눈에 안 보이는 적외선에 분포하기 때문에 보이지 않을 뿐이다. 그러나 온도가 증가하게 되면 온도의 네 제곱에 비례하여 세기가 강해지며 파장의 분포도 가시광선 쪽으로 접근하기 때문에 쇠가 빨갛게 달구어지는 것처럼 눈에 보일 정도가 된다. 이와 같은 열복사의 원인은 고체를 구성하는 원자들의 열에 의한 진동 운동에 있는데 실험적으로 나타난 이 현상을 이론적으로 명확히 설명하는 것은 쉬운 일이 아니었다.

하늘이 파란 이유를 훌륭하게 설명했던 레일리와 진스가 함께 발표한 논문에는 중요한 사실이 지적되어 있었다. 그것은 빌딩의 골격과 같은 규칙적인 격자 구조를 하고 있는 고체 내부에 전자기파가 존재하기 위해서 만족해야 할 조건에 관한 것이었다. 격자 구조를 하고 있는 고체 내부에 존재하는 전자기 파동의 상태는 3차원 직각 좌표계를 이용하여 구할 수 있다. 풀이 과정은 생략하겠지만 얻어진 결과가 의미하는 바를 설명하면 다음과 같다. 고체 내부에 존재하는 전자기파는 여러 가지 모양을 취할 수 있는데 이들 중에는 모양은 다르면서 진동수가 거의 같은 것도 있다. 그런데 이렇게 같은 진동수에 서로 다른 모양을 갖는 전자기파의 수는 진동수가 증가

함에 따라 그 진동수의 제곱에 비례하여 많아진다는 것이다. 이 이론은 이들 전자기파가 외부로 방출되는 현상인 흑체복사에서 그 세기를 파장별로 분석한 실험 결과와 비교했을 때 적외선보다 파장이 커질수록(진동수는 반대로 감소하므로) 파동의 수가 줄어들어 세기가 약해지는 것은 잘 설명하였지만 파장이 짧은 자외선 영역에서도 세기가 감소하는 현상은 설명할 수가 없었다(첨부한 그림. 1 참조).

플랑크는 이 문제를 전자기파가 지니는 에너지가 그 전자기파의 진동수에 비례하는 에너지 단위로 양자화되었다고 가정함으로써 해결할 수 있었다. 양자화라는 말이 의미하는 것은 어떤 양이 연속적인 값을 취하지 않고 정해진 최소 단위의 정수배로만 존재한다는 것이다. 주어진 온도에서 물질 내의 입자들이 지니고 있는 에너지의 분포를 이들 입자들이 열복사를 내보낼 때도 그 빛의 파장에 관계없이 온도에 의해 결정된 평균 에너지를 가질 것이라고 가정한 것이 레일리-진스의 오류였다.

실제로 우리의 눈으로 구분할 수 없는 아주 미세한 세계로 들어가면 더이상 나눌 수 없는 한정된 양이 나타난다. 전자기파에 의해 전달되는 에너지의 경우도 광자(빛을 입자로 나타낸 것) 한 개가 갖는 에너지의 정수배로만 전달된다. 이처럼 에너지가 양자화됐다는 사실을 고려하여 파장별로 빛이 취하는 에너지 분포를 풀어보면 파장이 짧을수록 진동수가 높아서 광자 하나의 에너지는 커지고 이에 따라 취할 수 있는 에너지의 간격도 커지게 되므로, 복사에너지는 파장이 짧을수록 작아진다는 것을 알 수 있다. 이로써 플랑크는 자외선에서 약해지는 현상을 포함하여 열복사의 파장별 분포를 훌륭히 설명할 수 있었을 뿐 아니라 중요한 광자의 에너지 공식을 유도해 내었다.

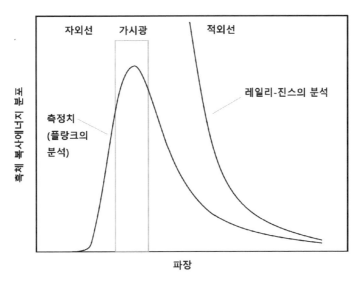

자외선　가시광　적외선

흑체 복사에너지 분포

레일리-진스의 분석

측정치
(플랑크의
분석)

파장

그림 1 5000도로 가열된 물체에서 나오는 빛의 파장 별 에너지 분포

플랑크는 에너지를 떨어뜨려 놓고 적분한 계산값이 실험값과 일치하여 스스로 놀랐었다고 회상하였다. 그가 이렇게 띄엄띄엄 떨어진 에너지 분포의 존재를 먼저 생각하고 풀었다기보다는 먼저 그렇게 풀고 나서 신기하게 실험값과 잘 맞았음으로 양자역학을 창시하게 된 것이다.

〈특수 상대성 이론이란 무엇인가?〉

과학과 연관된 현상 중 가장 궁금해하는 것을 꼽으라고 하면 많은 사람들이 아인슈타인 박사의 상대성 이론이라고 대답한다. 그러나 상대성 이론이 처음 발표됐을 당시에는 물리학자들조차 이 이론을 이해하기가 어려웠다. 지금 생각하면 이 이론이 물리학 전반에 기여한 업적이 막대하므로 노벨상을 수여하는 것은 당연하다고 여겨지지만 아인슈타인의 특수 상대성 이론은 그에게 노벨상을 안겨 주지 못했다. 그것은 아마도 수상자를 결정해야 할 사람들마저 그의 이론이 맞는지 틀리는지 판단할 능력이 없었기 때문이었을 것이다. 그러니 이 이론을 기본 지식이 없는 상태에서도 쉽게 이해할 수 있도록 설명하는 것이 얼마나 어려울지는 짐작이 가리라 믿는다.

그렇지만 이해하기가 어려움에도 불구하고 상대성 이론이 유도하는 결과는 한 번 도전해 보고 싶은 생각이 들 정도로 신비로운 내용들을 담고 있다. 그 첫 번째는 빛의 속도가 광원과 관찰자와의 상대 속도와 관계없이 항상 일정하다는 것이다. 이것은 우리가 지금까지 눈과 귀로 경험하여 직관적으로 익숙해져 있는 보통의 물리적 현상과는 전혀 다른 특이한 현상이라고 할 수 있다. 예를 들어 시속 100km로 달리는 자동차는 정지한 관찰자에겐 시속 100km로 지나치지만 이 자동차와 같은 방향으로 시속 50Km로 달리는 자동차에서 보면 100km - 50km인 시속 50km로 스쳐 지나가고 이 자동차와 반대 방향으로 시속 50km로 마주치는 자동차에서 보면 100km + 50km인 시속 150km로 스쳐 지나가게 된다. 이렇게 우리가 지금까지 알고 있는 상대 속도의 개념은 각각의 속도가 더해지는 것이었지만 속도를 재려는 대상이 자동차가 아니라 빛인 경우에는 상황이 달라져서 초속 30만km로 달리는 빛은 정지해 있는 관찰자뿐 아니라 이와 같은 방향으로 초속 15만km로 달리는 관찰자나 이와 반대 방향으로 초속 15만km로 달리는 관찰자에게도 모두 똑같이 초속 30만km로 스쳐 지나간다는 것이다.

두 번째는 광속에 가까운 속도로 움직이는 물체에 일어나는 현상들인데 예를 들어 길이가 5m인 로켓을 타고 광속의 80%에 달하는 속도로 달리게 되면 이 로켓의 길이는 3m로 줄어든다는 것이다. 로켓 자체뿐 아니라 로켓 속에 있는 모든 것들이 달리는 방향으로 수축되므로 그 안에 있는 관찰자는 아무런 변화도 못 느끼지만 밖에 정지해 있는 관찰자가 위의 로켓이 지나는 것을 보면 3m로 수축되어 보인다. 뿐만 아니라 이렇게 광속의 80% 속도로 달리는 로켓 속의 관찰자가 밖에 정지해 있는 사물을 볼 때도 마찬가지여서 같은 비율(3/5)로 수축되어 보인다. 시간에도 변화가 일어난다. 정지한 상태에서 시계를 맞춘 두 사람 중 한 사람이 로켓을 타고 광속의 80%로 날아가다가 정지해 있던 나머지 한 사람을 지나갈 때 시계를 보니 그 시계가 로켓이 출발한 지 3초가 경과되었다는 것을 가리켰다고 하면 그 순간 정지한 채 서 있던 사람의 시계는 이미 5초가 경과됐다는 것을 가리키게 된다. 즉, 광속에 가까운 속도로 날아가는 로켓 속에서는 시간이 느리게 간다는 것이다.

또 광속에 가까운 속도로 움직이는 물체는 그 질량이 증가하게 된다. 예를 들어 원래 몸무게가 60kg인 사람이 광속의 80%의 속도로 날아가는 로켓 속에 타게 되면 몸무게가 100kg이 된다. 그리고 상대성 이론은 핵이 지니고 있는 잠재적인 에너지에 관계된 너무나 유명한 E = mc2이라는 식을 유도해 내기도 한다. 그렇다면 어떻게 하여 이러한 현상들이 생겨나게 된 걸까? 상대성 이론이 탄생했던 19세기 말의 상황으로 거슬러 올라가 보자. 그 당시 이미 맥스웰은 전자기적인 법칙들로부터 필연적으로 전자기의 파동이 존재함을 유도해 내었는데 그 파동의 전파 속도는 바로 광속이었다. 빛이 전자기파의 일종이라는 것을 알아낸 후에도 그 당시 과학자들은 모든 파동은 반드시 매질을 통해서만 전파된다는 생각을 떨쳐 버리지 못하고 그 가상의 매질인 에테르를 찾기 위한 노력을 계속하고 있었다.

실험 물리학자 마이켈슨과 모올리는 이 에테르를 찾아낼 수 있는 실험 방법을 고안해 내었다. 태양을 중심으로 광속의 만분의 일이나 되는 빠른 속도로 공전하는 지구가 우주 공간에 퍼져 있는 에테르 속을 지나기 때문에 나타나는 광속의 변화를 측정하고자 한 것이었다. 만약 빛이 에테르라고 하는 물질을 매질로 전파된다면 마치 물 위를 헤엄치는 수영 선수가 길이가 같고 서로 수직인 두 경로를 왕복할 때처럼 매질 전체가 두 경로 중 한 방향으로 흐르고 있는 경우 두 경로를 왕복하는 데 걸리는 시간에 차이가 발생하리라는 것이었다. 물론 이 매질의 흐름은 지구의 공전에 의해 야기된 것이다. 그러나 이 실험은 철저히 실패로 끝났다. 광속은 지구의 공전 속도와 무관하게 언제나 일정하여 에테르가 존재한다는 증거는 전혀 나타나지 않았다. 이 결과는 당시의 과학자들을 당혹케 하였고 이 현상을 이론적으로 설명하려는 시도가 이루어지게 된다.

이윽고 1905년 아인슈타인은 특수 상대성 이론을 발표했는데 그의 이론은 다음과 같은 두 개의 가정을 근거로 한 것이었다.

a. 어떤 계가 전체적으로 등속으로 움직이고 있다면 그 안에서 일어나는 모든 물리 법칙은 다른 등속으로 움직이는 계에서 일어나는 물리 법칙과 동일하다.

b. 광속은 광원의 움직임과 무관하게 일정하다.

이 두 가지 가정에서부터 앞서 예시했던 여러 가지 흥미로운 현상들이 유도된다. 우선 이들 중 첫 번째 가정이 의미하는 바를 생각해 보자. 정적이 흐르는 방에 혼자 있을 때 우리는 자신이 정지한 우주의 중심이 아닌가 하는 착각을 할 수 있다. 그러나 바로 그 순간에도 우리는 지구의 자전에 의해 시속 1600km가 넘는 속도로 서에서 동으로 움직이고 있다. 이것만으로도 어지러워지는데 지구는 태양 주위를 공전하기 때문에 시속 10만km의 속도로 날아가고 있다. 거기다가 태양계 전체가 은하계의 중심에 대해 회전하는 속도는 이것의 10배 이상이라고 하니 현기증이 날 지경이다. 그런데 우리는 이렇게 빠른 속도로 움직이고 있다는 사실을 전혀 느끼지 못하고 살고 있다. 이것은 아인슈타인의 첫 번째 가정이 옳다는 증거이기도 하다.

등속으로 움직이는 계의 내부에서 일어나는 일만으로는 그 계가 밖에 있는 다른 계에 대해 얼마나 빠른 속도로 움직이는지 알 수 없다. 등속으로 움직이는 한 물리 법칙에는 아무런 변화가 없기 때문이다. 첫 번째 가정에 비해 두 번째 가정은 너무 대담하고 독창적이어서 쉽게 받아들여지지 않지만 마이켈슨-모올리의 실험 결과를 간단하게 설명할 수 있었다. 여기서 이 두 가지 가정이 합쳐졌을 때 생기는 모순된 현상을 살펴보자. 유리로 만든 로켓이 지면에 대해 광속에 가까운 속도로 날아가고 있다고 상상해 보자. 이때 이 로켓의 중앙에 위치한 사람이 성냥불을 켰다고 하면 그 불빛은 로켓의 양쪽 끝에 있는 사람들에게 같은 시간에 도달된다. 그러나 이것은 로켓 안에 있는 사람들의 생각이고 로켓 밖의 지면에 있는 사람이 볼 때는 빛은 광원의 움직임에 상관없이 퍼져 나가므로 불빛은 처음 켜졌을 당시의 위치를 중심으로 동그랗게 퍼져 나간다. 이렇게 퍼져 나가는 동안 로켓의 한쪽 끝의 사람은 불빛으로부터 멀어지도록 이동하고 다른 쪽 사람은 가까워지도록 이동하여 지면의 관찰자는 로켓의 한쪽 끝에 있는 사람이 다른 쪽 끝에 있는 사람보다 불빛을 먼저 본다고 생각하게 된다(그림 2 참조).

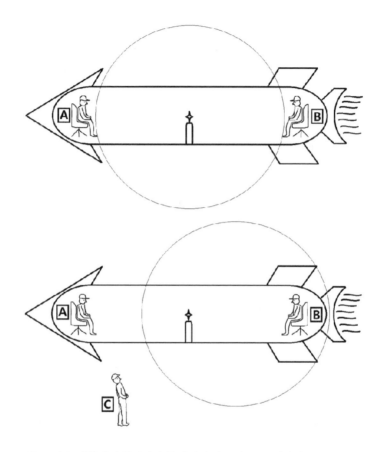

그림 2 빛은 관찰자의 움직임과 무관하게 같은 속도로 전파하므로, 투명 우주
선 내부의 관찰자 A, B에게 중앙의 불빛이 동시에 보이지만(위), 우주선 외부의
관찰자 C에게는 불빛이 퍼져 나가는 동안 우주선이 움직이므로 B에게 더 먼저
도달하게 보인다(아래).

이 예는 하나의 관성계(등속으로 움직이는 계)에서 동시에 일어났다고 여겨지는 일이 다른 관성계에서 볼 때는 서로 다른 시간에 일어난 일로 관찰되기 때문에 모든 관성계에 공통으로 적용할 수 있는 동시라는 개념은 존재하지 않는다는 것을 증명할 때 인용되는 사고실험이다. 아인슈타인은 이 모순을 해결하는 방법으로 두 관성계 사이에 적용되는 새로운 변환 관계를 생각해 내었다. 우주는 공간을 나타내는 3차원 좌표뿐 아니라 시간 차원까지 합하여 4차원으로 이루어져 있다. 하나의 관성계에서 상태를 나타내는 좌표(x, y, z, t)와 이에 대해 v의 속도로 등속운동하는 다른 관성계의 상태를 나타내는 좌표(x', y', z', t') 사이의 관계를 나타내는 로렌츠 변환이 그것이다. 이 변환에 의하면 위에 소개한 대로 길이가 5m인 로켓이 3m로 줄어든다. 이때 이 두 관성계 사이에 운동량의 교환이 이루어졌다고 생각해 보자. 운동량은 질량과 속도의 곱으로 된 물리량이다. 그러나 상대성 이론에서의 길이가 변하듯이 속도도 관측하는 관성계에 따라 다른 값을 취하게 되므로 운동량이 보존되려면 질량도 속도가 변한 양을 상쇄시킬 수 있도록 변화되어야 함을 알 수 있다. 그리하여 광속에 가까운 속도로 움직이는 물체의 질량은 증가하게 되는 것이다.

이 변환 관계를 이용하면 정지한 물체가 가속을 받아 v의 속도로 움직이게 되기까지 증가된 운동에너지는 상대론적 현상으로 나타난 질량의 증가분에 광속의 제곱을 곱한 값이라는 것을 구할 수 있다. 이러한 결과는 속도가 증가하여 광속에 가깝게 될수록 질량은 더 큰 값이 되고 이렇게 되기 위해 증가시켜 주어야 할 운동에너지도 점점 더 증가하게 된다는 것을 알려 준다. 그러므로 어떤 물체의 속도가 극단적으로 광속이 되기 위해서는 질량을 무한대로 증가시켜야 하고 이때 필요한 에너지도 무한대가 되므로 질량을 지닌 어떤 것도 광속보다 빨라질 수 없다는 결론을 얻게 된다.

아인슈타인은 새로운 상대론적 에너지를 제안하여 $E = mc^2$이라는 식을 제창하였다. 광속을 나타내는 c의 값은 상당히 큰 숫자이므로 이식에 의해 질량이 1g인 물체가 모두 에너지로 바뀐다면 석탄 3천 톤이 탈 때 나오는 에너지가 방출된다는 것을 알 수 있다. 여기서 로렌츠 변환식이 어떻게 유도되는지는 기술하지 않았으나 상대성 이론의 중요한 요소인 이 변환식은 아인슈타인이 아니라 로렌츠에 의해 구해졌으며 로렌츠는 이 변환식을 구하는 과정에서 '광속을 불변이라 놓으면'이라고 언급하기도 했지만 상대성 이론을 유명하게 만든 것은 아인슈타인이, 광속이 불변하다는 원칙이 그 핵심이라는 사실을 바탕으로 이론을 설명하였기 때문이었다.

내친김에 하나 더 인용하면.

〈달마가 동쪽으로 간 까닭은?〉

등속으로 움직이고 있다는 특수한 상황을 다루는 특수 상대성 이론을 발표한 10년 뒤 아인슈타인은 속도가 일정치 않아 가속을 받는 일반적인 상황을 다루는 일반 상대성 이론을 내놓았다. 이 이론이 기초로 삼는 가정은 어떤 가속을 받는 계 안에서 일어나는 일만으로는 그 계가 실제로 가속을 하는 것인지 아니면 주위 물질들에 의한 중력의 영향을 받는 것인지 구분할 수 없다는 것이다. 우주에 나가면 무중력 상태가 된다. 만약 어떤 우주선이 $9.8m/sec^2$의 일정한 가속도로 운행한다면 우주선 안의 사람들은 마치 지구 위에 있는 것처럼 사물들이 $9.8m/sec^2$의 일정한 가속도로 우주선 바닥을 향해 떨어지는 것을 느끼게 된다. 이런 가속에 의한 현상과 중력에 의한 현상을 구분할 수 없다는 가정은 다음과 같은 결론을 유도하게 된다.

가속 운동을 하는 우주선에서 빛이 퍼져 나가는 모양은 등속 운동을 하는 우주선에서 퍼져 나가는 것과 다르게 된다. 이는 시시각각 우주선의 속도가 변하므로 순간마다 다른 로렌츠 변환식을 적용하여야 하기 때문이다. 비단 시간뿐만 아니라 공간적으로도 마찬가지여서 이를 적용하면 우주선 내의 공간은 천장 쪽보다 바닥 쪽이 수축하게 되고 바닥 쪽에서의 시간은 천정 쪽보다 느리게 간다. 이런 현상들이 중력을 받고 있는 계에도 동일하게 일어난다는 것이다. 즉 지구의 중력에 의해 지구 주변의 공간은 중심 쪽이 바깥쪽에 비해 수축되어 있는 상태라 할 수 있는데 이것을 공간이 휘어졌다는 말로 표현한다. 또한 지구 표면에서의 시간은 지구의 외곽에 있는 인공위성에서의 시간보다 느리게 간다. 물론 이런 현상들은 지구의 중력 가속도가 광속에 비할 수 없이 작기 때문에 측정하기 어려운 정도에 지나지 않지만 중력 가속도가 지구 표면의 30배에 가까운 태양의 표면에서는 관측이 가능하고 이보다 훨씬 무거운 중성자별이나 블랙홀에서는 일반 상대성 이론에 의한 현상이 현저하게 드러난다는 것이다. 이로서 일반 상대성 이론은 중력의 본질을 파악하는 데 큰 기여를 했을 뿐 아니라 그 이후 천체 물리학자들이 전개하게 되었던 여러 가지 우주론의 기초를 만들어 주었다.

아인슈타인의 상대성 이론은 이렇듯 여러 가지 신비로운 현상들을 제시하여 주었는데 그중 한 가지는 인간이 상상으로 만들어 낸 장치 중 가장 흥미로운 이야기를 유도하는 타임머신에 관한 문제일 것이다. 상대성 이론과 무관하게 '만일 타임머신을 만들 수 있다면…'이란 가정으로 출발되는 많은 SF 작품들은 상대성 이론에 의해 검토의 대상이 되어야 할 것이다. 우선 과거로의 여행에 관해 생각해 보자. 단지 과거로의 여행이 인과율을 파괴한다거나 과거 역사상 미래로부터 왔다는 기록이 없었다는 사실을 떠나서 근본적인 가능성을 살펴보면 우선 우주에 절대적인 시간 좌표가 설정되어 있고 이런 시간 축상의 점과 일대일로 대응되는 수많은 우주들이 어떠한 형태로든 존재하고 있어야 할 것이다. 그러나 절대적인 시간이 존재하지 않는다는 것이 상대성 이론에 의해 드러난 사실이다. 서로 다른 속도로 움직이는 관성계들과 다양한 중력장 속에 놓여 있는 계들에 일정하게 적용할 수 있는 시간은 존재하지 않기 때문이다.

여기서 시간 자체의 의미에 대해 생각하지 않을 수 없다. 상당히 비현실적이긴 하지만 우주의 모든 사물이 움직임을 멈추었다고 가정해 보자 모든 생물과 무생물을 구성하고 있는 분자들이 화학 변화를 일으키지 않을 뿐 아니라 그 내부의 원자핵이나 궤도 전자들도 움직임을 멈추었고 심지어는 퍼져 나가던 빛조차 그 상태로 정지해 있다면, 그렇다면, 그 상태에서 시간이 얼마나 경과되었는지 알 수 있을까? 무엇이든지 조금이라도 변화하는 게 있어야만 변화하기 전과 변화한 후에 차이가 있다는 것을 즉, 시간이 흘렀다는 것을 나타낼 수 있지 않을까? 지금 이 책을 읽고 있는 순간 이와 같은 가정이 현실화되어서 우주가 멈추었다가 다시 움직였는지도 모른다. 그러나 그 멈추었던 시간이 찰나였는지 수십억 년이었는지 분간할 방법이 없는 것이다.

나는 시간이 변화 속도의 척도에 지나지 않는다는 생각을 하게 된다. 그렇다면 상대성 이론이 규정하는 상황에 따라 변화는 천천히 일어날 수도 있고 빨리 일어날 수도 있다. 그러나 과거로 가기 위해서는 우주에 일어나는 모든 변화가 거꾸로 진행되어야 할 것이다. 이것은 우주가 멈추는 것만큼이나 이루어지기 힘든 일이다. 그래도 우주의 어딘가에 또 다른 우주가 있을 것 같은 생각을 떨쳐 버릴 수 없다. 영화화 되기도 했던 〈2001년 우주 오디세이〉의 마지막 대목처럼 우주선을 타고 블랙홀로 빠져들어 간다면 또 다른 세상을 경험할 수 있지 않을까? 일반 상대성 이론에 의해 블랙홀에서의 시간은 극도로 느리게 진행되므로 그곳에는 우주 창조의 비밀이 숨어 있을 것이라는 생각을 하게 된다. 하지만 일단 블랙홀로 빨려 들어가면 생물학적 인간은 막대한 중력에 의해 파괴되고 말 것이다.

미래로 떠나는 것은 어떤가? 비록, 냉동 인간이 되어 미래에 깨어나는 방법과 큰 차이가 없지만 가능한 이야기다. 서기 2000년에 지구를 출발한 우주선이 우주를 향해 지구 중력 가속도와 같은 가속도로 5년 동안 속도를 증가시켜 여행한 뒤 5년 동안 같은 비율로 감속한 후 방향을 바꿔 갈 때와 똑같은 과정으로 지구로 돌아왔다면 우주선 속의 사람은 갈 때 10년, 올 때 10년 합하여 20년의 시간 경과를 체험하게 되지만 이 우주선의 평균 속력이 광속에 가까웠었기 때문에 돌아왔을 때 지구는 이미 서기 2332년이 되어 있을 것이다. 슈퍼맨이 죽은 애인을 살리려고 지구를 광속보다 빨리 회전하여 과거로 돌아가는 장면이 있었다. 그러나 실제로 그런 일을 시도한다면 애인의 장례식을 놓치는 결과만 초래할 가능성이 높다. 빨리 운동하는 계에서의 시간은 오히려 느리게 가기 때문이다.

이러한 방법은 미래로의 여행이라기보다는 젊게 사는 방법의 일종이라고 할 수 있는데 실제로 이러한 상대론적 시간 경과의 차이를 실험으로 검증한 적이 있었다. 제트기를 이용하여 지구를 동쪽으로 두 바퀴 회전한 경우와 서쪽으로 두 바퀴 회전한 경우의 시간 경과의 차이를 지표면에 정지해 있던 시계와 비교하여 측정했던 것인데 지구가 자전하기 때문에, 이론과 일치했던 실험 결과는 서쪽으로 간 경우보다 동쪽으로 간 경우에서 비록 작은 차이이긴 하지만 시간이 더 느리게 갔다는 것을 보여 주었다.

시간이 느리게 갔다는 것은 나이를 덜 먹었다는 것을 의미한다.

과거, 이와 같은 내용을 강의하던 물리학과의 교수님이 미소를 지으며 다음과 같은 이야기로 수업을 끝낸 적이 있었다.

"그래서 달마가 동쪽으로…."

20. ⟨168⟩: 에너지와 인류의 역사 사이에서 주목해야 하는 또 하나의 중요한 관점은 기원전 5세기 그리스의 역사가가 이미 간파했듯이 전쟁을 좌우하는 것은 무기나 군대가 아니라 돈과 물자였다는 것이다. 최근 150년 동안 인류가 급속도로 산업화하며 물질문명을 이룩하는 동안 석유의 소비는 계속하여 증가하였다. 석유는 산업화의 원동력이었다. 그러므로 과거 일어난 많은 전쟁에서 석유는 가장 중요한 요소였다. 1차 대전에서 그 중요성이 드러났고 2차 대전의 시작과 끝에 석유가 있었다. 독일과 일본은 석유를 확보하지 못해서 패했고 석유가 있었던 미국이 승리하였다.

1989년 소련이 붕괴한 원인은 여러 가지가 있겠으나 소련 내의 피크오일이 이때 발생했다는 분석이 있다. 2007년 세계의 피크오일이 발생한 후 세계 경제는 내리막길을 가고 있으나 아직 피크가 오지 않은 중요한 화석 연료가 있으니 바로 천연가스다. 소련 몰락 후 러시아의 경제가 다시 살아난 이유는 석유 공급 요충지인 체첸을 무력으로 짓밟으며 지켰다는 것과 러시아의 주 소득원이 천연가스가 되었다는 점이다. 최근 푸틴이 우크라이나를 침공할 수 있었던 중요한 배경에는 러시아가 유럽을 비롯하여 전 세계로 천연가스를 공급한다는 점이 있다.

우크라이나는 두 차례의 민주화 운동으로 민주주의를 세운 국가이고 그 과정은 80년대 한국의 민주화 운동과 데자뷔였다. 전쟁은 인권 유린이 대규모로 발생하는 현상이므로 어떠한 이유로든 전쟁을 일으키는 일은 나의 정의에 대한 기준으로 보았을 때 가장 죄질이 나쁜 범죄 행위다. 러시아의 전쟁 행위를 어떻게 막을 것인가? 한 가지 확실한 것은 천연가스도 석유처럼 생산량의 증가 추세가 한풀 꺾이는 시점이 반드시 온다는 사실이다.

21. 〈225〉: 〈멀홀란드 드라이브〉(2001)에 대하여, 대부분의 경우 린치 감독의 영화는 프로이트가 꿈의 해석에서 주장했던 논리를 적용하면 해석하는 데 도움이 된다. 간단히 꿈이란 평소에 갈망하던 욕구가 꿈꾸는 사람의 경험에서 얻어진 재료들을 바탕으로 약간의 변형(위장)을 거쳐서 나타나는 현상이라고 생각해도 무방하다. 특히 〈멀홀란드 드라이브〉는 내용 중에 상당 부분이 꿈에 해당하는 부분이라서 어느 장면부터 꿈과 현실이 바뀌는가만 파악해도 많은 부분 이해가 가능해진다. 10개의 힌트는 다음과 같다.

(1) 영화의 시작 부분을 주의 깊게 보아라 크레딧이 나오기 전에 적어도 두 개의 힌트가 나온다.

(2) 빨간 등의 등장을 주시하라.

(3) 아담 캐서가 여배우 오디션에서 언급하는 영화의 제목이 들리는가? 그것이 다시 언급되는가?

(4) 사고는 끔직하다. 사고의 위치를 생각하라.

(5) 열쇠는 누가 왜 주었는가?

(6) 로브, 재털이, 커피컵을 주시하라.

(7) 실렌시오 클럽에서 무엇을 느끼고 깨닫고 얻었는가?

(8) 카밀라가 성공한 이유는 재능만이었나?

(9) 윙키의 뒤에 있던 남자 주변에서 일어난 일들을 주시하라.

(10) 루스 이모는 어디에 있는가?

내가 보기에 이 영화의 스토리는 주변 사람들의 지지에 떠밀려 헐리우드에 진출한 여배우가 성공하지 못하고 사망하기 전 꾸었던 꿈과 현실의 조합이라고 해석된다. 그러나 영화에 대한 해석은 관객의 주관에 의해 달라질 수 있다.